Dominique Horwitz, geboren 1957 in Paris, ist Schauspieler, Regisseur und Sänger. Neben zahlreichen Filmrollen (»Stalingrad«, »Der große Bellheim«) spielte er unter anderem am Thalia-Theater in Hamburg, am Berliner Ensemble, am Deutschen Theater in Berlin und am Schauspielhaus Zürich. Bei Dreharbeiten in Weimar lernte er seine Frau kennen, seitdem sind Weimar und Thüringen nicht nur sein Zuhause, sondern auch seine Kulisse. 2012 inszenierte er den »Freischütz« an der Oper in Erfurt, zuletzt war er als Schillers »Wallenstein« am Nationaltheater in Weimar zu sehen. »Tod in Weimar« ist sein erster Roman.

Tod in Weimar in der Presse:

»Man sitzt gern in seiner Kutsche. Horwitz lenkt sie mit Eleganz und Eigensinnigkeit durch den labyrinthischen Fall. Gegenwart und Geschichte verknäulen sich. Man lernt. Man lacht. So solls sein.«
Elmar Krekeler, Die Welt

»Es ist eine Kriminalkomödie, eine ruppig-zarte Liebesgeschichte, eine Geschichte vom Älterwerden und noch dazu eine Art ›Backstage-Roman‹.«
Annemarie Stoltenberg, NDR Kultur »Neue Bücher«

»Was für ein vergnüglicher, mit Klassiker-Zitaten gespickter, gerne auch persiflierender Blick auf die Goethe-Stadt, was für ein süffiger, fesselnder, herzerwärmender Roman!«
Anabel Schaffer, Nürnberger Zeitung

»Horwitz erzählt die Geschichte mit einem komödiantischen Augenzwinkern und einem Gespür für die richtige Balance aus Krimispannung und Unterhaltung.«
DPA

DOMINIQUE HORWITZ

TOD IN WEIMAR

Roman

PENGUIN VERLAG

Der Verlag weist ausdrücklich darauf hin, dass im Text enthaltene externe Links vom Verlag nur bis zum Zeitpunkt der Buchveröffentlichung eingesehen werden konnten. Auf spätere Veränderungen hat der Verlag keinerlei Einfluss. Eine Haftung des Verlags ist daher ausgeschlossen.

MIX
Papier aus verantwortungsvollen Quellen
FSC® C014496
www.fsc.org

Verlagsgruppe Random House FSC® N001967

PENGUIN VERLAG

2. Auflage 2018

Umschlag: Sabine Kwauka
Umschlagmotiv: plainpicture / Millennium / Philippe Vandenbroeck
Satz: Buch-Werkstatt GmbH, Bad Aibling
Druck und Bindung: GGP Media GmbH, Pößneck
Printed in Germany
ISBN 978-3-328-10146-8
www.penguin-verlag.de

Dieses Buch ist auch als E-Book erhältlich.

Für Anna,
mein Stern,
mein Alles

Man nehme dieses Schauspiel für nichts anderes als eine dramatische Geschichte, die die Vorteile der dramatischen Methode, die Seele gleichsam bei ihren geheimsten Operationen zu ertappen, benutzt, ohne sich übrigens in die Schranken eines Theaterstücks einzuzäunen.

Friedrich Schiller, Vorrede zum Schauspiel *Die Räuber*

KAPITEL 1

Es war einer dieser klaren, hellen Oktobertage, an denen der Winter schon den Herbst umarmt. Über Nacht war es bitterkalt geworden. Ein Firnis aus Raureif lag über der Stadt, ein feiner, weißer Schleier, der die Dächer bedeckte und die Straße in eine Leinwand verwandelte, auf der Autos und frühe Passanten erste Spuren hinterlassen hatten.

Tja, so könnte ein Roman über Weimar beginnen, dachte Kaminski, vielleicht sogar meine Memoiren – falls ich sie jemals zu Papier bringe. Temperaturschwankungen und andere klimatische Irritationen sind nicht der schlechteste Auftakt, wenn man schreibend versucht, mit sich ins Reine zu kommen.

Und das versuchte Kaminski wahrlich seit Langem. Doch Firnis, Schleier, Leinwände und Jahreszeiten, die einander umarmten? Nein, sein Leben eignete sich nicht für solch hochfeine Metaphern. Zu viele Widersprüche, zu viele Enttäuschungen. Da passte Goethe schon besser: *Zur Resignation gehört Charakter.*

Dampfend stieg der Atem aus den Nüstern der Pferde, als Kaminski die Kutsche bestieg. Obwohl er seinen schweren, wollenen Kutschermantel trug, fror er bis auf die Knochen. Es war saukalt, um genau zu sein. Mehrmals hauchte er in seine erstarrten Hände, bevor er zu den Zügeln griff und mit der Zunge schnalzte. Ein leises Wiehern antwortete ihm. Mit einem Ruck setzte sich die Kutsche in Bewegung.

Es dauerte keine zwanzig Minuten, bis er die Stadt erreichte. Während er dem Pochen der Hufe auf dem Asphalt zuhörte, sah er die pastellfarbenen Häuserfassaden wie Kulissen an sich vorübergleiten. Und waren es nicht auch Kulissen? Immer aufs Neue bemalt für die Zuschauerströme, die selbst jetzt, im Herbst, nicht abrissen?

Weimar hatte durchgehend geöffnet. Jeden Tag Vorstellung, und er, Kaminski, als Komparse mittendrin. Vorsichtig lenkte er die Kutsche auf den Theaterplatz. Hier war der Boden eisglatt, viel zu glatt für Pferdehufe. Andererseits hing in seinem Metier eine Menge davon ab, dass er sich zeigte, und zwar genau dort, wo touristische Begehrlichkeiten entstanden. Der Theaterplatz galt als das unbestrittene Highlight für Weimarpilger: Deutsches Nationaltheater, Bauhausmuseum, Denkmal der Dichterfürsten, gleich um die Ecke Schillers Wohnhaus und das Wittumspalais.

Ja, Weimar machte es selbst dem eiligen Reisenden leicht. *Wo finden Sie auf einem so engen Fleck noch so viel Gutes,* hatte schon Goethe angemerkt. Es war eines jener Zitate, die Kaminski bei seinen Rundfahrten zum Besten gab. Kaminski, das lebende Lexikon. Manchmal ertappte er sich dabei, dass er sogar ohne Kundschaft in Zitaten dachte. *Déformation professionelle.* Goethe hätte vermutlich gelächelt, Wieland, der alte Spötter, gelacht.

Während er die Pferde im Schritt gehen ließ, sah Kaminski sich um. Tatsächlich stand trotz der frühen Uhrzeit und der lausigen Kälte bereits eine Gruppe bunt gekleideter Touristen vor dem Denkmal, das Goethe und Schiller in einem bronzenen Doppelstandbild vereinigte.

Auch so ein Kulissenschwindel. Im wahren Leben war Goethe gut zwanzig Zentimeter kleiner gewesen als der Dichterfreund. Und ob er Schiller wirklich einen Lorbeerkranz gereicht hätte … Na ja, ohnehin sah es so aus, als würde Goethe ihm den Kranz entreißen und nicht im Traum dran denken, das Ding wieder herzugeben.

Doch was auch immer im wahren Leben passiert wäre, hier standen die Dichter gleich groß und einträchtig nebeneinander, der Geheimrat im Hoffrack, der jüngere Schiller im Gehrock. In Bronze gegossene Geistesgeschichte.

In diesem Augenblick entdeckten die Touristen die Kutsche. Showtime. Sofort kam Bewegung in die Gruppe. Jemand rief etwas, und schon zielten Handys und Tablets wie Waffen auf Kaminski. Ein pittoreskes Motiv mehr, dieser Kutscher in seinem operettenhaften blaugrauen Mantel mit der nachtblauen Pelerine.

»Look at that coach! Isn't it cute?«, kreischte eine Frau mit einer übergroßen Sonnenbrille. »Do you have time to spare for a ride?«

Ob er Zeit hatte? *Wir haben genug Zeit, wenn wir sie nur richtig verwenden.* Er hielt die Kutsche an. Nachdem er mit der Engländerin eine Fahrt für den Nachmittag ausgehandelt hatte, kehrte er Goethe und Schiller den Rücken. Jetzt war erst mal Dr. Trixi Muffinger an der Reihe. Eine wichtige Kundin, keine Frage. Als Leiterin der legendären Villa Gründgens, dem Weimarer Altersheim für ehemalige Bühnenkünstler, spielte sie eine tragende Rolle in der Stadt. Für neun Uhr hatte sie Kaminski zur *Wilhelm-Meister-Schänke* bestellt, und die Dame war eine von der überpünktlichen Sorte.

Von der nahen Herder-Kirche schlug es Viertel vor neun. Kaminski trieb seine Pferde zur Eile an.

Ja, ja, die Muffinger, dachte er, präzise wie ein Uhrwerk, korrekt wie ein amtliches Register und eine Betriebsnudel reinsten Wassers. Vorsitzende der Herder-Stiftung, bestens vernetzt mit allen ortsansässigen Größen aus Politik und Kultur. In Weimar war sie weltberühmt. Kaminski war früher mal in Bruchsal weltberühmt gewesen. Alles eine Frage der Perspektive.

Plötzlich geriet die Kutsche ins Schlingern. Der Theaterplatz war schon eine gefährliche Eisbahn gewesen, aber hier, auf dem gefrorenen Kopfsteinpflaster, war es noch weit schwieriger, das Gefährt in der Spur zu halten. Die Hufe der Pferde rutschten auf dem unebenen Untergrund, kamen aus dem Rhythmus, suchten vergeblich Halt. Kaminski zog die Leinen an. Beschwörend rief er ein paar beruhigende Kommandos. Doch die Pferde scheuten und tänzelten noch eine Weile laut wiehernd über das vereiste Pflaster, bis sie endlich schlitternd zum Stehen kamen.

Wie peinlich, durchzuckte es ihn. Klarer Fall von Konzentrationsmangel. Normalerweise achtete er auf jeden verdammten Gullideckel. War er etwa nervös wegen dieser Muffinger?

Wütend auf sich selbst, sprang er vom Kutschbock und umrundete einen weißen Lieferwagen, der vor der *Wilhelm-Meister-Schänke* stand. Ein Mann im blauen Overall sprach wild gestikulierend mit der Wirtin des Lokals. Abrupt blieb Kaminski stehen.

Laura. Er schluckte. An diesem frostigen Morgen trug sie nur Jeans, Sweatshirt und einen lässig gebundenen Schal. War er der Einzige, der hier fror?

»Nee, nee, Sie Komiker, der Kilopreis für Rinderfilet ist seit letzter Woche um zwei Euro gefallen«, sagte sie gerade. Ihr blondes Haar hatte sie zu einem strengen Pferdeschwanz frisiert, in der Hand hielt sie einen Klemmblock. »Und ich hatte keine Schweineschnitzel bestellt, sondern Kalbsrücken.«

Der Mann im blauen Overall kratzte sich am Kopf.

»Also, so läuft das nicht. Ich finde …«

»Ende der Diskussion«, schnitt sie ihm das Wort ab. »Das Rinderfilet kommt in die Küche, die Schweineschnitzel können Sie gleich wieder mitnehmen. Alles andere kläre ich mit Ihrem Chef.«

Die ließ sich nichts gefallen. Kaminski bewunderte Laura für ihre resolute Art. Sie war durch und durch Geschäftsfrau, stand mit beiden Beinen im Leben. Wenn sie kämpfte, dann mit dem Florett, falls nötig, auch mit Boxhandschuhen. Baaam, baaam, baaam. Unwillkürlich ballte er die Fäuste. Einige Jahre lang hatte er selbst geboxt, da erkannte man sofort, wer Chef im Ring war.

Ihre Züge glätteten sich, als sie ihn entdeckte. Ein feines Lächeln umspielte ihren Mund. Den Lieferanten, der fluchend eine schwere, rote Plastikwanne in den Lieferwagen zurückwuchtete, würdigte sie keines Blickes mehr.

»Ah, mein kleiner Philosoph. Schon so früh unterwegs?«

Mein kleiner Philosoph. So nannte sie ihn immer. Und nie konnte Kaminski ganz sicher sein, ob das ironisch oder anerkennend gemeint war. Vermutlich beides. Sicher war nur, dass sie zu den wenigen Menschen gehörte, die seine Vorliebe für Zitate genossen. Außerdem war Laura der einzige Mensch, der sich für seine Gedanken über das Leben im Allgemeinen und das Scheitern im Besonderen interessierte.

»Kaffee, Kaminski?«

Er räusperte sich. Obwohl er seit Jahren zu den Stammgästen der *Wilhelm-Meister-Schänke* zählte und mit Laura über den üblichen Small Talk längst hinaus war, spürte er immer eine gewisse Befangenheit in ihrer Gegenwart. *Und Zärtlichkeit für mich – ihr Götter! Ich hofft' es, ich verdient' es nicht!*

»Nein – oder ja, doch«, stammelte er, »einen doppelten Ristretto, vielleicht. Müsste aber schnell gehen, für neun hat Frau Doktor Muffinger eine Tour bestellt.«

»Die Muffinger, aha.« Laura runzelte die Stirn. »Hast du es schon gehört? Die Sache mit ihrem Hausmeister?«

Kaminski zuckte die Achseln.

»Tot«, sagte Laura schlicht. »Einfach umgefallen.«

Der Hausmeister der Villa Gründgens, dieser Baum von einem

Mann? Kaminski stutzte. Das war doch keiner, der einfach umkippte und den Löffel abgab.

Währenddessen war Laura schon ins Lokal gegangen.

»Doppelter Ristretto für Kaminski, schnell, er hat es eilig!«

Offenbar hatte sie es einer Angestellten zugerufen. Sehen konnte Kaminski die Kellnerin nicht, aber hören konnte er sie, laut und deutlich.

»Der Typ sieht doch ganz gut aus, wieso hat der eigentlich keine Frau?«

Er verzog den Mund. Für sonderlich gut aussehend hielt er sich nicht. Wenn er sich morgens rasierte, sah er einen kräftigen, muskulösen Mann mittlerer Größe, einen, der zupacken konnte. Sein Beruf brachte es mit sich, dass sein kantiges Gesicht gebräunt und vom Wetter gegerbt war. Die abstehenden Ohren und das kurz geschorene Haar machten ihn allerdings nicht gerade zu einem George Clooney.

Und was den zweiten Teil betraf – er und die Frauen, das wollte irgendwie nicht zusammenpassen. Schon allein deshalb galt er in dieser hoffnungslos verklatschten kleinen Stadt als Sonderling. Seit er das halb verfallene Gestüt seiner Eltern übernommen hatte, kursierten die abenteuerlichsten Gerüchte über ihn.

»Geht's noch lauter? Er steht direkt vor der Tür!«, hörte er Laura schimpfen. »Den Ristretto, aber dalli! Und dann werden die Salzstreuer poliert!«

Ein paar Minuten später kam sie wieder nach draußen, mit einer dickwandigen kleinen Tasse in der Hand.

»Und? Was sagt mein kleiner Philosoph zu dem überraschenden Todesfall?«

Wortlos starrte er sie an, fasziniert von der Art, wie sie sich bewegte. Ihr straffer Körper hatte etwas Federndes, als wäre jeder

Muskel aufs Äußerste gespannt. Er wusste, dass Laura zu DDR-Zeiten Leistungssportlerin gewesen war. Bodenturnen. Ein paar unwirkliche Sekunden lang meinte er zu sehen, wie sie in einem hautengen weißen Gymnastikanzug kraftvoll Anlauf für einen Salto nahm, vom Boden abhob und durch die Luft auf ihn zuschwebte.

Lächelnd hielt sie ihm die Tasse hin.

»Hey, ich hab dich was gefragt.«

Vor seinem inneren Auge landete Laura nach dem Salto mit erhobenen Armen und durchgedrücktem Kreuz auf der Matte. Schwer atmend, das Gesicht gerötet, die Lippen leicht geöffnet. Jede Einzelheit ihres Körpers zeichnete sich unter dem dünnen Stoff des Sportanzugs ab, der fast zu bersten schien.

»Hallo? Jemand zu Hause?«

»*Media vita in morte sumus*«, erwiderte er.

Glücklicherweise war sein Gedächtnis ein Fundus von Zitaten. Als ehemaliger Schauspieler hatte er mehr Texte im Kopf, als er gebrauchen konnte, aber jetzt, in seinem leicht verwirrten Zustand, war er einfach nur dankbar dafür. Verlegen nahm er die Tasse entgegen.

»Danke schön.«

»*Mitten im Leben sind wir vom Tod umfangen* – da hat mein kleiner Philosoph ja mal wieder mitten ins Schwarze getroffen«, sagte Laura. »Und was folgt daraus?«

Herausfordernd sah sie ihn an. Eine Spur kecker als sonst. Flirtete sie etwa?

»*Carpe diem* wäre wohl etwas zu banal, zumal man auch die Nächte nutzen sollte.«

Ihr Lächeln wurde breiter.

»Sprechen wir gerade über Liebe oder über Sex?«

Holla. Irgendetwas lag heute Morgen in der Luft.

»*Liebe ist die Antwort, aber während man auf sie wartet, stellt der Sex ein paar ganz gute Fragen.*« Er grinste. »Meint jedenfalls Woody Allen.«

Amüsiert sah Laura zu, wie er seinen Ristretto schlürfte.

»Klingt ganz schön heißhungrig. Bestimmt hast du noch nicht gefrühstückt, oder?«

Heißhungrig. Kaminski schluckte. Dann dachte er an seine verkramte Küche, an die defekte Kaffeemaschine, an den notorisch leeren Kühlschrank. Mit dem Handrücken wischte er sich etwas bräunlichen Schaum von den Lippen.

»Klar habe ich gefrühstückt.« Er gab Laura die Tasse zurück. »Vielen Dank. Sag mal, sprichst du eigentlich immer so mit deinen Lieferanten?«

»Ach, solche Typen brauchen ab und zu den Vollwaschgang, sonst tanzen sie einem auf der Nase rum.«

Währenddessen kam der Mann aus dem Lokal. Er trug nun eine leere Plastikwanne vor sich her und sah so aus, als wollte er noch dringend etwas Unfreundliches loswerden. Laura kam ihm zuvor.

»Und Abgang.« Sie schnippte mit den Fingern. »Nicht vergessen: Die Schweine von heute sind die Schnitzel von morgen!«

Wortlos stieg der Mann in den Wagen, ließ den Motor aufheulen und raste nach einem missglückten Kavalierstart davon.

»Jedenfalls ist der Hausmeister nicht mehr unter den Lebenden«, nahm Laura den Gesprächsfaden wieder auf. »Ich tippe mal auf Herzinfarkt oder so was. Übrigens – du solltest auch auf dein Herz aufpassen, Kaminski.«

Wie war das denn nun wieder gemeint? Aus ihrem Gesichtsausdruck las er Übermut, vermischt mit einem Hauch Besorgnis. Mein Herz, dachte er. *Der Kummer, der nicht spricht, nagt leise an dem Herzen, bis es bricht.*

»Ich bin nicht gerade ein Spezialist für Herzensangelegenheiten«, erwiderte er ausweichend.

»Kannst ja die Frau Doktor fragen, was dahintersteckt.« Sie verschränkte die Arme. »Da kommt sie schon, die allseits beliebte Lichtgestalt.«

In ihren Augen blitzte es spöttisch. Es war kein Geheimnis, dass Laura die Leiterin der Villa Gründgens nicht ausstehen konnte.

Kaminski drehte sich um. Mit wedelnden Armen kam Trixi Muffinger auf ihn zugelaufen, in einem eleganten, beigefarbenen Cape, dessen Kragen mit Pelz besetzt war. Ihre High Heels klapperten wie Kastagnetten über das gefrorene Kopfsteinpflaster. Ihm war schleierhaft, wie sie es schaffte, nicht der Länge nach hinzuschlagen.

»Mein liiiiieber Herr Kaminski!« Sie küsste die Luft neben seinen Wangen, danach nickte sie deutlich weniger enthusiastisch Laura zu. »Guten Morgen, Frau Hartmann.«

In ihrem Schlepptau näherte sich vorsichtig ein älteres Ehepaar, beide mochten Ende siebzig sein. Aus ihren gut geschnittenen dunklen Mänteln und den blasierten Gesichtern schloss Kaminski auf Interessenten für einen Platz in der Villa Gründgens.

»Die Kutsche steht bereit«, sagte er. »Danke noch mal für den Ristretto, Laura.«

Doch sie war schon im Lokal verschwunden. Schade. Noch nie hatte er sich in ihrer Gegenwart so wohlgefühlt.

Trixi Muffinger ergriff seinen Arm und zog ihn zu dem älteren Ehepaar. Mann, was für ein Klammergriff. Wie ein Schraubstock.

»Darf ich vorstellen?«, flötete sie. »Das ist Roman Kaminski, Kutscher, Touristenführer und Weimarkenner von höchsten Gnaden. Lassen Sie sich nicht von seinem Kutschergewand täuschen. Wenn Sie irgendeine Frage zur ruhmreichen Geschichte dieser

Stadt haben – voilà, hier ist der Mann, der alles weiß! Und das ist Professor Gohrmann samt Gemahlin.«

Kaminski reichte den beiden alten Herrschaften die Hand, ein wenig geschmeichelt, aber auch unangenehm berührt von Trixi Muffingers wortreicher Eloge. Musste sie denn immer so aufdrehen?

Er betrachtete ihr ebenmäßiges, leicht puppenhaftes Gesicht. Wie immer, war ihr nussbrauner Pagenkopf perfekt geföhnt. Keine Strähne tanzte aus der Reihe, nicht ein einziges Haar machte sich selbstständig. Es war eine Frisur, bei der er Lust bekam, mit beiden Händen darin zu wühlen.

Trixi. Energisches Kinn, schmaler Lächelmund, irisierende Vergissmeinnichtaugen. Die Leiterin der Villa Gründgens übte einen beunruhigenden Zauber auf ihn aus, soviel war klar. Irgendeinen Schlampenzauber, trotz Doktortitel und hochsittlicher Herder-Stiftung. Eine Betschwester war sie ganz bestimmt nicht.

Er klappte die Stufen herunter, die seitlich an der Kutsche angebracht waren.

»Darf ich Ihnen beim Einsteigen behilflich sein?«

Schon griff Trixi Muffinger nach seiner schwieligen Hand, mit kleinen, weichen Fingern, die trotz der Kälte angenehm warm waren.

»Immer galant, unser Kaminski! Ist er nicht großartig?«

Tief atmete er ihren Geruch ein, als sie einstieg. Eine betörende Mischung aus Heliotrop und unerlöster Weiblichkeit. Sie lebte allein, soviel wusste Kaminski. Während sie ihren fülligen Körper in die Kutsche hievte, verrutschte ihr Rock und gab den Blick auf schwarz bestrumpfte Schenkel frei. Oha. So viel üppiges Fleisch. Kaminski musste einfach hinsehen.

Das ältere Ehepaar schwieg. Ohne eine Miene zu verziehen,

ließen sich die beiden von Kaminski auf die hinteren Bänke der Kutsche helfen.

»Was für ein fan-tas-ti-sches Wetter!«, gurrte Trixi Muffinger, während sie eine Tube aufschraubte, einen Klacks Creme entnahm und damit genüsslich ihre Hände massierte. »Entzückend! Grandios! Wir nehmen die große Tour! Inklusive Goethes Gartenhaus und Buchenwald!«

Das Ehepaar versteinerte.

»Äh, es ist kühl, meine Frau würde sich erkälten, wenn wir zu lange unterwegs sind«, sagte der ältere Herr. »Könnten wir Buchenwald bitte auslassen?«

»Wie Sie wollen«, erwiderte Trixi Muffinger mit mühsam unterdrückter Enttäuschung in der Stimme.

Kaminski wusste, dass sie viel von der Aufarbeitung deutscher Geschichte hielt, vor allem der vor 1945, und sich in der Initiative »Kultur gegen Rechts« engagierte. Gedankenverloren ging sie dazu über, jeden einzelnen ihrer Finger mit der Creme zu bearbeiten.

»Wir haben ja noch alle Zeit der Welt, wenn Sie erst einmal in der Villa Gründgens wohnen. Es ist ein Wohlfühlhaus, gelegen in einer der kulturell bedeutsamsten Städte der Republik! Das Wichtigste für uns ist Harmonie, der Grundstein für Lebensqualität im Alter!«

Es klang, als würde sie ihren eigenen Werbeprospekt vorlesen. Kaminski schwang sich auf den Kutschbock, warf einen letzten Blick zur *Wilhelm-Meister-Schänke* und sah, wie Laura sich vom Fenster abwandte.

»Professor Gohrmann war Theaterwissenschaftler«, erklärte Trixi Muffinger, als sich die Kutsche in Bewegung setzte. »Er und seine Frau Gemahlin werden eine Zierde für unser kultiviertes Haus sein.«

»Falls wir uns dafür entscheiden«, ergänzte die ältere Dame pikiert.

Kaminski schlug den Kragen seines Kutschermantels hoch. Wirklich verdammt kalt für die Jahreszeit. Er wandte sich halb nach hinten um.

»Ich habe gehört, Ihr Hausmeister ist gestorben, Frau Doktor Muffinger? Der war doch keine fünfzig und kerngesund, oder?«

»Ein Drama«, bestätigte sie. »Der Arzt hat einen plötzlichen Herzstillstand festgestellt. Wirklich eine Tragödie.«

Vom Kutschbock aus hörte Kaminski, wie sie sich ausgiebig schnäuzte.

»Ich weiß gar nicht, wo mir der Kopf steht«, fuhr sie mit belegter Stimme fort. »Gute Kräfte sind heutzutage immer schwerer zu finden. Und wenn ich an die defekte Heizung denke …«

»Sagten Sie Heizung?«, fragte der ältere Herr. »Wir sind sehr kälteempfindlich.«

»Keine Sorge, bis Sie einziehen, ist das wieder in allerbester Ordnung«, versicherte Trixi Mufffinger. »Ich hoffe auf einen Engel in der Not. Der Himmel erhöre die Gebete einer hilflosen, kleinen Frau!« Ihr glockenhelles Lachen hallte von den Häuserfronten der Altstadt wider. »Natürlich wird die Stelle demnächst neu ausgeschrieben, aber in der Zwischenzeit wird mir sicher ein Retter beistehen. In Weimar wird Solidarität noch gelebt, nicht wahr, mein lieber Herr Kaminski?«

In seiner Brust stritten zwei Fraktionen. Die eine fand, dass ihn das alles einen feuchten Kehricht anging, die andere plädierte lauthals für Ritterlichkeit. Die zweite siegte. Er holte tief Luft.

»Solange Sie niemand Neues gefunden haben, könnte ich ja ein wenig nach dem Rechten sehen. In den letzten Jahren habe ich ganz allein mein Gestüt renoviert, da eignet man sich so manches an. Leitungen verlegen, Zäune ausbessern, die Heizung reparieren …«

»O mein Gott!«, sie kreischte fast, »das würden Sie wirklich tun?«

»Es geht auf den Winter zu.« Kaminski betrachtete seine von der Kälte steifen Finger. »Jetzt im Oktober kommen noch jede Menge Touristen, aber bald werden es deutlich weniger.«

»Sie sind ein Schatz!«, juchzte Trixi Muffinger wie ein Teenager. »Ist er nicht ab-so-lut großartig?«

Niemand antwortete.

»Nun gut, dann lassen wir jetzt unseren überaus brillanten Weimarexperten zu Wort kommen«, säuselte sie. »Oh, dieses wunderbare Wetter! Sind wir nicht alle Kinder der Sonne, Herr Kaminski? Wie sagte es noch der Herr Geheime Rat von Goethe? *Wär nicht das Auge sonnenhaft, die Sonne könnt es nie erblicken!* Zum Goethehaus am Frauenplan, wenn ich bitten darf.«

KAPITEL 2

Der nächste Morgen begann feucht und trübe. Nach dem ersten Kälteeinbruch des Vortags herrschten wieder laue Temperaturen. Bleigraue Wolken hingen am Himmel, es regnete in Strömen. Lichtenberg, Kaminskis Lieblingsaphoristiker, hatte alles Entscheidende dazu gesagt: *Es regnete so stark, dass alle Schweine rein und alle Menschen dreckig wurden.*

Der Asphalt glänzte schwarz wie Lakritze. Oder wie flüssige Bitterschokolade? Egal, dachte Kaminski, so ähnlich könnte das zweite Kapitel meiner Autobiografie beginnen – falls ich sie denn jemals schreibe. Kulinarische Vergleiche lagen ihm sozusagen auf der Zunge, denn seit der kurzen Begegnung mit Laura am Vortag fühlte er sich, als hätte man ihn bereits beim Amuse-Gueule von einem Zehn-Gänge-Menü weggerissen. Gerade, als sich die seltsame elektrische Spannung zwischen ihnen der Entladung genähert hatte, war Trixi Muffinger aufgetaucht.

Als ob sie es geahnt hätte. Als ob sie mit ihrer dampfenden, schwer parfümierten Weiblichkeit eine Nebenbuhlerin hatte ausstechen wollen.

Er zog seinen triefenden Hut tiefer ins Gesicht. Sauwetter. Sein Mantel war völlig durchnässt. Wasserkaskaden spritzten an den Flanken der Pferde hoch, wenn er durch Pfützen fuhr. Trotzdem bremste er nicht ab. In der Villa Gründgens wartete man schon auf ihn. Das heißt, Trixi Muffinger wartete auf ihn, dieses verquere Vollweib, in dessen Herz sich vermutlich nicht nur eine Stechuhr befand.

Kurz nachdem Kaminski den menschenleeren Theaterplatz hinter sich gelassen hatte, bog er in die vierspurige Jenaer Straße ein, die zum Webicht, dem Weimarer Stadtwald, führte. Hupend und blinkend rasten Autos an ihm vorbei, hüllten ihn in Abgaswolken, überholten ungeduldig das Gefährt, das jetzt, im morgendlichen Berufsverkehr, nichts weiter als ein Hindernis war.

Kaminski nahm es gleichmütig hin. Er wusste, dass er ein Anachronismus war, geduldet allenfalls im Innenstadtbezirk, wo er sich als Requisit der Inszenierung »Weimar, Herz der Klassik« eignete. Hier jedoch, auf dem Parcours der Beschleunigung, hatte er nichts verloren.

Der Regen peitschte ihm ins Gesicht, und ihm fiel ein, dass er eigentlich das Dach des Pferdestalls hätte reparieren müssen. Wenn er noch länger wartete, würde das Heu bald anfangen zu modern. Abgesehen vom willkommenen Nebenverdienst hatte er also Sinnvolleres zu tun, als in der Villa Gründgens den Ritter zu spielen.

Aber Trixi Muffinger war stärker gewesen. Er ahnte etwas Dunkles, Unberechenbares hinter ihrer formvollendeten Freundlichkeit. Nicht, dass er sich mit Frauen sonderlich gut auskannte. Sein Liebesleben war eine unaufhörliche Folge von Schiffbrüchen gewesen, aus denen er wenig mehr gerettet hatte als sein Seelenheil.

Seit Jahren lebte er allein. Ihn störte nicht, wenn man ihn einen Eremiten nannte, einen Eigenbrötler. Die Leute hatten vollkommen recht. Er ließ niemanden näher an sich heran – außer Laura vielleicht. Aber wohin sollte das schon führen? Laura blieb unerreichbar.

In Gedanken versunken betrachtete Kaminski seine Pferde, die im Trab ihre Köpfe hin und her warfen. Wanda, der braunen Stute, und Bismarck, dem grau gescheckten Wallach, schien der Regen genauso wenig auszumachen wie das morgendliche

Hupkonzert. Eine Viertelstunde später hatten sie auch die steile Straße bezwungen, die zur Villa Gründgens führte. Langsam holperte die Kutsche die letzten Meter, bis die kiesbestreute Auffahrt des traditionsreichen Seniorenheims in Sicht kam.

Schon viele Male war Kaminski hier vorbeigefahren. Die Villa Gründgens gehörte zum Kanon der Weimarer Sehenswürdigkeiten, und fast automatisch murmelte er den Text, den er immer bei seinen Rundfahrten aufsagte.

»Der stilvolle Alterswohnsitz für Bühnenkünstler wurde von dem Schauspieler, Regisseur und Intendanten Gustaf Gründgens geschaffen, berühmt für seine Darstellung des Mephisto in Goethes Faust am Deutschen Schauspielhaus in Hamburg. Er kaufte die Villa eines Weimarer Tuchhändlers, um betagten Kollegen ein würdiges Alter zu ermöglichen. Das unverwechselbare Ambiente des Hauses und der idyllische Garten bieten ehemaligen Schauspielern und Sängern das ideale Umfeld in einer der spazierlichsten und kulturell interessantesten Städte Deutschlands.«

Spazierlich. Kaminski verdrehte die Augen. Die Touristen liebten diesen Quatsch. Je hohler die Phrasen, desto höher das Trinkgeld. Viel lieber hätte er seinen eigenen Text vorgetragen:

»Gründgens, der Gönner, wurde von Göring zum Preußischen Staatsrat ernannt, meldete sich freiwillig an die Front zum totalen Krieg, landete aber wenig später auf der Gottbegnadetenliste der braunen Verbrecher. Woraufhin er wieder die Heimatfront bespielte, eine zwielichtige Figur, gewiss genial, vielleicht auch gewissenlos, aber wer will schon den ersten Stein werfen …«

Nein, Kaminski verurteilte niemanden leichtfertig. So, wie er es den Touristen nachsah, dass sie lieber das Goethehaus am Frauenplan überrannten statt das nahe gelegene Buchenwald. Den Stachel im Fleisch, der sich nicht entfernen ließ. Auf dem

Gelände des ehemaligen KZ konnte man sich kaum dem tröstenden Kalenderspruch hingeben, in der Erinnerung liege die wahre Erlösung. Was die Leute in Weimar suchten, war eine heroische Vergangenheit, kulturell feuervergoldet, garantiert erbaulich. Und nicht die Hitze der Verbrennungsöfen, die einem immer noch den Atem nahm.

»Ho-hooo.«

Kaminski zog die Zügel an und brachte die Kutsche zum Stehen, dann angelte er seine Thermoskanne unter dem Kutschbock hervor. Langsam schraubte er sie auf und trank einen Schluck Tee, der wunderbar belebend nach Wodka schmeckte. Gottbegnadete Wärme für seine durchnässten Knochen.

Plötzlich brachen die Wolken auf. Ein fahler Sonnenstrahl beleuchtete die Villa Gründgens, die wie eine Festung zu seiner Rechten aufragte. Kein heiterer Weimarer Klassizismus, sondern schwerfällige, düstere Gründerzeit. Das Erdgeschoss wappnete sich mit wuchtigen Steinquadern und vergitterten Fenstern gegen mögliche Eindringlinge, darüber trugen ungeschlachte Karyatiden die Last einer umlaufenden Balustrade. Die Fassade war in schmutzigem Gelb gehalten, gegliedert von grauen Fenstersimsen aus Granit.

Man hätte das Ganze für ein Gefängnis halten können, bewacht vom Namenspatron des Altersheims, in schwarzen Marmor gemeißelt. Theatralisch reckte er die mageren Finger gen Himmel, das hagere Gesicht zu einer hochmütigen Grimasse verzerrt.

»Einen wunderschönen guten Morgen!«

Dieser glockenhelle Sopran. Kaminski schraubte eilig die Thermoskanne zu und verstaute sie wieder unter dem Sitz. Etwas zu sportlich, um elegant zu wirken, sprang er vom Kutschbock, sprang ihr direkt vor die Füße, landete etwas zu dicht vor Trixi Muffinger. Viel zu dicht. Denn nun konnte sie ungehindert ihren

Zauber entfalten, ihre Vergissmeinnichtaugen auf ihn richten, ihm ihr Parfum unter die Nase reiben, den Duft einer Frau, deren Geschäft die Menschen waren.

Er trat einen Schritt zurück. Sicherheitsabstand. Sie trug ein Schneiderkostüm im schwarz-weißen Pepitamuster, dazu eine hochgeschlossene weiße Bluse. Untadelig. Perfekt. So wie ihr akkurat frisierter, brünetter Pagenkopf, dem die blasse Oktobersonne einen rötlichen Schimmer verlieh.

»Ich bin ja so froh, dass Sie gekommen sind.« Trixi Muffinger ergriff seine Hand und zog ihn wieder näher zu sich heran. »Ich weiß gar nicht, wie ich mich erkenntlich zeigen kann.« Kaminski spürte, wie sich ein cremiger, leicht klebriger Hauch auf seine rechte Hand legte.

»Na ja, nicht übertreiben«, erwiderte er. »Wenn ich Sie richtig verstanden habe, geht es nur um ein paar kaputte Glühbirnen und eine morsche Zaunlatte.«

Sie lächelte kokett.

»Der Teufel liegt im Detail.«

Allein, wie sie das Wort Teufel formte. Ihre Lippen wölbten sich ihm entgegen. Toiiiifel. O Gott. Dieser Versuch, ihre schmalen Lippen zu einem Schmollmund zu formen, als wollte sie ihn in sich aufsaugen. Oder bildete er sich das nur ein? Underfucked, verdammt. Zu viele einsame Nächte. Wie hatte es Laura noch genannt? Heißhungrig?

»Tja, vielleicht erst mal die Glühbirnen«, schlug er vor, während er die Pferde an einer Straßenlaterne festband.

»Sicher, gern, kommen Sie, ich führe Sie hinein.«

Mit wiegenden Schritten ging Trixi Muffinger auf das Gebäude zu. Während Kaminski ihr folgte, konnte er nicht anders, als das Spiel ihrer Pobacken zu studieren, über denen sich der Stoff eines etwas zu engen Rocks spannte. Keine Frage, dieses Weib weckte die niedersten Instinkte in ihm – ein blindes, tierhaftes, sinnfreies Begehren.

Errötend folgt er ihren Spuren und ist von ihrem Gruß beglückt; das Schönste sucht er auf den Fluren, womit er seine Liebe schmückt. Kaminski, alter Sack, jetzt bloß nicht schwach werden, sonst fliegst du auf die Fresse. Klar so weit?

Schon durchschritt Trixi das steinerne Portal, und einen Moment später stand Kaminski in einer Eingangshalle, deren düstere Pracht ihm schier den Atem nahm.

Dunkle, holzvertäfelte Wände mit reichen Schnitzereien rahmten eine Szenerie ein, die an verwunschene Schlösser erinnerte. Ein riesiger Kristalllüster funkelte matt über ihren Köpfen. Darunter drängten sich Sessel, Couchen, Récamièren, Beistelltischchen, Sideboards, Stehlampen, Palmenkübel, Statuen dicht an dicht.

Haben die einen Theaterfundus geplündert und alles hier abgeladen?, fragte sich Kaminski entgeistert.

Offenbar genoss Trixi seine Verblüffung, denn sie blieb eine Weile neben ihm stehen, bevor sie die immer noch sperrangelweit offene Tür schloss.

»Ein Fluch liegt auf diesem Haus! Wollen Sie uns alle umbringen?«, fragte eine krächzende Stimme.

Im Halbdunkel der Halle erspähte Kaminski eine weiß geschminkte Greisin mit pechschwarzen, schulterlangen Haaren, in einen rotseidenen Morgenmantel gehüllt. Missbilligend deutete sie mit ihrer altersfleckigen Hand auf die Heimleiterin.

»Hier holt man sich ja den Tod! Reicht es denn nicht, dass der Hausmeister dran glauben musste? Wollen Sie, dass wir jämmerlich erfrieren? Sind Sie unser Todesengel?«

»Darf ich vorstellen? Das ist Hannelore Pütz, einst eine gefeierte Tänzerin«, sagte Trixi Muffinger. Lächelnd. Und völlig unbeeindruckt, so schien es, von diesem feindseligen Auftritt.

»Primaballerina«, wurde sie von der alten Dame korrigiert. »Dieser Unterschied sollte Ihnen mittlerweile geläufig sein, Frau Doktor Muffinger.«

»Ja, sicher.« Trixis gusseisernes Lächeln blieb unverändert. »Und seien Sie unbesorgt, Fräulein Pütz, hier wird alles für Ihr Wohlergehen getan. Der Tod kann warten.«

»*Jeden ereilet endlich sein Tag, es sei auf dem weichen Kissen von Flaum, oder im rauen Gewühl des Gefechts, oder auf offenem Galgen und Rad!*«, deklamierte Hannelore Pütz mit unheilvollem Tremolo.

»*Eins davon ist unser Schicksal*«, ergänzte Kaminski.

Trixi Muffinger kniff die Augen zusammen. Irritiert sah sie zwischen den beiden hin und her, als fürchtete sie, aus einem besonders amüsanten Gesellschaftsspiel ausgeschlossen zu werden.

»Goethe, nicht wahr?«, fragte sie.

Kaminski schüttelte den Kopf.

»Schiller, *Die Räuber*, Karl Moor.«

Viele Male hatte er in dem Stück mitgespielt. Leider nur den Schufterle, doch er kannte jede Rolle, jede Zeile auswendig, obwohl er seit Ewigkeiten nicht mehr auf der Bühne gestanden hatte.

»Stimmt, junger Mann.« Neugierig ruhte der Blick der Greisin auf seinem Kutschermantel. »Und wer sind Sie?«

»Das ist Herr Kaminski«, antwortete Trixi Muffinger mit einem schmallippigen Lächeln. Schiller und Goethe verwechselt zu haben, war ihr offenbar hochnotpeinlich. »Er geht mir liebenswürdigerweise ein wenig zur Hand, bis wir Ersatz für den Hausmeister gefunden haben.«

Kaminski reckte das Kinn.

»Ich bin Kutscher und Fremdenführer.«

So viel Berufsstolz musste sein. Er ließ sich ungern zum Domestiken degradieren. Typisch Trixi Muffinger. Gerade noch war ich ihr Held, ihr Ritter, und schon hat sie einen Laufburschen aus mir gemacht.

»Ein Kutscher, soso.« Sehr gerade stand Fräulein Pütz da, die Füße in den bestickten Pantoffeln nach außen abgewinkelt. »Nun, wer oder was auch immer Sie sein mögen, es wird Zeit, dass hier mal jemand nach dem Rechten sieht und …«

»Ganz Ihrer Meinung, Fräulein Pütz«, unterbrach die Heimleiterin sie und zeigte auf eine breite, geschwungene Holztreppe, auf der ein roter Läufer lag. »Hier entlang, wenn ich bitten darf.«

Kaminski deutete eine Verbeugung an.

»Auf Wiedersehen, Fräulein Pütz. War mir ein Vergnügen.«

Trixi stand schon am Fuß der Treppe.

»Kommen Sie?« Unversehens war sie in einen gouvernantenhaften Ton verfallen. »Wir befinden uns hier im Altbau der Villa Gründgens, einem zauberhaften architektonischen Schmuckstück des späten neunzehnten Jahrhunderts, wo etwa zwanzig eigens ausgesuchte Bewohner das Privileg eines traditionsreichen Ambientes genießen. An die Rückseite schließt sich der moderne Neubau an, mit Pflegestation, Demenzabteilung und diversen Wellnessangeboten. Dort beherbergen wir das Gros unserer alten Leutchen, etwa weitere einhundert Bewohner.«

Während sie die angenehm flachen Stufen hochstiegen, achtete Kaminski darauf, neben der Heimleiterin zu bleiben. Das kleine Schauspiel der Pobacken hatte ihm vollauf gereicht.

Stattdessen konzentrierte er seinen Blick auf das Treppenhaus. Goldene Kandelaber schmückten das schmiedeeiserne Geländer, die Wände waren verschwenderisch mit Fresken bemalt, die mythologische Szenen darstellten.

»Schauen Sie nur, ist dieser Cupido nicht allerliebst?«, fragte Trixi Muffinger.

Sie blieb auf dem Treppenabsatz stehen und zeigte auf einen dicklichen Putto, der an seinem Geschlecht spielte. Eine ziemlich frivole Szene für ein Altersheim, fand Kaminski. Überhaupt stand das neckische Fresko voller Blumen und verliebter Blicke in merkwürdigem Gegensatz zu der morbiden Atmosphäre. Ein Geruch welker Blüten und ungelüfteter Stoffe durchzog die Räume.

»Allerliebst, ja«, wiederholte er.

Eine merkwürdige Schwüle nahm ihm den Atem, während sie gemeinsam den masturbierenden Cupido betrachteten. Diese Trixi ist pures Verlangen, durchzuckte es ihn. Und sie weiß, was sie tut. Oder täusche ich mich?

Argwöhnisch musterte er sie von der Seite. Nein, da war nichts Laszives in ihrem Gesicht. Nur etwas neckisch Verspieltes vielleicht.

Mensch, Kaminski, du Idiot. Geht's noch? Für wen hältst du dich eigentlich? Für Casanova? Reiß dich gefälligst zusammen. Fängst hier an rumzusabbern, dabei will die Frau nur, dass du als Axt im Haus den Zimmermann ersparst.

Kaminski war derart in seine Überlegungen vertieft, dass er den Moment verpasste, in dem sie weiter die Treppe hochging. Bloß nicht hinsehen. Er ließ sich Zeit. Auf den roten Läufer starrend, erledigte er die restlichen Stufen. Seinen Kopf hob er erst wieder, als ein öliger Tenor an sein Ohr drang, begleitet von Klavierklängen. Die Musik kam aus einer geöffneten Flügeltür am Ende des Flurs, wo Trixi Muffinger stand und ihm winkte.

Langsam schlenderte er auf sie zu, vorbei an Porträtgemälden, die rechts und links an der Wand aufgereiht hingen wie in einer Ahnengalerie. Neugierig sah er in den Raum.

»*Verwundet! … Nun beim Himmel, mein Blut gerät in Wallung!*«, sang ein korpulenter älterer Herr mit einem tiefroten, fleischigen

Gesicht, der sich selbst am Flügel begleitete. »*Kommt der Engel, der unsern Zorn in milde Sanftmut wandelt?*«

Er brach ab, als er die Heimleiterin sah.

»Oh, Frau Muffinger, Sie sanftmütiger Engel, Sie kommen aufs Stichwort.«

Mit beiden Händen vollführte er ein Glissando. Seine Gesichtszüge wurden weich. Mit geschlossenen Augen neigte er den Kopf zur Seite und sang leise: »*Are you lonesome tonight? Do you miss me tonight? Are you sorry we drifted apart?*«

Eine Gänsehaut kroch über Kaminskis Rücken. Der alte Elvis-Song berührte etwas in ihm. Eine Sehnsucht, die er fast vergessen hatte.

»*Does your memory stray to a brighter sunny day when I kissed you and called you sweetheart …*«

Die Stimme erstarb.

»Was verschafft uns die Ehre Ihres Besuchs?«

Jetzt erst sah Kaminski, dass der Sänger Publikum hatte. Die hohen Fenster waren mit olivgrünen Samtportieren verhängt, sodass nur spärliches Tageslicht in den Raum drang. In einem Arrangement ziemlich ramponierter, wild zusammengewürfelter Möbel saß eine Handvoll Greise. Sie wirkten wie gestrandet im Dämmerlicht des Salons.

»Guten Morgen, Herr Reichenbach, wie immer bei bester Stimme«, schmeichelte Trixi Muffinger dem Sänger. Sie wandte sich an Kaminski. »Erwin Reichenbach hat an den ganz, ganz großen Opernhäusern gesungen, und noch immer erfreut er sich eines beeindruckenden Organs.«

»Wie recht Sie haben, Frau Doktor Muffinger«, kicherte ein kahlköpfiger alter Mann. »Das einzig Bedeutungsvolle an dem werten Kollegen war immer sein Gemächt.«

Der Mann wirkte winzig. Wie ein Schulkind ließ er die Beine

von einem Chippendalesofa baumeln, das mit verschossenem gelben Chintz bezogen war.

»Nichts für ungut, Erwin, aber für die große Oper hat dein Stimmchen nun mal nicht gereicht. Trotzdem ganz passabel, dein Othello. Wobei dir Elvis Presley besser liegt.«

Eine peinliche Pause entstand.

Kaminski sah in die Runde. Spontan beschloss er, sich selbst vorzustellen, um nicht wieder ins Personal einsortiert zu werden.

»Gestatten, Roman Kaminski, Kutscher. Ich vertrete für eine Weile den Hausmeister.«

Das Schweigen, das darauf folgte, war so geräuschvoll, dass es in den Ohren dröhnte. Alle warfen einander verstohlene Blicke zu. Selbst Trixi Muffinger war verstummt. Was hatte er denn gesagt?

»Der Hausmeister …« Erwin Reichenbach räusperte sich. Unruhig glitten seine Hände über die Tasten, ohne sie zu berühren. »Ein tragischer Tod.«

»Ein rätselhafter Tod«, kam es aus den Tiefen einer blassrosa Couch, wo eine beleibte Matrone residierte.

»Ein unnötiger Tod«, wisperte der Kahlkopf. »Ich denke …«

»Keine Verschwörungstheorien, bitte«, fuhr Trixi Muffinger ihm über den Mund. »Dieser Todesfall sollte keinesfalls Gegenstand irgendwelcher Spekulationen werden. Ich möchte keinen Unfrieden in der Villa Gründgens.«

Wie eine Dompteuse sah sie vom einen zum anderen. Ihre Stimme nahm einen geschäftsmäßigen Ton an.

»Lieber Herr Kaminski, im Schrank dort drüben finden Sie alles, was Sie brauchen – Glühbirnen und Werkzeug zum Beispiel. Ich ziehe mich jetzt in mein Büro zurück. Wenn Sie mögen, können wir einen Tee zusammen trinken, bevor Sie aufbrechen.«

»Hm – äh, ja«, stammelte Kaminski, verdutzt über den emotionalen Kälteeinbruch.

»Dann bis später.«

Und schon stöckelte Trixi Muffinger davon.

Kaminski zog seinen durchnässten Mantel aus und legte ihn zusammen mit seinem Hut auf einen lindgrünen Plastikhocker, schätzungsweise frühe Sechzigerjahre. Dann ging er zu dem dunklen Eichenschrank, auf den Trixi gezeigt hatte, und öffnete ihn. Die Fächer waren angefüllt mit Schachteln, Kabeln und undefinierbarem Krimskrams. Während er aufs Geratewohl eine Glühbirne herausnahm, spürte er die Blicke der alten Leute auf seinem Rücken. Langsam drehte er sich um.

»Verraten Sie mir mal, was eigentlich los ist?«

»*Man hat mir nicht alles entdecken mögen, und von dem Wenigen, das ich weiß, erfährst du nur Weniges*«, erwiderte Erwin Reichenbach gewichtig.

Schon wieder *Die Räuber*, diesmal Franz Moor. Was war das hier für ein komischer Seniorenschuppen, in dem alle Schiller zitierten?

»Auch wenn Verfall und Niedergang drohen, sollten wir uns Herrn Kaminski vielleicht erst mal vorstellen«, sagte der kleine Kahlkopf. Er rutschte vom gelben Chintzsofa, zog ein schwarzes Toupet aus seiner Hosentasche und setzte es auf.

»Gestatten, Leo Bamberger, Regisseur und Gründungsmitglied des Schiller-Zirkels.« Mit einer ausladenden Geste deutete er auf die Anwesenden. »Erwin Reichenbach haben Sie bereits kennengelernt, außerdem gehört unserem Zirkel die reizende Staatsschauspielerin Elfriede Sasse an. Noch nicht anwesend sind Siegfried von Lehndorff, Schauspieler und Vertreter des leichten Fachs, sowie Rudi Wuttke, seines Zeichens Maurermeister.«

Kaminski lächelte schief. Warum nur hatte er das Gefühl, in einen konspirativen Club geraten zu sein?

»So eine Unverschämtheit, Sie haben mich ausgelassen!«

Hannelore Pütz erschien an der Tür. Hoch erhobenen Hauptes stolzierte sie zum Flügel, wo sie eine dekorative Pose einnahm, den Ellenbogen auf den Flügeldeckel gestützt.

»Damit wären wir fast komplett«, verkündete Leo Bamberger. »Oberst Lehndorff, die Rache der Vertriebenen, und Werktätiger Wuttke, die Stimme des Volkes, sind noch beim Arzt.«

»Verstehe«, murmelte Kaminski, obwohl er kein Wort verstand.

»Ein mörderischer Fluch liegt auf diesem Haus«, flüsterte Hannelore Pütz. »Ich spüre es.«

»Unsinn, Sie haben nur vergessen, Ihre Tabletten zu nehmen«, grummelte die Matrone, die Leo Bamberger als Staatsschauspielerin vorgestellt hatte. »Deshalb sehen Sie Gespenster, Sie gestörter kleiner Hungerhaken.«

Kokett spielte sie mit einer Perlenkette, die ihren üppigen Busen betonte. Kaminski hatte noch nie eine ältere Dame gesehen, die ein derart weit ausgeschnittenes Kleid trug. Ihre voluminösen Brüste sprengten fast den dünnen, beängstigend durchsichtigen Stoff.

»Ich muss mich für das Benehmen von Frau Sasse entschuldigen«, sagte die ehemalige Primaballerina. »Ihre Denkungsart ist so ungezügelt wie ihre lächerliche Neigung zu übertriebenen Dekolletés.«

Elfriede Sasse sah sie unbeweglich an.

»Scheiß drauf, Titten raus.«

Wie war das? Mit offenem Mund stand Kaminski da. Hatte die ausladende alte Dame etwa dieses Dings, dieses Tourette-Syndrom?

»Elfriede ist unsere kleine Rebellin«, grinste Leo Bamberger.

»Und eine vorzügliche Schauspielerin«, sagte Erwin Reichenbach, der immer noch am Flügel saß. Er warf ihr eine Kusshand zu.

Sichtlich verärgert löste sich Hannelore Pütz aus ihrer Pose und steuerte einen gedrechselten Lehnsessel an. Jetzt erst sah Kaminski, dass sie hinkte.

»Ach, was«, blaffte sie. »Von einer echten Schauspielerin ist Elfriede himmelweit entfernt.«

»Nun ja, sie ist manchmal hormonell etwas unterzuckert«, ergänzte Leo Bamberger.

Eine nette Gesellschaft. Irgendwie hatte sich Kaminski ein Altersheim etwas anders vorgestellt. Jedenfalls nicht wie die Seniorenversion einer Theaterkantine.

»Morrrgen, die Herrrrrschaften, Sie haben doch wohl noch nicht mit der Prrrobe begonnen?«

Die knarrende Stimme wehte wie aus einem alten UFA-Film in den Salon, untermalt von einem merkwürdigen Surren. Im nächsten Moment kam ein älterer Herr in einem Elektrorollstuhl hereingerast. Er stoppte direkt vor Kaminski, der erschrocken zurückwich.

Das weiße Haar des Rollstuhlfahrers war zu einem Bürstenschnitt gekürzt, ein Bärtchen zierte seine Oberlippe. Er trug einen übereleganten grauen Dreiteiler, weißes Hemd, Krawatte, Einstecktuch.

»Lehndorff«, stellte er sich militärisch knapp vor. »Würde gern für Sie aufstehen, bin aber leider an den Rollstuhl gefesselt.«

»Und das ist der Kutscher, der für den Hausmeister einspringt«, erklärte Erwin Reichenbach.

Misstrauisch nahm der Rollstuhlfahrer Kaminski in Augenschein. »Hat er gedient?«

Kaminski begriff nicht gleich. Dann wurde ihm der Sinn der Frage klar.

»Die Schule der Nation habe ich geschwänzt«, antwortete er wahrheitsgemäß. »Weil ich meine Ausbildung in Berlin genossen habe.«

»Soso.« Lehndorff musterte ihn von oben bis unten. »Um welche Ausbildung handelt es sich dabei?«

Kaminski biss sich auf die Lippen. Einerseits wollte er seine Schauspielervergangenheit geheim halten, andererseits spürte er den alten Nestgeruch, die vertraute Theaterluft, die er jahrelang eingeatmet hatte. Irgendwie gehörte er immer noch dazu. Aber sollte er dieses Geheimnis preisgeben? Unschlüssig drehte er die Glühbirne in seiner Hand hin und her.

»Was soll das werden – ein Verhör?« Elfriede Sasse erhob sich. »Jeder, der freiwillig in diesem Beerdigungsinstitut arbeitet, verdient unseren Dank, wenn nicht unsere Liebe!«

Mit ausgebreiteten Armen segelte sie auf Kaminski zu. Im nächsten Moment hatte sie ihn auch schon an ihren prallen, halb nackten Busen gedrückt.

»Elfriede, das geht zu weit!«, kreischte Hannelore Pütz.

»Scheiß drauf«, kam es aus der Hüfte geschossen zurück.

Während sich Kaminski aus den fleischigen Tiefen des Dekolletés befreite, stellte er fest, wie sehr er diese Seifenoper genoss. Seit Langem hatte er sich nicht mehr so gut amüsiert.

»Sie sagten, Sie hätten eine Probe?«, wechselte er das Thema. »Was proben Sie denn?«

»*Die Rrrräuber*«, schnarrte der Oberst, der vermutlich keiner war, wenn auch der Schmiss auf seiner linken Wange auf eine kampferprobte Vergangenheit schließen ließ.

»Wir haben uns zusammengeschlossen, um diesem Dichter unsere Reverenz zu erweisen«, erläuterte Erwin Reichenbach. Mit einem Stofftaschentuch wischte er sich den Schweiß vom hochroten Gesicht. »Schiller wird in Weimar unterschätzt.«

»Dauernd Goethe, Goethe, Goethe, dieser Langweiler«, pflichtete Leo Bamberger ihm bei. »Schiller steht für Rebellion. Genau das, was wir brauchen.«

»Rebellion? Ohne mich!«, protestierte Oberst Lehndorff. »Krankt unsere Gesellschaft nicht am Verlust der Werte? Was wir brauchen, ist Ordnung, Struktur, Gemeinsinn – alle für einen, einer für alle!«

»Achtung, die Muffinger kommt!«, rief Elfriede Sasse dazwischen. »Los, Buffo, gib's ihr!«

Erwin Reichenbach intonierte ein kurzes Vorspiel, dann schmetterte er aus Leibeskräften: »*Nur nicht aus Liebe weinen, es gibt ja mehr noch als nur den einen. Es gibt so viele auf dieser Welt …*«

»Aufhören! Sofort aufhören!«

Wie eine Furie stürzte die Heimleiterin in den Salon. Grob stieß sie Erwin Reichenbach zur Seite und schloss krachend den Deckel über der Tastatur.

»Hier ist kein Ort für Lieder von Nazi-Schlampen!«, schrie sie. »Zarah Leander! Was für eine Bodenlosigkeit! Buchenwald liegt nur ein paar Steinwürfe entfernt, wie können Sie das vergessen?«

Eine gespannte Stille folgte. *Mit den Narrenstreichen ist's nun am Ende,* dachte Kaminski, erstaunt über Trixi Muffingers heftige Intervention.

Es war Leo Bamberger, der das Schweigen brach.

»Sehr geehrte Frau Doktor Muffinger, als Angehöriger einer einstmals verfolgten Opfergruppe möchte ich Sie davon in Kenntnis setzen, dass Sie uns mit ihrer politischen Korrektheit mal am Arsch lecken können.«

»Ich – ich …« Trixi Muffinger rang nach Worten. »Ich bitte um ein wenig Respekt für das Wichtige, das ich tue!«

»Scheiß drauf«, sagte Elfriede Sasse.

KAPITEL 3

Draußen war es dunkel geworden. Früh. Wie immer zu früh. Ein eisiger Wind fegte die Blätter von den Bäumen und peitschte langfingrige Äste ans Fenster, mit einem schabenden Geräusch, als kratzte Murnaus Nosferatu geisterhaft an den Scheiben.

Welke Blätter. Schutzlos nackte Bäume. Falls ich jemals ein Theaterstück schreibe, wird es vom Altern handeln, dachte Kaminski. Ihn fröstelte, trotz der Wärme der *Wilhelm-Meister-Schänke.*

»Hallo, mein kleiner Philosoph, Feierabend?«

Er hob sein Weinglas und prostete Laura zu. Zu gern hätte er ihr von den Ereignissen des Tages erzählt, doch jetzt, am frühen Abend, herrschte Hochbetrieb im Lokal. Alle Tische waren voll besetzt. Rushhour, sozusagen.

Kaminski seufzte unhörbar. Laura lächelte zwar, doch ganz anders als am Morgen. Freundlich, ja, aber eher unverbindlich. Die Chance auf ein ausgedehntes Gespräch ergab sich erfahrungsgemäß erst kurz vor Feierabend, wenn sich ein paar letzte Gäste ihre Begleitung schöntranken. Dann polierte Laura Gläser, und sie redeten. Über alles. Fast alles. Weit wichtiger war ihm das, worüber sie schwiegen. *Im Anfang war das Wort. Hier stock' ich schon! Wer hilft mir weiter fort?*

»Ich glaube, mein kleiner Philosoph braucht ein bisschen mehr Schlaf«, sagte sie. »Du siehst müde aus.«

Wie meist am Abend trug sie einen schwarzen Hosenanzug. Ihr blondes Haar hatte sie hochgesteckt und die Lider mit etwas

Kajal betont. Er schloss kurz die Augen. Einfach den Kopf an diese aufrechte Schulter legen, die Wange daran schmiegen, ausruhen, nach Hause kommen. Blödsinn.

»War ein langer Tag.« Kaminski zeigte auf seinen Teller. »Exzellent, der Tafelspitz.«

In Lauras Zügen malte sich ein Anflug von Enttäuschung. Du begriffsstutziger Idiot, beschimpfte er sich. Warum erträgst du es nicht, wenn Laura persönlich wird?

»Ich habe den Fleischlieferanten gewechselt«, erwiderte sie sachlich. »Schön, dass es dir schmeckt.«

O Gott, dieses Gebirge ungesagter Worte zwischen ihnen. Er fühlte sich elend. Ein eiserner Boxhandschuh quetschte seinen Brustkorb zusammen. Unterdessen ging Laura schon zu einem anderen Tisch. Einmal mehr faszinierte ihn ihre Körpersprache. Bei jedem Schritt wippte sie leicht auf und ab.

Kaminski saß an seinem Lieblingsplatz, direkt neben der Tür. Klassische Beobachterposition. Die *Wilhelm-Meister-Schänke* war eine Fundgrube für das Studium der menschlichen Seele. Allein über Haltung, Gesten und Mimik der Gäste hätte man dicke Folianten schreiben können. Über die Choreografie der Bewegungen, die Botschaft der Blicke.

Der größte Teil des Publikums wechselte täglich, die Kulisse blieb immer gleich: ochsenblutrote Wände, schlichtes, helles Holzmobiliar. Man verstand kaum sein eigenes Wort, so heftig schwoll das Stimmengewirr gerade an. Ein paar Stammgäste tranken ihren Schoppen, Großfamilien orderten Spaghetti, Paare nahmen ihr Abendessen ein, bevor sie ins Theater oder ins Konzert ausschwärmten.

Und wie eine Regisseurin mittendrin: Laura. Wo sie auftauchte, gab es großes Hallo. Die *Wilhelm-Meister-Schänke*, von Eingeweihten kurz WMS genannt, wurde für das ausgezeichnete Essen und die erlesenen Weine gerühmt, aber der Erfolg stand und fiel mit der Wirtin. Laura war mehr als das. Sie war eine Gastgeberin.

Während Kaminski seinen butterweichen Tafelspitz zerteilte, nahm er sich vor, Frettchen eine Portion mitzubringen. Hinter dem merkwürdigen Namen verbarg sich ein junges Mädchen, das fluchte, sobald es den Mund aufmachte. Ein aufsässiger Teenager, die Nervensäge schlechthin. Frettchen war ein Freak, aber sie liebte Pferde genauso wie er. Seit einigen Wochen streunte sie auf seinem Hof herum und half ihm manchmal im Stall. Dafür zeigte er ihr, wie man die Kutsche lenkte.

»Mensch, Kaminski, du hast in der Villa Gründgens als Hausmeister angeheuert?«

Er sah auf. Zu enge Jeans, zu enges Hemd, toupiertes Haar. Vor ihm stand Michael von Schwerin, ebenfalls Stammgast im WMS und Schauspieler am Deutschen Nationaltheater Weimar. Man hätte ihn für einen Zuhälter aus den Achtzigern halten können mit dem Goldkettchen und der Sonnenbankbräune. Seine Kollegen nannten ihn Mucken-Michi, weil er für Geld alles tat. Immer wieder schwänzte er Proben oder ließ sich krankschreiben, um für schlappe 150 Euro als Conférencier in Autohäusern und Einkaufszentren aufzutreten. Kaminski traute ihm zu, dass er auch Rheumadecken verkaufte.

»Das mit dem Hausmeisterjob ist nur vorübergehend«, wich er aus, in der Hoffnung, dass dieser halbseidene Provinzbeau sich verziehen würde.

»Du hast doch nichts dagegen?« Breitbeinig nahm Mucken-Michi am Tisch Platz. Er beugte sich verschwörerisch vor. »Ist 'ne geile Sau, die Heimleiterin, was?«

Kaminski hätte es etwas anders ausgedrückt.

»Keine Ahnung. Auf jeden Fall sehr kompetent, würde ich sagen.«

Mucken-Michi war die grässlichste Landplage seit den biblischen Heuschrecken. Nicht nur wegen seiner lauten, aufdringlichen Art. Ständig prahlte er mit seinen Eroberungen. Die weiblichen Honoratioren Weimars durchzuvögeln, war sein Paradies.

»Die Muffinger steht auf mich, hundertpro. Gestern hat sie mich als Regisseur engagiert. Für diesen komischen Schiller-Verein, der *Die Räuber* aufführen will.«

Kaminski war fassungslos. Mucken-Michi und der Schiller-Zirkel, das passte in etwa so gut zusammen wie Erbsensuppe und Bœuf bourguignon.

»Was 'ne Lachnummer!« Der Schauspieler schlug sich auf die Schenkel. »Die klapprige Rentnertruppe ist so taub, dass ein Souffleur Signalflaggen bräuchte. Abgesehen davon, dass die Alten so schlecht sehen, dass man eigentlich morsen müsste!« Begeistert von seinem Witz brach er in dröhnendes Gelächter aus. »Hat echt Humor, die geile Muffinger!«

»Kannten Sie den Hausmeister der Villa Gründgens?«, fragte Kaminski, um Mucken-Michi auf unverfängliches Terrain zu führen.

»Den armen Teufel, der einfach umgekippt ist?« Er schüttelte den Kopf. »Nö. Schöner Tod. Zack, bumm, aus. So möchte ich auch abtreten.«

Leider tat er Kaminski nicht den Gefallen. Stattdessen schaute er mit gespielter Betroffenheit zur Decke, als ob dort irgendwo der Geist des Hausmeisters herumschwebte.

»Ich sag nur: *Carpe diem.*« Mucken-Michi machte eine wegwerfende Handbewegung. »Immer voll druff, alles wegnageln, was Titten hat, das pralle Leben und so weiter.«

Kaminski registrierte, dass es am Nebentisch auffällig still wurde.

»Hast du mitbekommen, dass die Senioren nicht an einen

natürlichen Tod des Hausmeisters glauben?«, fuhr Mucken-Michi fort. »Gruselig. Pass bloß auf, dass dich keiner von der Leiter schubst.«

Ein Schauer überlief Kaminski. Von einem Fluch hatte diese merkwürdige Primaballerina gesprochen. Nicht, dass er abergläubisch gewesen wäre, doch seltsam war es schon, dass auch die anderen Mitglieder des Schiller-Zirkels dunkle Andeutungen gemacht hatten.

Laura trat an den Tisch. Ein wenig irritiert schaute sie vom einen zum anderen.

»Ihr kennt euch?«

»Flüchtig«, antwortete Kaminski.

»Wusstest du, dass er Schauspieler war?«, trumpfte Mucken-Michi auf.

Laura erstarrte. »Hat er mal, äh, erwähnt, glaube ich.«

Sie streifte Kaminski mit einem Wieso-hast-du-vor-mir-Geheimnisse-Blick. Er hätte Mucken-Michi am liebsten erwürgt. Wie hatte er das denn rausbekommen? Die Antwort ließ nicht lange auf sich warten.

»Jahrbuch der Bühnenkünstler, 1992«, erklärte der Schauspieler. »Landesbühne Bruchsal, dritter Fahnenträger links.« Er kicherte hämisch. »Zu mehr hat's nicht gereicht. Ich meine, Kaminski hat ein ganz gutes Gesicht, aber die Stimme …«

»Was ist mit der Stimme?«, fragte Laura.

Mucken-Michi lehnte sich auf seinem Stuhl zurück. »Gelernt ist gelernt. Ich« – er machte eine affektierte Kunstpause – »ICH war auf der Schauspielschule in Leipzig, meines Erachtens die größte Talentschmiede des Landes. Dort hat man meine Stimme zum Instrument geformt! Begabung kann natürlich auch nicht schaden. Ich fülle locker ein Haus mit zweitausend Zuschauern, nur mit meinem« – Kunstpause – »FLÜSTERN.«

Kaminski stöhnte auf, was sein Gegenüber ignorierte.

»Die STIMME ist ALLES«, dozierte Mucken-Michi. »Meine hat Magie, Timbre, Sex, verstehst du, Laura? Die ganze Welt kann ich in meine Stimme legen. Man hat mir schon oft angeboten, Hörbücher zu sprechen.«

»Komisch, dass du es dann noch nicht getan hast«, bemerkte sie trocken.

»Leider bin ich zu sehr in den Theaterbetrieb eingebunden«, behauptete Mucken-Michi. »Man kommt ja nie raus.«

Nur jemand, der Laura gut kannte, las aus dem unmerklichen Zucken ihrer Mundwinkel eine gewisse Belustigung. Kaminski kannte sie sehr gut.

»Vielleicht noch einen Wein, die Herren?«, fragte sie.

»Ein Gläschen Chateau Garage, der ist spritzig auf der Zunge und frech im Abgang«, witzelte Mucken-Michi. »Sonst noch jemand ohne Fahrschein?«

Kaminski richtete seinen Zeigefinger auf wie ein Schuljunge.

»Einen Tafelspitz zum Mitnehmen, bitte.«

Fragend hob Laura eine Augenbraue. Dann drehte sie sich auf dem Absatz um.

»Und ein Viertel Sancerre, wenn Sie so freundlich sein könnten«, rief Leo Bamberger ihr hinterher. In eine fesche Kombination aus Lodenjanker, weißem T-Shirt und heller Hose gewandet, trat er an den Tisch. »Dürfte ich mich dazugesellen?«

»Immer nur rein in die gute Stube«, dröhnte Mucken-Michi. »Und? Bamberger, altes Haus? Was machen die Mädels?«

Wäre Leo Bamberger nicht gerade erst gekommen, Kaminski hätte spätestens jetzt die Flucht ergriffen. Er sah auf die Uhr. Fast sieben schon. Die Pferde mussten in den Stall und gefüttert werden.

Leo Bamberger rückte sein schwarzes Toupet zurecht.

»Nun ja, meine Eroberungen werden spärlicher, aber nicht unbedingt reizloser.«

Mucken-Michi griente. Vertraulich legte er Kaminski eine Hand auf den Arm.

»Der olle Bamberger hat es faustdick hinter den Ohren. Greift vollreife Touristinnen vor dem Nationaltheater ab, der Schwerenöter. Erst kaut er ihnen ein Ohr ab, dann quatscht er sie ins Bett.«

Er erhob sich halb. Hüftwackelnd und mit Falsettstimme jaulte er: »You sexy motherfucker«.

»Also, so simpel ist das nun auch wieder nicht«, widersprach Leo Bamberger schmunzelnd. »Ich suche den Austausch, die intelligente Konversation. Weimar zieht ein äußerst kultiviertes weibliches Publikum an.«

Mucken-Michi schlug ihm jovial auf die Schulter.

»Ich sag immer: Spiel nicht mit dem Herzen einer Frau, sie hat nur eins. Spiel lieber mit ihren Brüsten, davon gibt's nämlich zwei.«

Herr im Himmel! Kaminski hatte mehr als genug. Er gab Laura ein Zeichen. Nachdem er bezahlt hatte, begleitete sie ihn nach draußen.

»Alles in Ordnung bei dir?«, erkundigte sie sich.

»Tut mir leid, dass ich es dir nicht gesagt habe.« Kaminski räusperte sich. »Ich meine, dass ich mal Schauspieler war.«

Forschend blickte sie ihn an. Im Schein der Straßenlaterne sah Kaminski, dass ein Nerv unter ihrem rechten Auge zuckte. In den Arm nehmen, dachte er. Bitte. Nur so, ohne Hintergedanken.

»Schon gut«, murmelte sie und strich über die Pelerine seines Kutschermantels, als müsste sie ein Stäubchen entfernen.

Ihre Berührung traf ihn wie ein Stromschlag. Er zuckte zusammen.

»Ich, ich – müsste dann mal los, die Pferde, du weißt ja.«

Sie hielt ihm den Plastikbehälter hin.

»Hier, der Tafelspitz. Sollte ich mir Sorgen wegen eines gewissen Frettchens machen?«

Ach, du liebes bisschen. Er hätte es wissen müssen. In Weimar blieb nichts verborgen. Aber wie sollte er ausgerechnet Laura die Sache mit Frettchen erklären? Das Mädchen war die Hölle. Er verstand ja selbst nicht, warum er diese rotzfreche Göre ertrug.

»Unsinn, es gibt nicht den geringsten Grund zur Sorge«, beteuerte er. »Sie ist mir zugelaufen wie ein herrenloser Hund. Aber wenn du es genau wissen willst: Alles unter zwanzig lässt mich kalt, und an allem, was über zwanzig ist, verbrenne ich mir die Finger.«

Laura sah ihn erstaunt an.

»Aha.«

»Wie gesagt, die Pferde müssen in den Stall.« Er nahm ihr den Plastikbehälter ab. »Danke. Bis bald.«

So schnell er konnte, kletterte er auf den Kutschbock. Plötzlich war ihm heiß. Er riss den Kutschermantel auf und trieb die Pferde zum Galopp an. Fast hätte er Laura von seinen Pleiten erzählt, von den glücklosen Affären, von seiner katastrophalen Scheidung.

Das Wort hindert das Schweigen daran, zu sprechen, schoss es ihm durch den Kopf. War es nicht vollkommen irrsinnig, dass er gern ein wenig mit Laura geschwiegen hätte?

KAPITEL 4

Der Wind hatte sich zu einem tosenden Sturm gesteigert. Wie ein Kahn auf hoher See geriet die Kutsche ins Schlingern, neigte sich gefährlich zur Seite, bedrängt von Büschen, die sich wellengleich am Straßenrand auftürmten und wieder in sich zusammenfielen. Wie Gischt spritzte der Schaum von den weit aufgerissenen Mäulern der Pferde, ihre Hufe klapperten hohl durch die unheilschwangere Nacht.

Nee nee, Kaminski, so was will doch kein Mensch lesen. Und was willst du überhaupt damit sagen? Dass du ein bisschen zuviel an Lauras Wein genippt hast? Dass du ohne Kompass durchs Leben segelst?

Am Gestüt angekommen, spannte er die Pferde aus und führte sie in den Stall. Er war hundemüde. Im Schein einer nackten Glühbirne mistete er die Boxen aus und füllte sie mit frischem Stroh.

Mittlerweile hätte er sich ohrfeigen können, dass er Trixi Muffinger ein derart großzügiges Angebot gemacht hatte, statt sich um seine eigenen Angelegenheiten zu kümmern. Das Gestüt war eine einzige Baustelle. Durch das Stalldach regnete es herein, und an die Bruchbude von Hauptgebäude wollte er lieber erst gar nicht denken. Von wegen renoviert.

Mitte der Neunzigerjahre war er hergekommen, in das kleine Dorf vor den Toren Weimars. Zurück auf heimatliche Erde, die er nie zuvor gesehen hatte. Und doch war das großväterliche Gestüt die große Sehnsucht seiner Kindheit gewesen.

Er holte ein paar schrumpelige Äpfel für Bismarck und Wanda aus einer Holzkiste. Weiche, behaarte Lippen strichen über seine Handflächen, als er ihnen die Äpfel hinhielt.

Kaminski liebte seine Pferde, sie waren seine Familie. Deshalb hatte er sich angewöhnt, in unbeobachteten Momenten mit ihnen zu sprechen. Wanda drehte ihm schnaubend den Kopf zu, als er leise murmelnd begann, sie zu striegeln.

Nachdem sich wenige Jahre nach Kriegsende abgezeichnet hatte, wes Geistes Kind die neuen Machthaber im Osten Deutschlands waren, hatten sich seine Großeltern nach Hamburg abgesetzt. Die Enteignung wäre sowieso nur eine Frage der Zeit gewesen, und als strammer Antikommunist wollte sein Großvater keinesfalls auf seinem eigenen Gestüt für den Arbeiter- und Bauernstaat schuften.

Alles, was dem Großvater geblieben war, hatte der störrische alte Herr seinem Sohn und seinem Enkel vererbt: eine verrückte, nahezu erotische Passion für Pferde. So war es eine Herzensentscheidung gewesen, als Kaminskis Vater in Hamburg-Winterhude einen Laden für Pferdezubehör eröffnet hatte.

Kaminski war mit Reitgerten, Sätteln und Trensen aufgewachsen, mit dem würzigen Geruch von Leder und Hufsalbe. Wieder und wieder hatte er sich in ein Leben mit Pferden hineingeträumt. Geritten war er nie, dafür hatte es an Geld gefehlt. Doch es hatte keinen Tag gegeben, an dem der kleine Kaminski nicht in diesem Laden herumgekrochen wäre.

»Ey, Blödmann, auch schon zu Hause?«

Er fuhr herum.

»Himmelherrgott, Frettchen, musst du dich immer so anschleichen?«

Sie saß auf der Trennwand zur Nachbarbox. Alle nannten sie Frettchen, obwohl sie eigentlich Chantal hieß. Ihr stacheliges

Haar leuchtete hennarot, drei silberne Ringe durchbohrten ihre Oberlippe. Auf ihrer rechten Wange prangte ein Spinnentattoo, hinter dem linken Ohr klemmte eine Selbstgedrehte.

»Wieso?« Sie kicherte. »Hast du bescheuerter Schisser was zu verbergen? Was Unanständiges vielleicht? Mit de Pferde, oder so?«

Kaminski stöhnte.

»Frettchen – oder soll ich dich lieber Chantal nennen? –, du siehst zu viele Pornos.«

»Scheiße, lass das, du weißt doch, wie ich diesen voll verkackten Namen hasse!«

Behände kletterte das junge Mädchen ein Stück höher, dann richtete es sich auf und sprang Kaminski vor die Füße.

»Kann ich heute Nacht hier im Stall pennen? Und hast du was zu fressen für mich?«

Frettchen war erst vierzehn und der Outcast in dem kleinen Dorf. Ein rebellisches Ding, dem alle prophezeiten, es werde dereinst auf dem Strich oder an der Nadel enden. In nur einem Jahr hatte sie es geschafft, alle gegen sich aufzubringen: Schule geschmissen, Jungsgeschichten, Besäufnisse auf dem Friedhof.

Kaminski drohte ihr mit der Pferdebürste.

»Hör mal, ich bin nicht dein Vater.«

»Stell dich nicht so an, verwichster Blödmann. Meine Alten drehen gerade mal wieder durch.«

Sie entwand ihm die Bürste und striegelte hingebungsvoll die Flanke der Stute.

»Haben sie dich rausgeschmissen?«, fragte Kaminski.

»Scheiße, nein, die dreschen mich nur ins Koma. Das geht mir gehörig auf den Sack.«

Kaminski verkniff sich jede anatomische Belehrung.

»Meinetwegen kannst du hierbleiben«, sagte er. »Und rein zufällig habe ich dir was zu essen mitgebracht.«

»Geil«, grinste Frettchen. Sie entblößte gelbliche Vorderzähne, die offenbar nur selten eine Zahnbürste sahen. »Ich kümmer mich um die Pferde, und du alte Schwuchtel stellst dich an den Herd.«

»Falls du hier im Stall rauchst, bist du tot«, knurrte Kaminski.

Frettchen streckte ihm die Zunge heraus, auf deren Spitze eine silberne Kugel festgetackert war.

»Nee, mach ich nicht, Ehrenwort.« Sie zeigte auf ihre Zunge. »Kuckma, voll fett, oder? Die Jungs steh'n drauf. Wenn du weißt, was ich meine.«

Er musterte ihre schwarzen Hotpants, zu denen sie durchlöcherte Netzstrümpfe und Springerstiefel kombinierte, dann wanderte sein Blick zu ihrer schwarzen Lederjacke, die über und über mit Nieten besetzt war. Darunter trug sie nur ein hautenges silbernes Top, das ihre winzigen Brüste betonte. Mäusefäustchen.

»Zum Essen ziehst du dir was Anständiges an«, befahl er streng. »Ich gebe dir einen Pullover.«

Frettchen verdrehte die Augen, bis sie schielte.

»Ich will nur nicht, dass du dir eine Lungenentzündung holst«, schob er nach.

Damit ließ er das Mädchen allein. Er wusste, dass er sich auf Frettchen verlassen konnte. Seltsames Geschöpf. Bestand nur aus Haut und Knochen und einer großen Klappe. Ein schräges Kapitel für seine Memoiren – falls er sie denn jemals schrieb.

Mit vor Müdigkeit steifen Schritten überquerte er den gepflasterten Hof. Wenige Minuten später stand er vor dem Gutshaus, einem imposanten Gebäude der vorletzten Jahrhundertwende. Von der alten Pracht war wenig übrig geblieben. Im fahlen Mondlicht sah man vereinzelt noch verzierte Fensterstürze aus Basalt und ein paar rissige Stuckelemente. Was die »Zone«

überlebt hatte, so hatte sein Großvater die DDR bis zu seinem Tod genannt, bröckelte seit zweieinhalb Jahrzehnten vor sich hin.

Anfang der Neunzigerjahre waren seine Eltern hierhergekommen, mit der ersten Welle von Rückgaben enteigneter Häuser und Grundstücke. Sie hatten wenig mehr als eine Ruine vorgefunden. Sehr viel besser sah es hier jetzt auch nicht aus.

Kaminski öffnete die schwere Haustür aus Eichenholz. Er ließ sie unverschlossen, seit die unternehmungslustigen Dorfjugendlichen sie wiederholt aufgebrochen hatten.

Muffige Kühle schlug ihm entgegen. Er knipste das Flurlicht an und zog den Kutschermantel aus.

Nach seinem Gastspiel in der Villa Gründgens hatte er den gesamten Nachmittag lang Touristen herumgefahren. Er wühlte in seinen Hosentaschen und zählte die Scheine. Zweihundertachtzig Euro. Verdammt guter Tag heute. Gott sei Dank. Es würde nicht mehr so viele gute Tage geben bis zum nächsten Frühjahr. Da kam der Hausmeisterjob eigentlich wie gerufen.

Trixi Muffinger hatte ihn auch für den folgenden Morgen in die Villa Gründgens bestellt. Trixi. Mit ihrem dampfplaudernden Charme schaffte sie es immer wieder, andere für sich einzuspannen. Mehr noch, man fühlte sich sogar ausgezeichnet, wenn man ihr helfen durfte.

Kaminski wurde nicht so richtig schlau aus dieser Frau. Irgendwas brodelte da hinter ihrer perfekten Fassade. Etwas, das nach Erlösung schrie und ihm heute Nacht vermutlich das Einschlafen erleichtern würde.

Mit klammen Gliedern stiefelte er in die Küche. Als er den Lichtschalter betätigte, knackte es, ein Blitz flammte auf, dann war es plötzlich stockdunkel im Haus. Leise vor sich hin fluchend tastete er sich zum Verteilerkasten über dem Herd vor.

Verflixt, ich hätte längst einen Elektriker holen sollen, statt selbst an den Leitungen herumzubasteln. In vollkommener Dunkelheit tastete er nach der richtigen Sicherung. Klick. Und schon verbreitete die Lampe über dem Tisch ihren milchig gelben Schein.

Die weitläufige Gutsküche war der einzige Raum, den Kaminski regelmäßig beheizte. Er entzündete ein wenig Holzwolle im Kachelofen. Sobald sie hell loderte, warf er ein paar Holzscheite in die Flammen. Das würde für einige Stunden reichen.

Schwerfällig ließ er sich auf das Küchensofa fallen und betrachtete den riesigen, blank gescheuerten Tisch, die gepolsterten Biedermeierstühle, den bemalten Geschirrschrank, in dessen Glastüren gehäkelte Gardinen hingen. Unwillkürlich musste er lächeln. Die Küche wirkte wie aus einem Rosamunde-Pilcher-Film. Sein Blick schweifte durch die offen stehende Tür zum Flur, wo Bücherregale die Wände bis zur Decke bedeckten. Bald würde er wieder ausgiebig lesen, so wie in jedem Winter.

Vielleicht sollte ich auch das Wohnzimmer heizen, überlegte er, die Kälte tut dem Flügel nicht gut. Hab schon viel zu lange nicht mehr gespielt. Kaum auszuhalten, diese Grabesstille. Hier müsste eine Familie wohnen. Eine große Familie mit vielen Kindern. Wie früher.

Das Quietschen der Eingangstür riss ihn aus seinen Gedanken. Und schon polterten Frettchens Springerstiefel über die Holzbohlen.

»Ey, alter Sack. Wo ist das Fressen?«

Kaminski dehnte sich und stand auf.

»Bist du denn schon fertig mit der Arbeit?«

»Fast.« Frettchen spähte zum Herd, einem altmodischen Monstrum mit eisernen Kochplatten. »Hast ja noch nicht mal angefangen, Blödmann.«

»Nur Geduld, geht gleich los.« Er öffnete die Plastikbox und kippte den Inhalt in einen Topf. »Wieso bist du nicht im Stall?«

»Na jaaa«, sie malte mit ihren Springerstiefeln unsichtbare Kreise auf den Küchenfußboden, »wegen dem Pullover und so.«

»Wegen des Pullovers«, verbesserte Kaminski sie.

»Was?«

»Ach, egal.«

Er zeigte auf einen grob gestrickten blauen Sweater, der über einem der Stühle hing. Blitzschnell schleuderte Frettchen ihre Lederjacke von sich und streifte ihn über.

»Du hast es mit der Sprache, weil du so 'n bescheuerter Blödmann von Schauspieler warst, stimmt's?«

»Hmm.«

Zwei Mal am Tag an seine Schauspielervergangenheit erinnert zu werden, das war definitiv zu viel. Mittlerweile ärgerte er sich, dass er Frettchen überhaupt davon erzählt hatte, ganz zu schweigen von der Tatsache, dass Mucken-Michi es jetzt lauthals herumposaunte.

»Hast du auch diesen Loser mit dem Totenkopf gespielt?«, fragte Frettchen.

»Wen – ach, du meinst Hamlet?« Zerstreut suchte er in einer Schublade nach Streichhölzern, um den kleinen Gasherd anzuzünden, der neben dem altmodischen Monstrum stand. »Nein, ich hatte nur mittlere Rollen. War nicht wirklich mein Ding, die Schauspielerei.«

Frettchen ging zum Sofa und kauerte sich darauf.

»Scheiße, das glaub ich dir nicht. Bestimmt ist dir einer abgegangen, wenn die Leute …«

Feixend klatschte sie in die Hände, wobei sie ihre Handflächen betont langsam aneinanderschlug. Auf einmal spürte Kaminski eine dicke, fette Wut in sich aufsteigen.

»So ein gequirlter Quark! Der Applaus ist das Brot des Künstlers, wenn ich das schon höre! Du hast keinen Schimmer, wie sich das anfühlt, wenn das Publikum klatscht, und du verbeugst dich wie ein verdammter Diener, und du weißt, du warst mittelmäßig, nicht richtig schlecht, aber auch nicht richtig gut, und die da unten patschen in ihre Händchen und feiern ihre teuren Karten und denken bereits an das Bier danach!«

Mit weit aufgerissenen Augen hatte Frettchen zugehört.

»Scheiße, komm mal runter, ja? Krieg dich wieder ein! Hab doch nur gefragt.«

»Genervt hast du«, widersprach Kaminski aggressiver, als er wollte. »Jetzt raus mit dir! Mach gefälligst deine Arbeit zu Ende, und dann wird gegessen.«

»Jawoll, du Obernazi.« Frettchen grinste. »Super, dass ich jetzt weiß, wie ich dich drankriege. Flippst ja richtig aus bei dieser Schauspielerscheiße.«

Geschmeidig wie eine Katze glitt sie vom Sofa. Sie schnürte auf Kaminski zu, blieb vor ihm stehen und schürzte herausfordernd die Lippen.

»Willst du 'ne schnelle Nummer, damit dein Betriebssystem runterfährt? Ich zeig dir, was meine Zunge alles kann. Echt, die Jungs steh'n drauf.«

»Raus!«, brüllte Kaminski. »Brauchst gar nicht erst wiederzukommen!«

»Was'n jetzt los?«

Mit hängenden Schultern stand Frettchen vor ihm. Alles Provozierende war aus ihrem Blick verschwunden. Sie sah keinen Tag älter aus als zehn. Ein mageres, blasses Mädchen, das nicht wusste, wo es hingehörte.

»'tschuldigung. Manchmal bin ich echt 'n Arsch«, flüsterte sie.

Kaminski zögerte, dann nahm er sie in die Arme. Frettchens

rüde Sprache, ihr schrilles Outfit, das war alles nur Pfeifen im Wald. Unbeholfenes Imponiergehabe. Dahinter? Angst, Trotz, Demütigungen, vielleicht irgendein Abgrund.

»Als junger Mann war ich auch nicht so einfach«, lenkte er ein. »Es gibt da jemanden in Wessiland, der jeden Morgen an mich denkt, wenn er beim Rasieren in den Spiegel guckt.«

»Wieso?«

»Ich hab ihm die Nase gebrochen.«

»Wow.« Sie löste sich aus seiner Umarmung. »Bist ja 'n echt abgekacktes Sahneschnittchen.«

Nach einem scherzhaften Hieb in Kaminskis Magen rannte sie aus der Küche. Ächzend sah er zu dem Foto auf dem Küchenschrank, das seine Eltern zeigte. Zwei gezwungen lächelnde Menschen, die im Osten ein neues Leben beginnen wollten, bis ein Unfall sie buchstäblich umgemäht hatte. Frontalzusammenstoß mit einem Mähdrescher. Sie waren sofort tot gewesen.

So hatte alles angefangen. 1997. Damals war Kaminski an der Landesbühne Bruchsal gewesen. Cut. Schon wenige Tage nach der Beerdigung hatte er gekündigt. Seitdem war er hier. Mit einer Kutsche, zwei Pferden und einem durchgeknallten Teenager, der ihn in Teufels Küche bringen würde, wenn er nicht höllisch aufpasste.

KAPITEL 5

Die Gluthitze hatte längst alles versengt, die Weizenfelder, die Bäume, die kleinen dornigen Sträucher. Wie ausgedörrt lag die Erde da, eine graubraune, aufgerissene Kruste, aus der sich sandiger Staub löste. Alles lechzte nach Wasser. Doch der Regen war lange verdunstet und der Himmel unbarmherzig hell, von keiner Wolke getröstet. Keine Hoffnung, nirgends. Nur ein steiniger Pfad, der ins Nichts führte.

Das Klingeln des Handys riss Kaminski aus seinem Albtraum. Seine Stirn war mit Schweiß bedeckt, seine Lippen fühlten sich rau und rissig an. Ich muss diesen Traum unbedingt aufschreiben, dachte er. Gibt es ein besseres Bild der absoluten Leere?

Benommen knipste er die Stehlampe neben seinem Bett an. Sie beleuchtete ein Schlafzimmer von nahezu mönchischer Kargheit. Ein Bett, ein Stuhl, ein Kleiderschrank. Keine Bilder an den Wänden. Nicht mal Gardinen.

Noch immer klingelte das Handy. Er sah auf die Uhr. Zehn vor sechs. Wer auch immer das war, dies war definitiv keine Uhrzeit, zu der er irgendwen sprechen wollte. Er drehte sich wieder um und wartete, bis das Klingeln verstummte.

Nach einer kurzen Pause klingelte es erneut. Leise fluchend richtete er sich auf. Nummer unbekannt, informierte ihn das Display. Verdammt, auch das noch. Wer konnte das sein?

»Hallo?«

»Einen wunderschönen guten Morgen, liiiieber Herr Kaminski. Ich bin untröstlich, Sie so früh stören zu müssen, aber die

Heizung leckt wieder, und da dachte ich, aber nur, wenn es Ihnen wirklich nichts ausmacht, Sie könnten vielleicht schon vor Tag und Tau kurz vorbeischauen, einen frischen, starken Kaffee mit mir trinken und das Heizungsrohr abdichten.«

Er sank zurück aufs Bett.

»Frau. Doktor. Muffinger.«

»Aber ja doch, hatte ich meinen Namen nicht gesagt? Nun, wie ich bereits erwähnte …«

»Es ist zehn vor sechs«, schnitt er ihr das Wort ab.

»Stimmt! Der frühe Vogel fängt den Wurm, nicht wahr? Ich stehe immer um halb sechs auf, Sie wissen ja, Morgenstund hat …«

Er hielt das Handy ein Stück vom Ohr weg. Dieses Zwitschern. Am frühen Morgen. Der Herr bewahre mich vor Frauen, die vor dem Aufwachen aufstehen! Einzig die Vorstellung, Trixi Muffinger könnte in einem nuttigen Negligé schlafen, hob seine Laune etwas an. Und nicht nur seine Laune.

»Herr Kaminski?« Ihre Stimme bekam einen Stich ins Schrille. »Hören Sie mich?«

Er lehnte sich an den Bettpfosten und malte sich aus, wie sie langsam die Beine spreizte. Wie er dann zeitlupenhaft ihre Tube öffnete und ein wenig Creme auf die Innenseiten ihrer Schenkel gleiten ließ. Wie er es genoss, sie quälend lange zappeln zu lassen.

Vielleicht sollte ich mal richtigen erotischen Schund schreiben, überlegte er, mit einer nachtaktiven Gelegenheitsnutte, die tagsüber brave Kostüme trägt. Mit so etwas ließ sich bestimmt eine Menge Geld verdienen. Damit könnte er das Gestüt renovieren und …

»Herr Kaminski, sind Sie noch dran?«

Er brummte etwas Unverständliches ins Telefon.

»Jedenfalls wäre ich Ihnen zu tiefstem Dank verpflichtet, wenn Sie mir aus dieser misslichen Situation heraushelfen könnten«, fuhr die Heimleiterin fort. »Sie wissen doch, der Herbst streckt seine kühlen Finger nach uns aus, die alten Leutchen frieren leicht, am Ende erkälten sie sich noch.«

Der Herbst streckt seine kühlen Finger ...? So ein kleiner Satansbraten. Kaminski gab sich geschlagen. Einmal noch würde er zur Villa Gründgens fahren, dann war Schluss.

Ja, er brauchte das Geld. Aber – nein, er ließ sich nicht gerne rumkommandieren. Und Anrufe mitten in der Nacht kamen schon gar nicht infrage. Er würde die Sache auf die nette Tour beenden. Trixi freundlich auseinandersetzen, dass er ein viel beschäftigter Mann war und dass die Weimarer Handwerksbetriebe nur darauf warteten, eine neue Kundin zu gewinnen. Er näherte das Handy wieder seinem Ohr.

»Also schön. Um acht bin ich bei Ihnen.«

»Croissants oder Brötchen zum Frühstück?«, flötete es aus dem Handy.

»Wenn ich die Wahl zwischen zwei Dingen habe, nehme ich immer beides.«

Damit legte er auf. Der Spuk würde ein Ende haben, bevor er richtig angefangen hatte.

Knappe zwei Stunden und eine Tasse Tee später kletterte Kaminski auf den Kutschbock. Frettchen hatte sich nicht blicken lassen, nur eine zusammengeknüllte Pferdedecke lag in einer der Pferdeboxen. So konnte das nicht weitergehen. Es wurde allmählich zu kalt für Übernachtungen im Stall. Außerdem war ihm mittlerweile mulmig dabei zumute, dass sie, die ja noch ein halbes Kind war, bei ihm auf dem Hof übernachtete. Lauras Warnung war unmissverständlich gewesen – man redete schon über diese seltsame Freundschaft.

Als Kaminski eine halbe Stunde später vor der Villa Gründgens hielt, war kein Trixi-Empfangskomitee zu sehen. Nur ein tief gebeugter Greis, der mit seinem Rollator über den Kies holperte. Sobald er Kaminski sah, richtete er sich mühsam auf.

»Sind Sie der Leichenbestatter?«

»Wie bitte? Nein, ich bin Kutscher, ich meine der Hausmeister, das heißt, dessen Ersatz, nur für eine Weile, aber nicht mehr lange.«

Rot entzündete, tränende Augen starrten Kaminski an.

»Wer sind Sie noch mal?«

»Roman Kaminski.«

»Sie sehen gar nicht wie ein Leichenbestatter aus.«

»Guter Mann, da muss ich Ihnen recht geben«, sagte Kaminski. »Schönen Tag noch.«

Ein starkes Stück, dass man Demenzkranke einfach so frei rumlaufen lässt, dachte er, während er auf das Portal zuschritt. Die Tür stand offen. Im nächsten Moment war er umringt von alten Leuten, die aufgeregt durcheinanderredeten.

Auf einem Stuhl, inmitten des Gedränges, entdeckte er Hannelore Pütz. Sie trug ein bodenlanges rotes Chiffonkleid. Mit dem knotigen Zeigefinger ihrer rechten Hand zeigte sie gen Himmel.

»Ein Fluch«, krähte sie. »Es ist ein Fluch!«

Das Stimmengewirr verstummte.

»Was ist denn los?«, erkundigte sich Kaminski flüsternd bei Elfriede Sasse, die an einer Marmorsäule lehnte und ziemlich mitgenommen aussah.

»Buffo ist tot«, sagte sie mit tonloser Stimme.

»Wer?«

»Erwin. Sie haben ihn doch kennengelernt! Wir nannten ihn Buffo, weil er nur Buffo-Partien bekam, nie ernste Rollen. Der Arzt hat ihn vor einer halben Stunde gefunden.«

Eine Träne löste sich aus ihrem Auge, rann bis zum Kinn und tropfte auf das üppige Dekolleté.

Kaminski war wie vor den Kopf geschlagen. Erwin? Der rotgesichtige Sänger, der noch am Vortag so schmissig in die Tasten gegriffen hatte? Dieser Ausbund an schwitzender Vitalität?

»Wir sind dem Untergang geweiht!«, verkündete Hannelore Pütz mit heiserem Vibrato.

Plötzlich drehten alle ihre Köpfe zur Treppe. Wie eine Königin, nur um einiges würdevoller, schritt Trixi Muffinger die Stufen herab. Unablässig knetete sie ihre Hände, die fettig glänzten. Sie war ganz in Schwarz gekleidet. Schwarzes Kostüm, schwarze Seidenstrümpfe, schwarze Lackpumps.

Kaminski ertappte sich bei der Vorstellung, dass sie auch schwarze Strapse trug, die danach schrien, mit den Zähnen heruntergerissen zu werden.

Als sie fast unten angelangt war, warf sie sich in Positur.

»Liebe Bewohner, wie Sie alle wissen, ist Erwin Reichenbach, den manche liebevoll Buffo nannten, von uns gegangen. Ich sage es nur ungern, aber solche Vorfälle sind in einem Haus wie diesem leider eine fatale Normalität. Lassen Sie uns angemessen trauern. Nach dem Mittagessen findet eine kleine Andacht im oberen Salon statt. Und nun möchte ich Sie bitten, auf Ihre Zimmer zu gehen.«

Allgemeines Gemurmel erhob sich. Die ersten Heimbewohner trotteten davon, andere folgten ihnen. Nur Hannelore Pütz blieb eisern auf ihrem Stuhl stehen.

Nach allen Seiten grüßend ging Trixi Muffinger auf sie zu.

»Fräulein Pütz, ich verstehe Ihre Trauer. Es ist schrecklich, einen nahestehenden Menschen zu verlieren. Nur tun Sie mir bitte den Gefallen, und kommen Sie da runter.«

Sie streckte der ehemaligen Primaballerina eine Hand hin.

Hannelore Pütz zwinkerte nervös. Der schwarze Leberfleck, den sie sich jeden Tag auf die weiß gepuderte Wange malte, bebte.

»Sie haben ihn auf dem Gewissen«, raunte sie so leise, dass es nur Kaminski, Elfriede Sasse und die Heimleiterin hören konnten.

Jetzt wurde es sogar Kaminski zu viel. Trixi Muffinger war eine hyperaktive Betriebsnudel, aber ihr mörderische Absichten zu unterstellen, war nicht nur unverfroren, es war absurd.

»Fräulein Pütz«, sagte er, »nun verlieren Sie mal nicht die Nerven. Frau Doktor Muffinger hat völlig recht. Dies ist ein Altersheim. Mit allen, äh, Nebenwirkungen.«

Er machte einen Schritt auf die hagere Tänzerin zu und hob sie von ihrem Podest. Sie war federleicht. Dann stellte er sie vorsichtig auf die Füße.

Dankbar lächelte die Heimleiterin ihn an.

»Ach, Herr Kaminski, es ist doch immer wieder gut, ein richtiges Mannsbild im Haus zu haben. Ein herrliches Gefühl, Ihre starke Schulter zu spüren. Kommen Sie, ich zeige Ihnen den Heizungskeller. Den Kaffee können wir ja später trinken.«

»Das ist meiner, den hab ich zuerst gesehen!«, rief Elfriede Sasse und schnappte sich Kaminskis Hand. »Die anderen sind oben«, fügte sie halblaut hinzu.

»Aber die Heizung!«, protestierte Trixi Muffinger.

Ohne sich um den Einwand zu kümmern, zog Elfriede Sasse Kaminski hinter sich her. Bereitwillig ließ er es geschehen. Die Lust auf Heizungskeller und Frühstück war ihm ohnehin vergangen. Zwei Tote innerhalb weniger Tage, das war ein starkes Stück. Den Hausmeister hatte er nicht sonderlich gut gekannt, und auch Erwin Reichenbach hatte er nur einmal gesehen. Trotzdem ging es ihm nahe. So viel Lebenslust, so viel Musikalität … Ohne Frage hatte Erwin bis zuletzt die ganze Fülle des Lebens ausgekostet. Und ich?, fragte sich Kaminski. *Nicht den Tod sollte man fürchten, sondern dass man nie beginnen wird zu leben.*

Wenige Minuten später erreichten sie den Salon. Leo Bamberger, Siegfried von Lehndorff und ein älterer, untersetzter Herr mit einem Schnauzbart hockten auf dem gelben Chintzsofa. Sie wirkten tief bekümmert.

»Mein Beileid«, sagte Kaminski. »Ich habe es eben erst erfahren.«

»Sehr, sehr bedauerlich, ja.« Leo Bamberger, der dem Anlass entsprechend einen schwarzen Frack trug, zeigte auf den Schnauzbart. »Das ist Rudi Wuttke, die Stimme des Volkes. Ein weiteres Mitglied des Schiller-Zirkels. Sie haben ihn neulich verpasst.«

Der Mann nickte Kaminski ernst zu.

»Anjenehm.«

Elfriede Sasse plumpste in eine Récamière, die mit weinrotem Samt bezogen war. Sie begann zu schluchzen.

»Mein Buffo war das blühende Leben. Noch gestern Abend haben wir – na ja, scheiß drauf.«

»Sie haben – was?«, fragte Rudi Wuttke.

»Die Freuden des Fleisches und der Stachel des Todes liegen manchmal nah beieinander«, bemerkte Leo Bamberger, ohne eine Miene zu verziehen.

»Herrschaften, ich muss doch sehr bitten.« Siegfried von Lehndorff stemmte sich vom Sofa hoch. »Etwas mehr Respekt für die Toten!«

Verblüfft beobachtete Kaminski, wie er zackig zu seinem Rollstuhl marschierte und sich darin niederließ. War der Mann denn nicht gelähmt?

»Er nennt es Muskelschwund, wir nennen es Bequemlichkeit«, erklärte Leo Bamberger. »Unser Oberst hat einfach keine Lust zu laufen. Ah, da kommt unsere Kassandra! Und, Fräulein Pütz? Haben Sie sich wieder ein wenig beruhigt?«

Wortlos glitt die ehemalige Primaballerina auf die Klavierbank. Mit gesenktem Kopf strich sie über die verwaisten Tasten des Flügels.

»Wir haben uns geliebt.«

»Was, was, was?« Elfriede Sasse stieß ein grunzendes Geräusch aus. »Das ist ja wohl die Höhe! Was hätte Erwin denn mit einem Klappergestell wie Ihnen anfangen sollen? Er mochte es griffig. Da war er bei mir an der richtigen Adresse.«

»Das ist nicht wahr!«, kreischte Hannelore Pütz. »Die fette Schnecke lügt wie gedruckt!«

»Meine Damen«, versuchte Oberst Lehndorff den Streit zu schlichten, aber so einfach ließ sich die Pütz keineswegs in die Parade fahren.

»Halten Sie doch den Mund! Erwin und ich, das war etwas ganz Besonderes. Er vergötterte meinen zierlichen Körper. Und er sagte immer: Du trägst deine Falten wie Geschmeide. Jawohl, das hat er gesagt!«

Triumphierend blickte sie in die Runde. Elfriede Sasse murmelte etwas Unfreundliches vor sich hin, Leo Bamberger betrachtete seine Fingernägel, Oberst Lehndorff thronte in seinem Rollstuhl und spielte mit dem Startknopf. An. Aus. An. Aus. Das rhythmische Surren war alles, was man hörte.

Kaminski hatte es die Sprache verschlagen. Sex im Alter war ein Thema, an das er nicht einen einzigen Gedanken verschwenden wollte. Offensichtlich war man in dieser Hinsicht äußerst aktiv in der Villa Gründgens. Falls ich jemals – jemals! – meine Memoiren schreibe, werde ich einen großen Bogen um diese Offenbarungen machen, dachte er.

»Leute, so kommen wir nicht weiter«, schaltete sich Rudi

Wuttke ein. Er krempelte sein kariertes Flanellhemd hoch, das er zu einer eintopfbraunen Hose und robusten grauen Gesundheitsschuhen mit Plastiksohle trug. »Die Schau mast go ohn, wie man bei euch am Theater sagt. Wir müssen weiterproben, das sind wir Erwin schuldig.«

»Als Erstes müssen wir umbesetzen«, warf Leo Bamberger ein.

»Nein, als Erstes müssen wir diesen Michael von Schwerin loswerden«, wurde er von Oberst Lehndorff korrigiert. »Es kann doch nicht sein, dass diese dümmliche Rampensau uns die *Räuber* kaputt macht.«

»Na, Sie sitzen ja wohl im Glashaus«, giftete Hannelore Pütz. »Als Hans Wurst, der nur Boulevardstücke gespielt hat, steht Ihnen darüber kein Urteil zu.«

Wie ein Pfeil schoss der Rollstuhl zum Flügel. Eine Zornesader schwoll auf der Stirn des Oberst.

»Sie Hupfdohle wollen mir erzählen, was ein guter Schauspieler ist? Wie war das denn nach der Flucht, damals, als man uns von unseren Gütern vertrieben hat und unser geliebtes Deutschland in Schutt und Asche lag? Es war ja alles kaputt, aber ich habe die Kultur in die kleinsten Städte und Dörfer gebracht! Ja, ich habe *Charly's Tante* gespielt und das *Haus in Montevideo* und, und, und! In Schulaulen, in leeren Schwimmhallen, in zerschossenen Scheunen. Wir haben die Leute zum Lachen gebracht, damals, mitten in den Trümmern. Weiß Gott, ich kann einen guten Boulevardschauspieler von einer miesen Rampensau unterscheiden!«

»Schei-heiß drauf«, schniefte Elfriede Sasse. »Ich vermisse meinen Erwin.«

Sie stand auf und betätigte den Schalter eines billigen CD-Players, der hinter ihr auf der Fensterbank stand, halb verborgen hinter den Samtportieren.

Süßliche Streicherklänge fluteten den Raum. Und dann, Kaminski lief ein Schauer über den Rücken, ertönte die männliche, aber unendlich zärtliche Stimme eines Sängers, der jenseits des Atlantiks an Marshmellows und Strömen von Cola zugrunde gegangen war.

»Are you lonesome tonight, do you miss me tonight? Are you sorry we drifted apart?«

Elfriede sang leise schluchzend mit, wie in Trance.

»Does your memory stray to a brighter sunny day when I kissed you and called you sweetheart …«

Jeder kannte den Text, denn einer nach dem anderen fiel in den Gesang ein. Sogar Kaminski. Er wunderte sich über sich selbst, wie flüssig ihm die Zeilen über die Lippen kamen. Hannelore Pütz wiegte sich im sanften Dreivierteltakt, Rudi Wuttke sang mit Inbrunst, wenn auch falsch, Leo Bamberger flüsterte mehr, als dass er sang, Oberst Lehndorff steuerte einen kräftigen Bass bei.

»Is your heart filled with pain«, schluchzte Elfriede, *»shall I come back again? Tell me dear …«*

Dann brach sie zusammen.

KAPITEL 6

Eine Kaskade welken Laubs wirbelte durch die Luft. Man hätte die unzähligen ausgeblichenen Blätter für Schneeflocken halten können, so anmutig tanzten sie an den Fenstern vorbei, beleuchtet von der fahlen Herbstsonne. Das Schauspiel verhieß Leichtigkeit, ja, Übermut. Und doch war es ein Vorbote für den todesähnlichen Winterschlaf der Natur. Bald schon würde alles in Schockstarre verfallen, der klirrenden Kälte ausgeliefert.

Auch Kaminski stand unter Schock. Entsetzt verharrte er an seinem Platz, unfähig, sich zu bewegen. Es war ein schrecklicher Anblick. Wie vom Blitz getroffen, lag Elfriede auf dem verschossenen Teppich, die Gliedmaßen eigentümlich verdreht. Einige Schrecksekunden vergingen, bevor Hannelore Pütz das von Elvis Presley untermalte Schweigen brach.

»Der Fluch«, orakelte sie grollend. »Ein Fluch liegt auf diesem Haus.«

»Herrrr im Himmel, Elfrrrrriede ist doch wohl nicht ebenfalls von uns gegangen?«, stöhnte Oberst Lehndorff.

Er umklammerte die Griffe seines Rollstuhls so fest, dass seine Knöchel weiß hervortraten.

»So richtig tot sieht sie eigentlich nicht aus«, merkte Leo Bamberger an. »Da ist noch Leben in diesem gewaltigen Busen.«

Kaminski löste sich aus seiner Erstarrung und kniete sich neben die Schauspielerin, die reglos am Boden lag. Es kostete ihn einige Überwindung, sein Ohr an die kolossale Masse ihrer Brüste zu legen.

»Ihr Herz schlägt jedenfalls. Schnell, wir müssen einen Notarzt rufen!«

Mit fliegenden Fingern tastete er nach seinem Handy. Verdammt, er hatte es unter dem Kutschbock liegen lassen.

»Ihr Herz? Der Witz war gut«, ätzte die ehemalige Primaballerina. »Was auch immer da drin schlägt, es geht doch nur um Schweinkram.«

Rudi Wuttke lief schwer atmend zur Tür. Er war aschfahl im Gesicht und konnte kaum sprechen.

»Ick hol Kunze«, japste er. »Er muss irgendwo im Haus sein.«

Der Parkettboden des Flurs knarrte unter seinen Schritten, während er sich eilig entfernte.

»Er meint Doktor Kunzenstein«, erklärte Leo Bamberger, der Kaminskis fragenden Blick aufgefangen hatte. »Den Doktor Mengele unserer Seniorenresidenz. Immer zu interessanten Experimenten aufgelegt, der Mann. Ich kann wirklich froh sein, dass ich keinen Zwillingsbruder habe.«

Elfriede röchelte zum Gotterbarmen.

»Na, los, Kaminski«, feixte Leo. »Lust auf Mund-zu-Mund-Beatmung? Ist eine einmalige Chance. Unsere muntere Elfriede lässt nämlich nicht jeden ran.«

Kaminski war bedient. Erste Hilfe gehörte definitiv nicht zu seinem Jobprofil als Hausmeister, außerdem … Unbehaglich betrachtete er Elfriedes feuchte, gewölbte Lippen und die Spuckebläschen, die sich in ihren Mundwinkeln gebildet hatten. Er schluckte.

»Tut mir leid, ich glaube, das mit der Beatmung krieg ich nicht hin.«

Tadelnd schüttelte Oberst Lehndorff den Kopf.

»Werrrrter Herrrr Kaminski, ›Kann Nicht‹ wohnt bekanntlich in der ›Will-Nicht-Strrrraße‹. Seien Sie ein Mann!«

»Was soll das werden? Eine Mutprobe?«, giftete Hannelore Pütz.

Glücklicherweise kam in diesem Moment Rudi Wuttke in Begleitung eines gertenschlanken Mannes in einem wehenden weißen Kittel in den Salon gerannt. Schon im Laufen steckte sich der Arzt die metallenen Enden eines Stethoskops in die Ohrmuscheln. Eilig hockte er sich neben Elfriede und presste eine glänzende Metallscheibe auf ihren Busen.

»Seit wann liegt sie hier?«, fragte er.

»Seit der zweiten Strophe, glaube ich«, antwortete Leo Bamberger. »Da, wo es heißt: *Shall I come back again?* Offenbar war diese Vorstellung etwas zu viel für ihre zarte Seele.«

»Stell doch mal einer diese dämliche Musik aus!«, rief der Arzt. In diesem Moment entdeckte er Kaminski. »Wer sind Sie denn? Etwa dieser Schauspieler, der mit den Alten Theater spielt? Viel zu viel Aufregung für unsere Leutchen! Die sind leicht reizbar und brauchen Ruhe. Vor allem Elfriede Sasse. Ich hatte gerade die richtige Dosis eingestellt. Und jetzt das.«

»Nein, nein, ich bin …«, wollte Kaminski das Missverständnis aufklären, doch der Arzt hatte sich schon wieder seiner Patientin zugewandt.

»Verflixt«, zischte er mit zusammengebissenen Zähnen. »Das hat mir gerade noch gefehlt.«

Er war etwa Anfang vierzig, sein hageres Gesicht wirkte angespannt, so wie die eckige Bewegung, mit der er sich die Gummipfropfen des Stethoskops aus den Ohren zog. Konzentriert fühlte er Elfriedes Puls. Nach einem entnervten Blick in die Runde gab er ihr einen knallenden Klaps auf die Wange.

Kaminski zuckte zusammen. Es hörte sich an wie ein Peitschenhieb.

Mit einem Ausdruck größten Erstaunens schlug die Schauspielerin die Augen auf. Ihre Lider flatterten, als sie den Arzt mit beiden Armen zu sich herunterzog und ihm einen schmatzenden Kuss auf die Lippen drückte.

»Ich lebe«, keuchte sie. »Ich liebe.«

Mit aller Gewalt riss sich der Arzt von ihr los.

»Frau Sasse!«

»Was meinte der denn eben mit der richtigen Dosis?«, erkundigte sich Kaminski flüsternd bei Leo Bamberger.

Offensichtlich verfügte Doktor Kunzenstein über ein ausgezeichnetes Gehör. Angewidert wischte er sich mit dem Kitteärmel über den Mund und richtete sich auf.

»Eine adäquate Medikamentierung ist der Schlüssel des gesunden Alterns. Die Irreversibilität der vitalen Prozesse bringt unter anderem Defizite der Hirnchemie mit sich, die man im Einklang mit den Erkenntnissen der Gerontopsychologie durch geeignete Mittel substituieren und harmonisieren kann.«

Er schloss seinen kleinen Vortrag ab, indem er eine randlose Brille aus seiner Kitteltasche holte, sie aufsetzte und Kaminski argwöhnisch musterte.

»Ick übersetz ma«, sagte Rudi Wuttke. »Alte Leute sind quengelig, deshalb füllt er sie mit Gute-Laune-Drogen ab.«

Die stahlblauen Augen hinter der Brille des Arztes verengten sich zu Schlitzen. Feindselig fixierte er Rudi Wuttke, die Stimme des Volkes.

»Sie haben überhaupt keine Ahnung, wie schwierig es ist, gerade für noch nicht demente Menschen wie Sie ein ruhiges Umfeld in diesem Heim zu erschaffen.«

»Irrtum.« Rudi Wuttke zwirbelte seinen Schnäuzer. »Was Friedhofsruhe bedeutet, weeß ick, junger Mann. Bin im Osten groß geworden. Ostberlin.«

Unterdessen hatte sich Elfriede aufgesetzt. Mit allen zehn Fingern brachte sie ihre Frisur in Ordnung, dann strich sie ihr Kleid glatt, wobei sie darauf achtete, ihre weiblichen Formen zur Geltung zu bringen.

»Herr Doktor«, hauchte sie, »meinen Sie, dass ich durchkomme?«

Hannelore Pütz, die schon die ganze Zeit unruhig im Raum umhergehinkt war, blieb neben einem violett und grün geblümten Sessel stehen. Ihr weiß geschminktes Gesicht verzerrte sich vor Wut.

»Wann ist dieses unsägliche Schmierenstück endlich beendet? Wir haben einen Toten zu beklagen! Den zweiten in kürzester Zeit! Fragt sich nur, wer das nächste Opfer ist.«

Eine beklommene Stille senkte sich über den Raum. Kaminski meinte das Ticken einer Uhr zu hören. *Mitten im Leben sind wir vom Tod umfangen.*

Doktor Kunzenstein erhob sich.

»Wir müssen Frau Sasse in ihr Zimmer bringen. Herr Kasuppke, könnten Sie mal mit anfassen?«

»Kaminski, mein Name ist Kaminski.«

»Auch gut. Wir haken sie unter, ich rechts, Sie links. Na, los.«

Schon schob der Arzt seine Arme unter Elfriedes rechte Achsel, und gemeinsam hievten sie die alte Dame vom Teppich hoch.

»Ich werde Erwins Tod nie, nie, nie verwinden. Niemals«, wimmerte Elfriede Sasse und brach erneut in Tränen aus.

Es war ein hartes Stück Arbeit, sie zur Tür, über den Flur und schließlich in ihr Zimmer zu bringen. Immer wieder stolperte sie, immer wieder mussten alle drei haltmachen. Nachdem sie heftig aufschluchzend in ihr Himmelbett gesunken war, fühlte der Arzt erneut ihren Puls.

Kaminski sah sich in dem völlig übermöblierten Raum um. Neben dem Himmelbett mit rosa geblümten Vorhängen drängten sich zwei Kleiderschränke, ein Tisch, ein Beistelltisch, sechs Stühle und eine Frisierkommode, sämtlich im nachgemachten venezianischen Barock. Überall lagen Zeitschriften, angebrochene Pralinenschachteln, Kleidungsstücke, Tablettenpackungen. Die altrosa tapezierten Wände waren mit Fotos gepflastert, auf denen die Schauspielerin in jüngeren Jahren zu sehen war.

»Ich gebe ihr eine Beruhigungsspritze«, sagte der Arzt. »Herr Ka… äh …«

»…minski, Roman Kaminski.«

»Richtig, Herr Kaminski, Sie bleiben einen Moment bei ihr, bis ich die Spritze geholt habe.«

Ohne eine Erwiderung abzuwarten, ging er hinaus.

Noch immer betrachtete Kaminski die Fotos. Elfriede Sasse war eine umwerfende, wenn auch etwas altmodische Beauty gewesen mit ihren runden Puppenwangen, ihrem sinnlichen Mund und den dünnen, stets erstaunt hochgezogenen Augenbrauen. Ein Foto zeigte sie in einem prächtigen Kostüm, das Haar kunstvoll aufgesteckt, die Arme zum Himmel erhoben. Er nahm es in die Hand und betrachtete es genauer.

»Das war meine große Zeit«, seufzte Elfriede unter Tränen. »Die unwiederbringliche Zeit meiner Jugend und meiner Schönheit. Tempi passati.« Es war schwer zu sagen, ob sie wegen Erwins Tod weinte oder ihrer einstigen Schönheit nachtrauerte. »*Nicht wahr, ich bin älter worden? Nicht wahr, das Elend hat die Blüte von meinen Wangen gestreift …*«

Kaminski hängte das Foto zurück.

»*Stella.*«

»Volltreffer. Woher wissen Sie das?«

»Ich gehe manchmal ins Theater. Goethes *Stella* ist ein recht gängiges Repertoirestück. *So seh' ich dich wieder? Himmlischer Anblick! So seh' ich dich wieder?*«

Elfriedes Hände wanderten unruhig über die gesteppte Bettdecke. Ihr Blick nahm etwas Verklärtes an.

»Ja, ich war in der Tat ein himmlischer Anblick. Damals, in Meiningen, fast vierzig Jahre lang. Meiningen war mein Leben, meine Welt. Gott, wie ich das alles vermisse. Man hat mich gefeiert! Keine Premiere ohne Blumen, ach, was sag ich – ohne ein Meer von Blumen!«

Sie winkte ihn näher heran und dämpfte ihre Stimme.

»Ich soll den Diener spielen in den *Räubern*, ist das nicht eine Unverfrorenheit?«

»Den Diener.«

»Jawohl, und diese grässliche Pütz hat sich die Rolle der Amalia unter den Nagel gerissen. Dabei ist sie nicht mal Schauspielerin, das dumme Huhn. Nun ja, mit der Amalia ist sowieso kein Blumentopf zu gewinnen. So ein langweiliger Trauerkloß. Wollen Sie sich nicht setzen?«

Kaminski befreite einen Stuhl von diversen Seidennachthemden und stellte ihn neben das Bett. Während er Platz nahm, holte Elfriede ein besticktes Taschentuch aus ihrem Ausschnitt. Sie schnäuzte sich geräuschvoll.

»Glauben Sie etwa, dass die Pütz wirklich was mit meinem Buffo hatte?«

Unwillkürlich presste er die Lippen zusammen. In die erotischen Turbulenzen dieses geriatrischen Etablissements wollte er sich keinesfalls hineinziehen lassen.

»Sagen Sie, werte Frau Sasse, alle machen hier seltsame Andeutungen über die beiden Todesfälle«, wich er aus. »Glauben Sie etwa auch, dass es in der Villa Gründgens nicht mit rechten Dingen zugeht?«

»Fragen Sie doch die unausstehliche Pütz«, schnaubte Elfriede. »Die scheint ja irgendetwas zu wissen. Oder sie will von sich selbst ablenken. Ehrlich gesagt traue ich diesem mickrigen Miststück alles zu, sogar einen Mord aus Eifersucht! Jawohl! Sie konnte meinen Erwin nicht kriegen, also durfte ihn keine andere Frau haben. Finden Sie das nicht ziemlich naheliegend?«

Kaminski staunte nicht schlecht. Hannelore Pütz eine Mörderin? Sicher, Eifersucht war ein nicht unwesentliches Motiv, aber wie sollte sie das angestellt haben? Noch dazu, wo sie gehbehindert war?

»Was ist eigentlich mit dem Bein der Primaballerina passiert?«, fragte er. »Wieso zieht sie es nach?«

»Bühnenunfall«, erwiderte Elfriede, deren Stimmung sich schlagartig aufhellte. »Das kommt davon, wenn man zu hoch springt.« Sie kicherte vergnügt. »Primaballerina. Mumpitz. Die hat die meiste Zeit ihres Lebens als Tanzlehrerin verbracht. Trotzdem macht sie hier einen auf Schwanensee. Tja, da hat die böse Fee die Schwanenkönigin wohl in einen besonders hässlichen Vogel verwandelt.«

Gespielt ungelenk wedelte sie mit den Armen und krächzte wie ein angeschossener Rabe, was eine recht gelungene Parodie auf Hannelore Pütz ergab. Unvermittelt sah sie auf die Uhr.

»Herrje, schon fast zehn! Die Probe beginnt!«

Kaminski schüttelte den Kopf.

»Aber Sie müssen sich ausruhen, und gleich bekommen Sie doch eine Spritze.«

»Scheiß drauf.«

Energisch schleuderte Elfriede die Bettdecke von sich. In Windeseile schlüpfte sie in ihre Pumps mit bemerkenswert hohen Absätzen. Ein kurzer Blick in den Spiegel der Frisierkommode, ein Spritzer Parfum aus einem schweren Kristallflakon, und schon stand sie strahlend vor Kaminski.

»Begleiten Sie mich?«

Eine Wolke von süßlichem Patschuli hüllte ihn ein. Er gab es auf, sich über den Gesundheitszustand von Elfriede Sasse den Kopf zu zerbrechen. Auch um ihr Seelenheil musste er sich offenbar keine größeren Sorgen machen. Galant bot er ihr den Arm.

»Ist mir ein Vergnügen.«

Als sie in den Salon zurückkehrten, war dort ein Neuankömmling eingetroffen. Die alten Leute hatten sich um Michael von Schwerin geschart, der breitbeinig auf dem gelben Chintzsofa thronte. Seine Daumen hatte er lässig in den Hosenbund seiner Jeans gehakt.

»Dumme Sache, das mit Erwin«, sagte er gerade.

»Dumme Sache nennt der das?« Rudi Wuttke plusterte sich empört auf. »So ein Kunde. Also wirklich. Unser Buffo ist ja noch nicht mal kalt.«

Ein selbstgefälliges Lächeln glitt über Mucken-Michis ledriges Gesicht.

»Hallo? Ich bin hier der Mann, der euch wieder in die Spur bringt! Schon mal was von Krisenmanagement gehört? Klar, ist schon irgendwie blöd, dass dieser Erwin den Löffel abgegeben hat, aber nützt ja nix. Der Lappen muss hochgehen. Oder wollt ihr das Ganze abblasen?«

Oberst Lehndorff richtete sich kerzengerade in seinem Rollstuhl auf.

»Natürrrrlich nicht, Herrrrr von Schwerrrrin.«

»Keineswegs«, beteuerte auch Hannelore Pütz. »Wir transformieren unsere Trauer. Wir verwandeln sie – in die Energie, mit der wir dieses Stück spielen werden. Wir widmen die Aufführung Erwin! Ich jedenfalls werde auf der Bühne alles, aber auch wirklich alles für ihn geben!« Sie kreuzte die knochigen Hände auf ihrer Herzgegend und sah zur Decke. »Er wird es spüren, dort, wo er jetzt ist.«

»War's das jetzt, Sie bigotte Kuh?«, keifte Elfriede Sasse. Wütend machte sie sich von Kaminski los, der hinter der Tür stehen blieb, und marschierte auf Hannelore Pütz los. »Sie haben ja wohl nicht alle Blätter am Baum.«

»Meine Damen, so berrrrruhigen Sie sich doch«, mischte sich Oberst von Lehndorff ein. »Dieser bedauerliche Trrrrrauerfall sollte Sie engerrr zusammenschweißen, nicht entzweien. So seien Sie doch etwas diplomatischerrrr.«

Elfriede gab seinem Rollstuhl einen kräftigen Schubs, sodass der Oberkörper des alten Herrn ruckartig nach vorn kippte.

»Ha! Diplomatie ist genau mein Ding! Aber es bleibt dabei: Diese Pütz ist so spritzig wie ein Eimer Sirup.«

»Weiber«, knurrte Mucken-Michi und sandte einen komplizenhaften Blick zum Oberst.

Plötzlich redeten alle erregt durcheinander. Hannelore Pütz zeterte über die allgemeine Pietätlosigkeit, Rudi Wuttke machte seinem Ärger über Mucken-Michi Luft, Oberst Lehndorff hielt Elfriede eine Standpauke über angemessene Umgangsformen, und Leo Bamberger rezitierte ungerührt aus seinem Exemplar der *Räuber.*

»Ruhe!«, brüllte Mucken-Michi. »Ich hab diesen Job nicht beim Universum bestellt, ich tu nur der Muffinger einen Gefallen! Das Honorar ist unter aller Sau, ich muss hier extra rausfahren, und das Benzin wird auch nicht billiger!«

Die Wirkung seiner Worte fiel unterschiedlich aus. Oberst Lehndorff nahm zackig Haltung an, die anderen murrten.

Mucken-Michi erhob sich drohend.

»Wird das noch was vor Weihnachten?«

Es wurde still. Sehr still.

»Also, ich finde, dass Amalia die eigentliche Hauptfigur ist«, fistelte Hannelore Pütz. »Wie soll ich sie denn, ähem, interpretieren?«

Alle starrten sie entgeistert an.

»Etwa so?«, fragte die ehemalige Tänzerin, hob mit leidender Miene den Saum ihres roten Chiffongewandes an und wirbelte mehrmals herum.

»So, Freunde der Heimat, jetzt ist aber mal Schulz!«, explodierte Mucken-Michi, »wir hopsen hier nicht rum, wir spielen Theater!«

Gebieterisch ließ er seine Blicke schweifen. Er stutzte, als er Kaminski entdeckte, der im Türrahmen lehnte. Sofort setzte er ein öliges, aber auch ein wenig verunsichertes Lächeln auf.

»Ach, nee – der Kaminski. Was machst du denn hier oben, alte Socke? Solltest du nicht die Heizung reparieren?«

»Eigentlich schon«, erwiderte Kaminski. »Doch ich sehe gern Profis bei der Arbeit zu. Da kann man immer noch was lernen.«

»Von dem?«, höhnte Elfriede Sasse, während sie auf Mucken-Michi zeigte. »Der passt doch so wenig ins Theater wie mein Buffo in die Pütz.«

»Frau Doktor Muffinger besteht darauf, dass ich hier den Muff rauslasse«, konterte Mucken-Michi. »Entweder Sie kooperieren – und das gilt für jeden in diesem Raum! –, oder Sie können *Die Räuber* knicken.«

Das betretene Schweigen sprach Bände.

»Dann viel Erfolg«, sagte Kaminski. »Ich gehe mal besser in den Keller und sehe mir die Heizungsanlage an.«

Mucken-Michi war schon wieder obenauf. Scherzhaft drohte er Kaminski mit dem Finger.

»Aber komm bloß nicht auf die Idee, bei der Muffinger ein Rohr zu verlegen!«

Seltsam, dass die schöngeistige Trixi Muffinger ausgerechnet diesen vierschrötigen Nichtskönner engagiert hat, dachte Kaminski, als er die Treppe zum Erdgeschoss hinunterstieg. Was verspricht sie sich bloß davon?

Als er unten angelangt war, sah er Trixi in einer Nische am Fenster der Eingangshalle stehen. Halblaut redete sie auf einen Herrn ein, der an seinem schwarzen Anzug und dem professionellen Ernst unschwer als Bestattungsunternehmer zu erkennen war.

»... wollen wir kein Aufsehen, kein Trara«, wisperte sie fast unhörbar. »Nur eine dezente Beerdigung. Er hatte keine Angehörigen.«

Kaminski hüstelte, woraufhin sie sich zu ihm umdrehte.

»Ach, Herr Kaminski, ich habe mich schon gewundert, wo Sie bleiben.« Schnell verabschiedete sie den Herrn vom Bestattungsinstitut und kam auf ihn zugestöckelt. »So, das wäre erledigt. Jetzt können wir in den Heizungskeller gehen. Ich hoffe doch, Sie fürchten sich nicht im Dunkeln?«

KAPITEL 7

Das Phänomen des Wetterleuchtens gehörte zweifellos zu den faszinierendsten Naturerscheinungen. Helle, blassfarbige Schlieren am dunklen Nachthimmel, geisterhafte Spuren, wie auf dunkles Holz getuscht. Ein kosmisches Schauspiel, rätselhaft und verwirrend. So wie Trixi, die düster irrlichterte, in nicht greifbaren, permanent changierenden Farben.

O ja, Wetterleuchten, das passt, dachte Kaminski. Ein bisschen kitschig vielleicht, aber bestens geeignet, um Trixis Launen zu schildern. Oder ihre schräge Erotik. Falls ich je einen nostalgisch schwülen Porno schreibe, ist für Doktor Trixi Muffinger jedenfalls ein Extrakapitel fällig.

Er folgte ihr in einen schmalen, schummrigen Flur, der, wie sie erläuterte, von der Eingangshalle in die Wirtschaftsräume führte. In aufreizender Zeitlupe bewegte sich ihr Hinterteil unter dem engen schwarzen Rock. Die Absätze ihrer schwarzen Lackpumps klapperten im Stakkato über Steinfliesen, die als schwarz-weißes Schachbrettmuster angelegt waren.

Wie eine gewissenhafte Fremdenführerin informierte sie ihn über den Zweck der verschiedenen Räume. Waschküche, Bügelzimmer, Besenkammer, Vorratsraum, sogar eine ehemalige Backstube führte sie vor. Er meinte, den Duft von Brötchen und Croissants zu riechen, doch von einem Frühstück war nicht mehr die Rede. Stattdessen deutete Trixi Muffinger auf eine angelehnte Glastür am Ende des Flurs.

»Dort drüben ist die Küche, wo unsere tüchtige Magda Bubenitschek mit ihrer Crew für das leibliche Wohl der Bewohner sorgt. Daneben ist der Durchgang zum Neubau, wo sich der Speisesaal befindet.« Sie ging auf die Tür zu und klopfte an die Scheibe. »Magda? Seien Sie so lieb, und kommen Sie doch einmal bitte her!«

Kaminski spähte in den weiß gekachelten, weitläufigen Raum und sah eine korpulente Frau um die fünfzig, über deren rundem Gesicht eine weiße Haube schwebte. Ein paar Strähnen rötlichen Haars lugten darunter hervor. Es war nicht zu übersehen, dass die Köchin gern aß. Alles an ihr wirkte üppig, jedoch, anders als bei Elfriede, in einer eher robusten Variante. Allein die kräftigen Unterarme verliehen ihr etwas Beeindruckendes, fast Einschüchterndes.

Umständlich trocknete sie ihre Hände an einem Geschirrtuch ab und stieß die Glastür mit einem gekonnten Hüftschwung auf. Sie trug einen blütenweißen Kittel. Eine zarte Röte färbte ihre Wangen, während sie Kaminski anlächelte.

»Sie sind dieser Kutscher, stimmt's? Na, das nenn ich mal 'ne Abwechslung. Die Frauen drehen ja alle durch, seit Sie hier aufgetaucht sind.«

»Magda!« Ungehalten funkelte Trixi die Köchin an. »Dies ist durchaus nicht der Augenblick für triviale Klatschgeschichten. Herr Kaminski ist mir eine unerlässliche Stütze in schweren Zeiten. Was gibt es denn eigentlich heute zu essen?«

»Ich würde das Roastbeef empfehlen«, strahlte Magda Bubenitschek. »Vom vegetarischen Auflauf und der Hühnernudelsuppe wird doch kein anständiger Mensch satt.«

Mit unverhohlener Neugier betrachtete sie Kaminski. Ihre milchig blauen Augen verharrten lange auf seinem muskulösen Körper, als würde sie die Qualität eines Filets einschätzen, bevor sie sich die Lippen leckte und ihm direkt ins Gesicht schaute.

»Können gern zum Mittagessen bleiben, ist genug da.«

»Das wird sich Herr Kaminski noch überlegen«, sagte Trixi etwas zu schnippisch. »Und nun kümmern Sie sich bitte wieder um Ihr – Ihr Roastbeef oder was auch immer.«

Die Köchin grinste ihn aufmunternd an.

»Bis später.«

Trixi Muffinger war schon weitergegangen. Mit einer Hand prüfte sie den Sitz ihrer wie immer untadeligen Frisur. So wie die Haare aussehen, braucht die bestimmt keinen Fahrradhelm, dachte Kaminski. Garantiert stoßfest.

»Jaja, Personalführung«, zwitscherte Trixi, »eine große Herausforderung in einem Haus, in dem der Mensch im Mittelpunkt steht. Wir sind hier wie eine Familie, wissen Sie. Deshalb schmerzt es mich zutiefst, wenn einer unserer Bewohner uns verlässt. Erwin Reichenbachs Tod reißt eine äußerst empfindliche Lücke in unsere kleine Schicksalsgemeinschaft.«

Mucken-Michis Auftritt im Salon hatte Kaminski ein wenig vom Tod Erwin Reichenbachs abgelenkt. Umso deutlicher trat ihm jetzt wieder das Bild vor Augen, wie Buffo am Flügel saß, Zarah Leander schmetternd, bestens gelaunt und krachend lebendig.

»*Der Tod lächelt uns alle an. Das Einzige, was man tun kann, ist zurücklächeln*«, sagte er.

»Oh, Herr Kamiiiinski! Hinreißend! Zauberhaft! Ganz genau, wir dürfen unser Lächeln nicht verlieren, müssen dem Tod ins Gesicht sehen, lächelnd, auf Augenhöhe, nicht wahr? Oh, ich liiiiebe diesen Satz! Ist das nicht von ….« Sie kam ins Stocken.

»… Marcus Aurelius, Frau Doktor Muffinger. Woran ist Herr Reichenbach eigentlich gestorben?«

Unvermittelt blieb sie stehen.

»Plötzlicher Herztod, im Grunde das, was wir uns wohl alle

wünschen. Ein langes Siechtum blieb ihm gnädigerweise erspart.«

»Aha.«

Das muss in der Tat ein sehr, sehr plötzlicher Herztod gewesen sein, überlegte Kaminski. Er hatte selbst noch nie erlebt, dass jemand binnen eines Tages vom blühenden Leben ins Jenseits gewechselt war. Natürlich kam so etwas vor. Auch den früheren Hausmeister hatte es ja vollkommen überraschend erwischt. Irritierend war es trotzdem. War vielleicht doch etwas dran an den Mordgerüchten?

»Hier geht es zum Keller.« Trixi zeigte auf eine schwere Eisentür, deren Kanten vor sich hin rosteten. »Hätten Sie vielleicht die Liebenswürdigkeit, die Tür zu öffnen? Ich habe mir nämlich eben gerade die Hände eingecremt.«

Was war das bloß für ein seltsamer Tick? Hatte sie nichts anderes im Kopf, als für die Geschmeidigkeit ihrer Hände zu sorgen?

Mit beiden Händen zog er am Türgriff. Ein unangenehmer Geruch schlug ihnen entgegen. Ein Geruch nach uraltem, feuchten, modrigem Gemäuer. Unwillkürlich wich Kaminski zurück.

»Doch, doch, hier entlang«, sagte Trixi Muffinger.

Mit einer kleinen Geste ließ sie ihm jetzt den Vortritt, während sie eine trübe Lampe einschaltete. Eine nicht gerade vertrauenerweckende, gewundene Holztreppe führte hinab ins dunkle Nichts. Verdammt. Die Treppe sah so morsch aus, als ob sie jeden Augenblick einstürzen könnte.

»Nur Mut!«, rief Trixi. »Und keine Sorge, wir haben keine Leichen im Keller!« Im nächsten Augenblick schlug sie sich mit der flachen Hand auf den Mund. »Oh, Entschuldigung, das ist in Anbetracht der tragischen Umstände sicherlich eine recht unangemessene, wenn nicht sogar taktlose Bemerkung.«

Geschenkt, dachte Kaminski. Die Frau ist sowieso ein bisschen durchgeknallt. Schwer zu sagen, ob Erwins Tod ihr wirklich nahegeht, so überdreht, wie sie ist.

Vorsichtig setzte er einen Fuß auf die oberste Stufe, die beunruhigend knarrte. Das Treppenhaus war so niedrig, dass er sich bücken musste. Innerlich fluchend quälte er sich die Stufen hinunter, wobei er sich an einem wackeligen Messinggeländer festhielt. Kleine Putzbröckchen rieselten auf seine Schultern, wenn er das Mauerwerk berührte. Einzig das Tapptapp der Lackpumps über ihm hielt ihn davon ab, nicht auf der Stelle umzukehren.

Der Keller entpuppte sich als ein flaches Gewölbe, von dem mehrere Gänge abzweigten. Im Halbdunkel einer weiteren trüben Lampe gewahrte Kaminski Bretterverschläge, hinter denen undefinierbares Gerümpel lag.

Der Geruch war stärker geworden. Er widerstand dem Drang, sich die Nase zuzuhalten. Auch in seinem Gutshaus roch es nicht gerade nach Lavendel, aber hier unten nahm ihm der Gestank schier den Atem. Es roch nicht nach Keller, es roch nach Gruft, Tod, Verwesung.

Trixi Muffinger lächelte nur unergründlich, als wäre dies ein unterhaltsamer Ausflug.

»Stellen Sie sich vor, manche Bewohner meinen, dass es hier unten spukt, weil wir die Hinterlassenschaften der Verstorbenen im Keller aufbewahren. Es ist ein alter Brauch, dass die Angehörigen Möbel und andere Dinge ihrer teuren Verblichenen der Villa Gründgens spenden. Da hat sich einiges angesammelt.«

»Sie haben einen merkwürdigen Beruf«, brummte er, »ich meine, wo Sie doch ständig mit dem Tod konfrontiert sind.«

»Der Tod ist auch nur eine Grenze, die überschritten wird, um in einer besseren, möglicherweise gerechteren Welt weiterzuleben. Und Beerdigungen finde ich – bitte lachen Sie mich nicht aus! – irgendwie erotisch!«

Keine Frage, Doktor Trixi Muffinger hatte schwer einen an der Waffel. Dummerweise machte sie das noch attraktiver. Kaminskis Zwangsvorstellung, sie könnte Strapse unter ihrem Kostüm tragen und eventuell das Höschen weggelassen haben, steigerte sich zu der Versuchung, beides ganz beiläufig nachzuprüfen.

»Schlafen Sie auch nachts im Sarg und so?«, witzelte er, um seine Erregung zu verbergen.

Falls Trixi Muffinger den morbiden Sex witterte, der in der Luft lag, sie ließ es sich nicht anmerken. Ihr glockenhelles Lachen hallte von den Wänden wider.

»Im Sarg? Sie Schelm. Ich liiiiebe meinen Beruf! Es kommt doch immer darauf an, ob man das Glas als halb voll oder halb leer betrachtet«, strapazierte sie die reichlich abgedroschene Phrase. »Mein Augenmerk richtet sich auf die Bewohner. Die lebenden. Sie haben ja bereits einige meiner alten Leutchen kennengelernt. Ist doch eine ganz putzige Truppe, nicht wahr?«

Es lag Kaminski auf der Zunge, den Schiller-Zirkel etwas anders zu charakterisieren, behielt diese Einschätzung aber für sich. Putzige Truppe. Er dachte an Leo Bambergers sarkastische Attacke auf die Heimleiterin wegen ihrer Zarah-Leander-Phobie. Trixi Muffinger nahm es wirklich sehr genau mit der politisch korrekten Aufarbeitung. Etwas zu genau, fand er.

Doch im Moment schien sie mit ihren Gedanken woanders zu sein. Nachdenklich betrachtete sie einen Punkt, der sich irgendwo oberhalb seiner Augenbrauen befand. Dann strich sie mit dem rechten Daumen über seine Stirn und entfernte einen Putzkrümel. Die erotische Spannung steigerte sich ins Unerträgliche. Und dann auch noch diese Folterkelleratmosphäre.

Erwartungsvoll stand sie vor ihm, den Mund leicht geöffnet, der ihm auf einmal irgendwie schmallippig erschien. Was hatte er hier verloren? Ja, Trixi war reizvoll, aber irgendetwas hielt ihn zurück, einfach über sie herzufallen. War es Laura? Die Sekunden dehnten sich.

»Meine Zeit ist leider begrenzt, Herr Kaminski«, sagte Trixi mit einem Anflug von Enttäuschung. »Ich zeige Ihnen jetzt den Heizungskeller. Wenn Sie so freundlich wären, auch diese Tür zu öffnen?«

Wieder ging sie voran, mit ihrem katzenhaften Wiegeschritt.

Wie gewünscht, öffnete Kaminski eine funkelnagelneue Tür aus grau gestrichenem Metall und betrat einen Raum, der so ganz anders aussah als das marode, verrumpelte Gewölbe. Die Wände strahlten in einem hellen Ockerton, der Boden wirkte sauber, so wie die Heizungsanlage, ein riesiger blauer Würfel, von dem allerlei Rohre zur Decke hin verliefen.

Es war warm, fast stickig. In einer Ecke stand ein Metallspind, daneben ein niedriger Tisch und eine Art Campingliege. Eine Campingliege? Kaminski runzelte die Stirn. Sperrte man hier unartige Alte ein? Oder war dies etwa ein Liebesnest der Bewohner? Es sah ganz danach aus, denn unter der Liege entdeckte er eine leere Sektflasche.

Sein fragender Blick wanderte zu Trixi. Verschämt schlug sie die Augen nieder, was ihm Gelegenheit gab, ihre langen, perfekt getuschten Wimpern zu betrachten. Eine Träne rollte über ihre rosige Wange.

»Der Todesfall hat mich doch wohl mehr mitgenommen, als ich mir eingestanden hatte«, erklärte sie leicht piepsig, bekam aber dennoch einen ihrer lasziven Augenaufschläge hin.

Es war eine verwirrende Mischung aus Hilflosigkeit und Durchtriebenheit, die sie ausstrahlte, eine Mischung, die Kaminski den letzten Rest Beherrschung kostete. Er konnte nicht anders, er musste sie in die Arme nehmen. Tröstend natürlich, ganz flüchtig nur, und sehr, sehr behutsam. Doch der sekundenkurze Kontakt mit diesem flirrenden, bebenden Körper reichte, dass sich die Haare auf seinem Unterarm senkrecht stellten und das Blut in seinen Schläfen rauschte.

Lächelnd sah sie zu ihm auf. Verdammt, sie spielte mit ihm. Der Drang, dieses kultivierte, wohlerzogene Miststück aus purer Verachtung durchzuvögeln, wurde auf einmal übermächtig.

Hoppla. Jetzt keinen Fehler machen! Lass verdammt noch mal die Finger von ihr!

»Wo ist denn nun das Leck?«, fragte er heiser.

Unbeweglich stand Trixi da. Dann zeigte sie auf eine kleine Wasserlache neben dem Metallspind und rannte wortlos davon. Das Tapptapp ihrer Absätze wurde schwächer, bis nichts mehr zu hören war als das leise Gluckern und Zischen der Heizung.

Die Versuchung war groß, ein paar unzüchtige Gedenkminuten an dieses durchgeknallte Biest zu verschwenden, doch Kaminski beherrschte sich. Ziemlich durcheinander sank er auf die Campingliege. Was war das denn bitte gewesen?

Er hatte keinen blassen Schimmer. Nur das dringende Bedürfnis, auf der Stelle zu Laura zu fahren, mit einem Menschen zu sprechen, der geradlinig war und ihn nicht mit irrlichternden, doppeldeutigen Botschaften um den Verstand brachte. Aber vorher musste er das verdammte Rohr abdichten.

Stöhnend stand er auf und besah sich die undichte Stelle. In einer Gummimuffe zeigten sich feine Risse, aus denen es tröpfelte. Mist. Da war ein Ersatzteil nötig.

Im Metallspind fand er Werkzeug, diverse Lappen und eine Handwerkerspritze mit Silikon. So gut er konnte, dichtete er das Leck mit dem zähflüssigen Silikongel ab. Lange würde das nicht halten. Er würde in den Baumarkt fahren müssen, um eine neue Gummimuffe zu holen. Leider. Kaminski hatte mehr als genug von der Villa Gründgens. Missmutig räumte er das Werkzeug zusammen und verstaute es im Spind.

Wütend auf Trixi Muffinger, wütend auf sich selbst, wütend auf die gesamte meschuggene Welt, in die er geraten war, stapfte er durch das Gewölbe zurück zur Treppe. Es kam ihm vor, als hockten tatsächlich die Geister der Toten in dem unsäglichen Gerümpel und lachten ihn aus. Noch dazu raschelte es verdächtig.

Er blieb stehen. Eine fette Ratte verschwand hinter einem hochkant gestellten Sofa. Nein, er hatte keine Angst vor Ratten, er wollte nur noch weg. So schnell er konnte, erklomm er die Treppe und stürmte in den Flur. Mit aller Kraft warf er die verrostete Tür hinter sich zu. Endlich frische Luft atmen. Endlich überhaupt wieder atmen. Diese verflixte Muffinger!

Nachdem er sich einigermaßen gesammelt hatte, machte er sich auf den Weg nach draußen. Jetzt einen Kaffee. Oder, besser noch, einen Schnaps. Und zwar sofort. Ob Magda Bubenitschek wohl so was hatte?

Obwohl er fast die Eingangshalle erreicht hatte, kehrte er um. Sein Körper lechzte nach einem Schluck was auch immer, und so steuerte er die Glastür der Küche an. Töpfe dampften auf den Herden, Schüsseln reihten sich auf den Arbeitsflächen, Küchenhilfen falteten Servietten. Er hatte die Türklinke schon in der Hand, als ihn ein atemloses Stöhnen innehalten ließ. Es kam aus der Besenkammer neben der Küche. Die Tür stand einen Spalt breit offen.

Kaminski erstarrte. An ein Regal voller Putzmittel gelehnt, schloss Leo Bamberger hingebungsvoll die Augen. Magda Bubenitschek kniete vor ihm. Man sah nur ihren imposanten, weiß bekittelten Rücken und ihren Hinterkopf mit der weißen Haube, der sich rhythmisch bewegte.

KAPITEL 8

Ein fernes Gewitter näherte sich grollend. Nein – grollend näherte sich ein fernes Gewitter. Oder vielleicht so: Ein Gewitter näherte sich grollend aus der Ferne? Blödsinn. War doch klar, dass ein Gewitter fern war, wenn es sich erst nähern musste. Zur Hölle mit dem Wetter! Was waren Blitz und Donner schon gegen die Naturgewalt einer schnellen Nummer in der Besenkammer? Und gegen die vermaledeite Trixi Muffinger, die sich wie ein Verhängnis in sein Leben drängte?

Erschöpft lenkte Kaminski seine Kutsche auf den Hof des Gestüts. Es war später Abend. Alles lag in tiefem Dunkel, weder im Stall noch in der Küche brannte Licht. Von Frettchen keine Spur. Er suchte sie überall, konnte sie aber nirgends entdecken. Das Mädchen war eben unberechenbar, was ihn gerade jetzt mächtig ärgerte. Ein wenig Hilfe hätte ihm gutgetan.

Nachdem er die Pferde versorgt und den Kachelofen angezündet hatte – für den Fall, dass Frettchen doch noch auftauchte –, ging Kaminski hoch ins Schlafzimmer. Ihm wurde siedend heiß, als er an den Heizungskeller dachte. Fast hätte er sich vergessen. Dieses komische Seniorenheim wirkte anscheinend wie ein Brandbeschleuniger. Allein die erotischen Verwirrungen des Schiller-Zirkels waren erstaunlich genug, und die Erinnerung an den Blowjob der drallen Küchenfee gab ihm den Rest.

Schwerfällig ließ er sich aufs Bett fallen und zog die Stiefel aus. Er war todmüde. Den halben Tag hatte er damit verbracht, einen Zaun im Garten der Villa Gründgens zu zimmern, und am Nachmittag einige Kutschfahrten mit schreienden Kindern durchgestanden.

Als wäre das nicht genug, war es am Abend in der *Wilhelm-Meister-Schänke* so voll gewesen, dass er kein einziges Wort mit Laura hatte wechseln können. Herr im Himmel, Kaminski, dachte er, du bist einfach zu dämlich für Frauen. Schon während er das Licht löschte, fielen ihm die Augen zu.

Mitten in der Nacht erwachte er von einem seltsamen Geräusch. Ein Fiepen und Quietschen, als hätte sich eine Katze ins Haus verirrt. Aber man konnte nie wissen. Mehr als einmal hatte ihm die Dorfjugend einen Besuch zu später Stunde abgestattet.

Er angelte sich den Schürhaken, der immer griffbereit unter dem Bett lag. Lautlos schlich er sich auf den Flur. Jetzt hörte er es ganz deutlich. Das Geräusch kam aus dem Erdgeschoss.

Ohne das Licht einzuschalten, stieg er die Treppe hinunter, darauf bedacht, die knarrenden Stufen auszulassen. Mit beiden Händen umklammerte er den schweren Schürhaken. Sein Herz klopfte hart gegen die Rippen. Angestrengt horchte er auf das Geräusch, während er sich durch das Dunkel vorarbeitete.

Aus der angelehnten Küchentür fiel ein schmaler Lichtstreifen auf den Boden. Mit dem Fuß stieß er die Tür vorsichtig auf und spähte um die Ecke. Auf der Stelle gefror ihm das Blut in den Adern. Er ließ den Schürhaken fallen.

»Mein Gott, Frettchen, was ist passiert?«

Sie hockte wimmernd auf dem Sofa. Ihr kahl rasierter Kopf war mit Blut überkrustet, auf ihren Wangen mischten sich Tränen und Wimperntusche zu dunklen Schlieren. Frettchen sah grauenvoll aus.

Mit einem Satz war Kaminski bei ihr. Schwer atmend umschlang er das zitternde Bündel. Er konnte kaum sprechen vor Zorn.

»Wer war das?«, zischte er. »Sag mir sofort, wer das war, damit ich ihm alle Knochen brechen kann.«

Frettchen wippte rhythmisch vor und zurück. Ihr Blick war leer. Sie bebte am ganzen Körper.

»Ihirgendwehelche Ididioten«, stammelte sie.

Ungelenk drückte Kaminski das Mädchen an sich.

»Wo hast du dich bloß rumgetrieben? Und wer hat dir das angetan?«

Frettchen zuckte nur mit den Schultern. Verstört. Verloren.

Kaminski kochte vor Wut. Als er hierhergezogen war, hatte es noch einen Jugendclub gegeben, doch der war schon vor Jahren dichtgemacht worden. Seitdem lungerten die Halbstarken des Dorfes in irgendwelchen dunklen Ecken rum und übten Naziparolen.

Erklärungen für die Schließung des Clubs gab es zuhauf: Strukturwandel, Abwanderung nach Westen, knappe Kassen, überforderte Kommunen. Im Klartext: kein Geld. Jedenfalls nicht für Jugendliche. Und gleich nebenan in Weimar wuchsen die Subventionen für das kulturelle Erbe ins Unermessliche. Fragte sich nur, wer hier erbte. Jedenfalls nicht die abgestumpften Teenager, die grölend durchs Dorf zogen, in die Vorgärten pinkelten und mit leeren Wodkaflaschen auf Hunde und Katzen zielten.

»So eine Schweinerei«, presste Kaminski zwischen den Zähnen hervor.

Frettchen reagierte nicht.

»Du bleibst auf jeden Fall hier«, ordnete er an. »Ich mache dir jetzt ein Bett auf dem Sofa, und dann lege ich noch mal Holz nach, damit du heute Nacht nicht frierst.« Er rückte etwas von Frettchen ab. »Okay?«

Sie nickte, hielt aber seine Hand fest.

»H-hierbbleiben, b-bbitte.«

Schaudernd betrachtete er ihren blutenden Kopf. Frettchen sah aus, als ob man sie mit einer rostigen Säge barbiert hätte.

»Geht klar.« Kaminski machte sich aus ihrer Umklammerung los. »Ich hole nur was zum Desinfizieren.«

Sie gab keinen Mucks von sich, als er ihre Wunden mit dem Desinfektionsmittel betupfte. Sie schwieg auch, als er ein Kissen und eine Decke in die Küche brachte. Immer wieder fragte er sie, wer hinter dem Überfall stecke, doch sie schüttelte nur den Kopf.

Er gab es auf. Nachdem er ein paar Scheite in den Kachelofen gelegt hatte, setzte er sich zu ihr aufs Sofa. Frettchen zitterte immer noch, als ihre Atemzüge regelmäßiger wurden. Sie zitterte sogar noch im Schlaf.

Es wurde eine unruhige Nacht. Alle paar Minuten schreckte Kaminski hoch, lauschte auf verdächtige Geräusche, saß stocksteif da, einen Arm um Frettchen gelegt, und zerbrach sich den Kopf darüber, was er tun solle. Die Polizei anrufen? Mit den Leuten im Dorf sprechen? Aber was auch immer er unternehmen würde, es bedeutete, mit Anlauf gegen die Wand zu rennen. Gegen das mafiaartige Schweigekartell einer Dorfgemeinschaft kam keiner an. Schon gar nicht ein Zugezogener aus dem Westen.

Irgendwann schlief er ein, von Albträumen verfolgt, in denen gesichtslose Gestalten auf ihn zurannten, Fahnen und Messer in ihren erhobenen Händen schwenkend. Er erwachte erst wieder, als Frettchens heisere Stimme an seinem Ohr kratzte.

»Ey, Blödmann, ich glaub, dein beschissenes Scheißhandy klingelt.«

Verschlafen rieb sich Kaminski die Augen. Sein Rücken schmerzte von der unbequemen Nacht auf dem Sofa.

Frettchen hockte auf dem Kachelofen und drehte sich eine Zigarette. Ihr kahler, von zahllosen Schrammen übersäter Kopf war immer noch ein schockierender Anblick.

»Dein Handy nervt«, maulte sie. »Beweg mal deinen faltigen Arsch und stell das Scheißding aus.«

Kaminski war erleichtert, dass Frettchen die Sprache wiedergefunden hatte, na ja, die Frettchensprache eben.

»Schon wieder rotzfrech, was?« Er ging zu ihr und begutachtete ihre Kopfhaut. »Ein paar Narben werden bleiben. Aber wenigstens hat sich nichts entzündet.«

Sie leckte am Zigarettenpapier, holte ein Feuerzeug aus ihren Hotpants und zündete die fertige Zigarette an.

»Wenn du nicht sofort das beschissene Scheißhandy ausstellst, schmeiß ich es ins Klo.«

Jetzt erst hörte Kaminski den Klingelton. Die Küchenuhr zeigte zehn vor sechs. Das konnte nur Trixi Muffingers morgendlicher Telefonterror sein. Oder war es die Polizei? Vielleicht hatte jemand den Überfall auf Frettchen beobachtet und angezeigt.

Mit schnellen Schritten war er im Flur und holte das Handy aus der Manteltasche, als es verstummte. Missmutig erkannte er Trixis Nummer und stellte das Handy aus. Ob diese Frau Schlafstörungen hatte? Oder einen Kontrollzwang? Ein rund um die Uhr verfügbarer Kaminski war nicht zu haben. Er war überhaupt nicht mehr zu haben, nicht für Geld und gute Worte. Das war's dann mit dem Hausmeisterjob.

Gähnend steuerte er das Badezimmer an. Verschlossen. Das Rauschen der Dusche erinnerte ihn daran, dass er nicht allein war. Plötzlich ging ihm auf, wie lange er nicht mehr mit einer Frau zusammengelebt hatte, und er ertappte sich bei einem Lächeln darüber, dass eines Tages vielleicht wieder Cremetöpfe und Tampons im Bad herumstehen könnten.

Eine Stunde später saß er mit Frettchen in der Küche und aß leicht muffigen Zwieback mit Erdbeermarmelade. Dazu gab es Kamillentee.

»Ätzend, das Zeug. Könnt echt kotzen.« Sie stellte ihre Tasse geräuschvoll auf der Untertasse ab und zündete sich eine Zigarette an. »So 'ne Pisse. Wieso kochst du keinen Kaffee?«

Kaminski zeigte auf die defekte Kaffeemaschine.

»Die hat schon vor einem Jahr den Geist aufgegeben.«

»Toll.«

»Tee ist sowieso gesünder«, sagte Kaminski. »Außerdem rauchst du zu viel.«

Im selben Moment merkte er, wie dämlich das klang. Belehrend, regelrecht bevormundend. Dabei hatte er sich fest vorgenommen, nicht den Ersatzvater zu spielen. Das konnte er auch gar nicht, schließlich war er den ganzen Tag unterwegs. Doch ganz offensichtlich brauchte das Mädchen Schutz.

»Tja, Frettchen«, er setzte sich sehr gerade hin, »ich habe dir wirklich gern geholfen, aber mehr kann ich nicht für dich tun, ich bin ja immer weg. Du brauchst jemanden, der für dich da ist. Willst du nicht mal mit jemandem vom Jugendamt sprechen? Ich fahre dich gern dahin und vorher zum Arzt. Was meinst du?«

»Scheiße, wieso kann ich nicht bei dir abhängen?«

Er wischte sich ein paar Zwiebackkrümel von der Hose.

»Der Kindergarten Kaminski hat ab heute geschlossen.«

»Mein Alter tickt aus!«, rief Frettchen. »Der prügelt mir das Hirn aus Löchern, die haste noch gar nich geseh'n!« Sie blies ihm eine Ladung Rauch ins Gesicht. »Ich wohn ab jetzt hier. Ist scheißgemütlich, echt.«

Das ging zu weit. Frettchen war vierzehn. Außerdem wollte Kaminski momentan niemanden in diesem Haus. Keinen Mann, keine Frau und schon gar keine unflätige Rotznase.

»Was soll das werden?«, rief er. »Eine WG? Du kannst hier nicht bleiben! Begreif das endlich!«

»Haha. Schmeiß mich doch raus, Wichser. Und dann? Du

fährst vorn mit deiner Scheißkutsche raus, und ich steig hinten wieder ins Haus rein. So läuft das, Blödmann.«

Es hatte keinen Sinn. Er musste mit Frettchens Eltern sprechen, sonst wurde er sie nie los. Resigniert nahm er seinen Hut und ging zur Tür.

»Am Herd hängt ein Zettel mit meiner Handynummer. Nur für den Fall.«

»Nun scheiß dir mal nich in die Hosen«, höhnte Frettchen. »Außerdem ab isch gar keine Ändy, du Schissör.«

Sie zog eine Grimasse, als sie Kaminskis besorgten Blick sah.

»Erst nehm ich die Bude auseinander, dann fackel ich sie ab. Was'n sonst?«

Kaminski warf die Küchentür hinter sich zu. Während er zum Stall ging, knöpfte er seinen Mantel zu. Dann blieb er wie angewurzelt stehen. Frisch gestriegelt und fertig angespannt standen die Pferde vor der Kutsche. Frettchen. Das war eben ihre Art, sich zu bedanken.

KAPITEL 9

Über dem Park an der Ilm stand die Sonne hoch am Himmel. Sie strahlte keine Wärme aus, nur ein peinigend grelles Licht, das den Park unwirklich erscheinen ließ und den blätterlosen Bäumen spinnenartige Schatten verlieh. Eine gute Metapher fürs Trixi-Kapitel, falls er denn jemals seine Lebenserinnerungen aufschrieb – und seine nicht ausgelebten erotischen Fantasien der Nachwelt aufdrängte. Er konnte förmlich spüren, wie Trixis Spinnenbeine auf ihn zukrochen, wie sie ein Netz webte, aus feinen, klebrigen Fäden, um ihn sich am Ende einzuverleiben.

Gierig sog Kaminski die kühle Luft ein. Noch immer meinte er, einen modrigen Gestank in seinen Klamotten zu riechen. Nein, an den Heizungskeller wollte er jetzt nicht denken.

»Zur Rechten sehen Sie Goethes Gartenhaus«, erklärte er. »Es war sein erster Wohnsitz in Weimar, als er im Jahr siebzehnhundertsechsundsiebzig seine Laufbahn im Dienste des Herzogs Carl August begann. Fortan war er Mitglied des Geheimen Konsiliums und avancierte zu einer glänzenden, wenn auch letztlich glücklosen politischen Figur des damaligen Duodezfürstentums.«

Er hielt die Kutsche an, damit seine Fahrgäste das kleine doppelstöckige Haus mit dem grauen Schindeldach fotografieren konnten.

Sein Magen knurrte. Den ganzen Vormittag über hatte er Touren gehabt und wäre danach lieber in die *Wilhelm-Meister-Schänke* gefahren, doch dann waren ihm noch zwei ältere, heftig winkende Ehepaare am Straßenrand dazwischengekommen. Einmal

Weimar für Kenner. Ja, die große Tour. Das ganze Paket. In Anbetracht der kostspieligen Reparaturen in Stall und Gutshaus und des zu erwartenden Salärs hatte er die Rundfahrt ohne Zögern angenommen.

Die beiden Ehepaare stiegen aus, um das Gebäude und den von Goethe angelegten Garten näher in Augenschein zu nehmen.

»Also, Herr – äh – Kutscher, Sie sprachen soeben von einer glücklosen politischen Figur – das kann man so nicht sagen«, mäkelte einer der Touristen, ein älterer Herr mit einem kecken Pepitahütchen. »Immerhin hat Goethe den zügellosen Herzog zur Raison gebracht, einen typischen Vertreter des unaufgeklärten Feudalismus. Außerdem …«

Der andere ältere Herr, der eine magentafarbene Funktionsjacke trug, unterbrach ihn.

»Goethe hat ihm sogar was ins Stammbuch geschrieben: *Wer andere wohl zu leiten weiß, muss fähig sein, viel zu entbehren.*«

Sein Reisegefährte schob das Pepitahütchen aus der Stirn.

»Sehr schön, aber, wie ich schon sagte …«

Ein weiteres Mal wurde er ausgebremst.

»*Gebt, ach, mir einen gnädigen Blick, das ist schon Untertanenglück!*, heißt es in einem Gedicht für Carl August, und wie findet ihr diese Zeilen, auch für den Herzog: »*Gehab dich wohl bei den hundert Lichtern, die dich umglänzen, und allen den Gesichtern, die dich umschwänzen und umkredenzen.*«

Es wurde moderat gelacht.

Kaminski konnte kecke Hütchen und bunte Funktionsjacken nicht ausstehen. Er hatte nie verstanden, warum man sich unbedingt zum Deppen machen musste, nur weil man in eine andere Stadt reiste. Amüsant hingegen fand er, dass viele Weimartouristen mehr wussten als wahrnahmen. Er selbst liebte ja Zitate, doch manche Touristen waren geradezu krankhaft besessen davon. Jedenfalls war Kaminski nicht zum ersten Mal mit einem Oberlehrer konfrontiert, der alles zutextete.

Und Funktionsjacke war noch nicht fertig. Ohne einen Blick für Park, Haus oder Garten rezitierte er: »*Übermütig siehts nicht aus, dieses kleine Gartenhaus. Allen, die sich drin genährt, ward ein guter Mut beschert.*«

Die anderen drei schwiegen, vollauf damit beschäftigt, sich gegenseitig vor dem Goethedomizil zu fotografieren. Als sie damit fertig waren, kicherte eine der beiden Frauen. Auf ihrer ergrauten Dauerwelle schwebte ein Basecap mit den Initialen NY, das ihr schlammbraunes Popeline-Outfit jugendlich aufpeppte.

»In dem Haus da, hatte der Goethe eigentlich auch da was mit Frauen …? Ich meine, der war ja kein Kostverächter, der hatte es ja faustdick … oder? Oder? Da war die Charlotte von Stein, und dann diese Frau aus dem Volk, diese etwas gewöhnliche Vulpius und so weiter.«

»Nee«, sagte Pepitahütchen streng, »mit der Charlotte lief gar nichts, aber die Christiane Vulpius, die übrigens gar nicht so vulgär war …«

»… die hat er auch bedichtet«, Funktionsjacke war nicht zu bremsen, »*Mädchen, gib der frischen Brust nichts von Pein und alle Lust.*«

Nach dem Ausflug in den Heizungskeller war Kaminskis Bedarf an erotischen Fußnoten vollauf gedeckt.

»Gearbeitet und geschrieben hat Goethe hier, sonst nichts«, sagte er resolut.

Ein weiteres willkommenes Apropos für Funktionsjacke.

»Diesen Garten und seine Pflanzen hat er in einem Vierzeiler verewigt: *Wachset wie in meinem Herzen, treibet in die Luft hinein, denn ich grub viel Freud und Schmerzen unter eure Wurzeln ein.*«

»Freud und Schmerzen«, echote die Frau mit dem Basecap ergriffen.

Kaminski spürte den unwiderstehlichen Drang, sich ein wenig die Beine zu vertreten. Er sprang vom Kutschbock.

»Kommen Sie, ich zeige Ihnen den Stein des guten Glücks.«

Gab es auch ein schlechtes Glück? Darüber grübelte Kaminski nach, während sie das Haus umrundeten und über den schmalen, von Büschen und Beeten gesäumten Weg auf das Denkmal zuschritten – eine Kugel, die auf einer länglichen Stele ruhte.

»Der Stein des guten Glücks, siebzehnhundertsechsundsiebzig errichtet, die erste nichtfigürliche Symbolik eines Denkmals«, erläuterte er. »Man könnte sagen, dass …«

Sofort fiel ihm Funktionsjacke ins Wort.

»Rund und eckig, Kugel und Kubus, das Schwankende und das Beständige, die Bewegung und die Ruhe.«

»Und das Runde muss in das Eckige«, kicherte Pepitahütchen.

Heiliges Kanonenrohr.

»Sie sollten jetzt besser das Gartenhaus besichtigen«, sagte Kaminski kühl. »Weiterfahrt in fünfzehn Minuten.«

Wenn du wütend bist, zähl bis vier. Bist du außer dir vor Wut, fang an zu fluchen. Kaminski ließ es bleiben. Während das touristische Quartett zum Haus zurückging, schlenderte er in Richtung Ilm. Ein gewundener Spazierweg führte zum Ufer des kleinen Flüsschens, das so träge dahinplätscherte, als wäre es von den vielen Touristen zu Tode gelangweilt.

Kaminski mochte den Park mit seinen sanften Hügeln, dem lockeren Baumbestand, den feinsinnig angelegten Sichtachsen. Besonders mochte er das Denkmal zu Ehren Shakespeares auf der anderen Seite der Ilm. Er war oft daran vorbeigefahren und hatte sich jedes Detail eingeprägt. Es zeigte den Dichter in lässiger Pose sitzend, den Kopf schräg gelegt, mit einem spöttischen

Lächeln im Gesicht. Ihm zu Füßen hatte der Bildhauer einen Lorbeerkranz und einen Totenschädel mit einer Narrenkappe in den Sockel gemeißelt.

Der Wind frischte auf und fegte die letzten Blätter einer Rotbuche von den Zweigen. Es sah aus wie blutiges Schneetreiben. Ein Totenkopf mit Narrenkappe, überlegte Kaminski, das wäre ein passendes Wappen für die Villa Gründgens. Er musste an Buffo denken, der jetzt vielleicht in der Hölle Klavier spielte. Oder im Himmel Zarah-Leander-Songs klimperte. Sicher war, dass er mausetot in einem Sarg lag.

Unwillkürlich beschleunigte Kaminski seinen Schritt. Warum hatte er Trixi Muffinger nicht gesagt, dass er nicht mehr für sie und die Villa Gründgens zur Verfügung stand? Missmutig kickte er einen Stein aus dem Weg. Verdammte Muffinger. Nie wieder würde er die Villa des schlechten Glücks betreten.

»Herr Kuuuutscher!«

Er fuhr herum. Aufgeregt mit den Armen rudernd, standen in einiger Entfernung die vier Touristen im Gelände.

»Herr Kuuuutscher, wir wollen weiter!«

Kaminski fügte sich in sein Schicksal. Marschierte zurück, warf einen letzten Blick auf die liebliche Anhöhe hinter dem Gartenhaus und kletterte auf den Kutschbock. Seine Fahrgäste saßen bereits.

»Buchenwald?«, fragte er.

Stille.

»Gehört das denn, äh, zur großen Tour?«, erkundigte sich Funktionsjacke.

Nachdem Kaminski versichert hatte, die Gedenkstätte gehöre absolut dazu, entstand eine weitere Pause.

Er drehte sich nach hinten um.

»Also, was jetzt?«

»Bezahlt ist bezahlt«, seufzte Pepitahütchen.

Seine Frau zupfte ihn am Ärmel seines grauen Anoraks.

»Ach, Klaus, muss das wirklich sein?«

Auch Funktionsjacke wirkte wenig begeistert. Vermutlich, weil er nicht mit KZ-Gedichten auftrumpfen kann, dachte Kaminski.

»Tja, ich würde mal sagen, dass in diesem – diesem Buchenwald sowieso nichts zu sehen ist«, hüstelte Funktionsjacke und blätterte in einem Reiseführer. »Ein Mahnmal, eine Ausstellung, Gedenksteine, ist doch irgendwie – tot.«

»Jedem das Seine«, zitierte Kaminski grimmig den Spruch, der immer noch das schmiedeeiserne Lagertor des ehemaligen Konzentrationslagers zierte.

»Genau, jedem das Seine, sehr schön gesagt«, seufzte die Frau mit dem Basecap. »Das alles da, hm, ist nicht so unsere Sache, nicht wahr, Klaus? Wir interessieren uns mehr für die Kultur, wissen Sie, ich meine, das ist ja irgendwie nicht wirklich Kultur, so ein KZ.«

»Nein, das ist eher Unkultur«, pflichtete die andere Frau ihr bei. »Das mit den Juden und so ...oder? Man muss doch die Vergangenheit ... oder? Irgendwann mal irgendwie ... ruhen lassen, oder? Oder?«

»Jedenfalls diese barbarische Vergangenheit«, betonte Funktionsjacke. »Widmen wir uns doch den erfreulichen Dingen. *Nun schaut der Geist nicht vorwärts, nicht zurück. Die Gegenwart allein – ist unser Glück!*«

Schon immer hatte Kaminski den Satz falsch gefunden, es sei barbarisch, nach Auschwitz Gedichte zu schreiben. Bei dieser Kundschaft konnte man allerdings auf den Gedanken kommen, es sei barbarisch, nach Auschwitz Gedichte zu rezitieren.

»Was können Sie uns denn noch Schönes zeigen, Herr Kutscher?«, fragte die Frau mit dem Basecap aufgeräumt.

Was Schönes. Normalerweise reagierte Kaminski gelassen auf Touristen. Heute war nicht normalerweise. Heute war ein weiterer Tag, an dem seine Geduld über Gebühr strapaziert wurde.

»Da fällt mir gerade ein, dass ich noch eine weitere Tour habe. Fast hätte ich das vergessen. Meine Herrschaften, Ihre Fahrt ist leider beendet. Sie müssen aussteigen.«

»Wie – aussteigen?«, fragte Pepitahütchen.

»Einer nach dem anderen, würde ich vorschlagen. Und vielleicht ein bisschen dalli, wenn's geht.«

»Hat man Töne!«, rief eine der beiden Frauen.

»Hier«, Kaminski kramte in der Tasche seines Kutschermantels und reichte ein paar Geldscheine nach hinten. »Sie bekommen die Hälfte zurück.«

Wortlos griff Funktionsjacke danach und stieg mit versteinerter Miene aus. Die anderen folgten kopfschüttelnd. Sobald alle vier auf dem Weg standen, schnalzte Kaminski mit der Zunge, und die Pferde trabten los.

Ein brühendheißer, starker Ristretto, das war alles, woran er jetzt denken konnte.

Er gab den Pferden Kommandos, und in vollem Tempo raste die Kutsche nordwärts durch den Park. Zur Rechten flog das Euphrosyne-Denkmal vorbei, links ein Wäldchen, hinter dem der Große Stern lag. Der Weg machte eine leichte Linksbiegung, und das Stadtschloss kam in Sicht. Selten hatte sich Kaminski so sehr über den Anblick gefreut. Jetzt war es nicht mehr weit zur *Wilhelm-Meister-Schänke.*

Ein Kaffee, ein Schnaps und Laura. Laura, Laura, Laura. Er ignorierte die Touristengrüppchen, die ihm fragend Zeichen machten. Nein, keine Tour mehr heute. Weder die große noch die kleine.

Kaminski hielt erst wieder an, als er die *Wilhelm-Meister-*

Schänke erreichte. Ausatmen. Endlich. Schon der bloße Gedanke an Laura wirkte wie ein Pflaster für seine aufgeschrammten Nerven. Nachdem er abgestiegen war, führte er die Pferde zu einem kleinen Brunnen und ließ sie trinken. Dann erst betrat er das Lokal.

Der Schankraum war fast leer. Zum Glück schien das Mittagsgeschäft so gut wie vorüber zu sein, also würde Laura Zeit für ihn haben. Nur ein paar wenige Gäste rührten in ihren Kaffeetassen, am Tresen lehnte ein junger Mann in einem dunkelgrauen Anzug. Laura stellte ihm gerade ein Glas Tee hin. Als sie Kaminski sah, lächelte sie, doch nicht so wie sonst. Eher – distanziert?

»Ah, Kaminski, da bist du ja«, sagte sie, während er auf den Tresen zuging. »Dachte ich's mir doch, dass du vorbeikommst. Du wirst schon erwartet.«

Mit dem Kinn deutete sie auf den jungen Mann, der sich im selben Moment umdrehte.

»Roman Kaminski? Freut mich, Marc Westphal, Kripo Weimar.«

Er streckte Kaminski eine kalte, feuchte Hand hin.

»Kommissar Westphal ermittelt in der Villa Gründgens«, erklärte Laura.

»Aha.«

Kaminski zog seinen Mantel aus und hängte ihn über einen Barhocker. Den Empfang in der *Wilhelm-Meister-Schänke* hatte er sich etwas anders vorgestellt. Er hatte auf Trost gehofft, auf ein paar herzwärmende Worte. Und ganz bestimmt keinen Mann von der Kripo erwartet.

»Hallo Laura, erst mal einen doppelten Ristretto, bitte. War ein harter Tag. Und irgendwas zu essen wäre schön, bin total ausgehungert.«

»Wir haben noch Kalbsgeschnetzeltes vom Mittagstisch, ist das okay?«, fragte Laura.

»Mehr als okay.«

Kaminski stützte einen Ellenbogen auf den Tresen und musterte den jungen Mann. Auffallend eleganter Anzug, gegeltes kurzes Haar, scharfe Gesichtszüge, schnelle, kalte Augen. Ein knallharter Smartie, der Laura etwas zu interessiert mit seinem Blick verfolgte.

»Sie ermitteln? Was stimmt denn nicht mit der Villa Gründgens?«

»Nun«, Marc Westphal zog seine taubenblaue Seidenkrawatte glatt, »es gibt ein paar Unstimmigkeiten mit den Totenscheinen. Vielleicht klärt sich alles als vollkommen harmlos auf, aber vor allem der Tod des Hausmeisters erscheint doch etwas rätselhaft. Kannten Sie ihn?«

»Flüchtig«, erwiderte Kaminski.

»Sie sind sein Nachfolger?«

»Nicht direkt.« Kaminski griff zu der Tasse, die Laura ihm reichte. »Ich bin nur eingesprungen, kurzfristig. Auf Dauer wird Frau Doktor Muffinger jemand anderen finden müssen.«

Bei der Erwähnung von Trixi Muffinger runzelte Laura die Stirn, sagte aber nichts. Unterdessen hatte Marc Westphal ein Smartphone aus seiner Anzugjacke gezogen und tippte ein paar Notizen ein.

»Haben Sie einen Verdacht?«

Die Frage kam so unvermutet, so zackig aus der Hüfte geschossen, dass Kaminski sich fast an seinem Ristretto verschluckte.

»Verdacht? Nein, wüsste auch nicht, wieso.«

Wen sollte er denn beschuldigen? Hannelore Pütz etwa? Das kam überhaupt nicht infrage.

»Beim Hausmeister ist in der Tat kein Motiv erkennbar, zumindest nicht auf den ersten Blick, aber …«, der Kommissar scrollte durch seine Notizen, »Erwin Reichenbach, der gestern verstorben ist, war äußerst vermögend und hatte keine Angehörigen. Der größte Teil seines Erbes fällt an die Villa Gründgens.«

Laura, die gerade den Tresen abwischte, hielt mitten in der Bewegung inne.

»Wollen Sie damit sagen, die Muffinger ….?«

»Das wäre fast zu offensichtlich.« Marc Westphal grinste mit der Unsicherheit eines Mannes, der sich von Frauen mehr erhoffte, als er bekam. »Würden Sie es ihr zutrauen?«

Laura lächelte unergründlich, Kaminski fühlte sich auf einmal unbehaglich.

»Ausgeschlossen«, antwortete er. »Sie ist – speziell, aber einen Mord, nein, das traue ich ihr nicht zu. Keinesfalls.«

»Und dieser Arzt, dieser …«, erneut scrollte der junge Mann durch seine Notizen, »… Kunzenstein? Und was ist mit den Bewohnern? Die einzigen namentlich Begünstigten des Testaments sind eine Hannelore Pütz, eine Elfriede Sasse und, Sekunde, hier ist es, eine Magda Bubenitschek.«

Sieh an. Ob das Erwins Art gewesen war, seine Dankbarkeit für erotische Gefälligkeiten zu zeigen? Möglich war es. Was wiederum Hannelore Pütz verdächtig machte. Aber das würde Kaminski diesem alerten Fritzen nicht auf die Nase binden. Er hatte allmählich genug von dem Gespräch und wollte nur noch seine Ruhe. Vor allem wollte er endlich mit Laura reden. Was für eine Zumutung, dass dieser unverschämte Typ ihn ausgerechnet hier, an seinem Zufluchtsort, mit Fragen behelligte. Noch dazu versuchte er ganz eindeutig, mit Laura zu flirten.

»Hören Sie«, sagte er, »ich kenne alle diese Leute kaum. Bis gestern wusste ich nicht einmal, dass sie überhaupt existieren.«

»Verstehe.«

Sichtlich enttäuscht steckte der Kommissar das Smartphone ein und nippte an seinem Tee. Er verzog das Gesicht.

»Könnten Sie mir bitte die Zuckerdose reichen?«, bat er Laura, während er sie mit seinen Blicken förmlich verschlang. »Ich habe eine Schwäche für Süßes. Vier Stück Zucker müssen es schon sein.«

Mit hochgezogenen Augenbrauen schob Laura ihm eine versilberte Zuckerdose über den Tresen.

In Kaminskis Kopf begann es wieder zu arbeiten. War vielleicht doch etwas dran an den Unkenrufen des Schiller-Zirkels? Dass es nicht mit rechten Dingen zuging in der Villa Gründgens? Nachdenklich sah er Laura hinterher, die in Richtung Küche verschwand.

»Lohnt sich das eigentlich, so als Kutscher in Weimar?«, erkundigte sich Marc Westphal, während er nacheinander vier Stück Zucker in seinen Tee plumpsen ließ.

Überrumpelt hob Kaminski den Kopf. Der will mich aus der Reserve locken, dieser smarte Grünschnabel. Na, der kann sich warm anziehen.

»Ich komme zurecht«, brummte er.

»Soso. Und trotzdem verrichten Sie Hausmeisterdienste?«

Bloß nicht provozieren lassen. Kaminski trank seinen Ristretto aus. Obwohl ihm Lauras Kaffee sonst immer einen kräftigen Energieschub verpasste, spürte er auf einmal eine bleierne Müdigkeit.

»Frau Doktor Muffinger ist eine gute Kundin, deshalb habe ich ihr einen Gefallen getan, mehr nicht. Sie hatte mich darum gebeten.«

Laura erschien hinter dem Tresen, einen dampfenden Teller in der Hand. Kaminski lief das Wasser im Mund zusammen.

»In welchem Verhältnis stehen Sie eigentlich zu Frau Doktor Muffinger?«, fragte der Kommissar.

Kaminski registrierte, wie aufmerksam Laura ihn beobachtete. Er senkte den Blick und starrte auf den Teller mit dem Kalbsgeschnetzelten. Lächelmund, Vergissmeinnichtaugen, Schlampenzauber. Er zögerte etwas zu lange. Als er wieder aufblickte, sah er, wie Laura einen Mundwinkel herabzog, mit einer schwer zu deutenden Mischung aus Belustigung und – war das etwa Geringschätzung?

»Jeder hier in Weimar kennt Frau Doktor Muffinger«, sagte er und stellte im selben Moment fest, dass diese vage Umschreibung nicht reichte. Nicht für Laura. »Ich kenne die Frau kaum, wir sind auch nicht befreundet, ich kutschiere nur ihre Interessenten für das Altenheim durch Weimar. Das ist eigentlich alles.«

Seltsam. Es war unvorstellbar, mit einer Frau wie Trixi Muffinger befreundet zu sein. Ach, was soll's, dachte Kaminski. Hungrig begann er zu essen. Gott, schmeckte das gut.

»Wunderbar, Laura«, sagte er kauend, »vielen Dank. Und? Immer noch zufrieden mit dem neuen Fleischlieferanten? Das Kalbsgeschnetzelte ist jedenfalls ausgezeichnet.«

Er versuchte, in ihrer Miene zu lesen. Nichts. Der Kommissar atmete sehr hörbar ein und aus.

»Wo waren Sie letzte und vorletzte Nacht?«

Kaminski brauchte einen Moment, bis er den Sinn der Frage verstand. Er hörte auf zu kauen.

»Wollen Sie etwa wissen, ob ich ein Alibi habe?«

»Ich frage nur, wo Sie waren.«

»Zu Hause natürlich«, erwiderte Kaminski ärgerlich.

»Kann das jemand bezeugen?«

Überdeutlich fühlte Kaminski Lauras Blick auf sich ruhen. Er hatte die Wahl zwischen Pest und Cholera – entweder behauptete er, allein gewesen zu sein, was Laura beruhigt hätte, oder …

Aber dies war kein Gespräch mehr, dies war ein polizeiliches Verhör, so viel wurde ihm klar, als er den stahlharten Ausdruck in den Augen des Kommissars sah.

»Ja, das kann jemand bezeugen.« Er räusperte sich. »Sie heißt Frettchen. Äh, Chantal Seiler.«

Laura knabberte an ihrer Unterlippe.

»Frettchen«, wiederholte der Kommissar. »Und wer ist dieses Frettchen, ich meine, diese Chantal?«

»Ein vierzehnjähriges Mädchen aus dem Dorf, in dem ich wohne.«

Marc Westphal blieb der Mund offen stehen. Nachdem er Laura vielsagend angeschaut hatte, wandte er sich wieder Kaminski zu.

»Sie haben also die vergangenen beiden Nächte mit einer Minderjährigen verbracht?«

Langsam, ganz langsam schüttelte Laura den Kopf. Es ging Kaminski durch und durch. Plötzlich spürte er, wie sich kleine Schweißperlen auf seiner Stirn bildeten.

»Herrgott im Himmel! Jetzt unterstellen Sie mir bloß nicht was Perverses!«, donnerte er los. »Ich schlafe nicht mit ihr, falls Sie das meinen, ich kümmere mich nur ein bisschen um sie. Weil sie im Moment ziemlichen Ärger hat, durfte sie bei mir in der Küche übernachten.«

»Interessant«, sagte der Kommissar.

»Und jetzt lassen Sie mich verdammt noch mal in Ruhe essen! Ich habe mit diesen Todesfällen nicht das Geringste zu tun!«

In Marc Westphals Gesicht regte sich kein Muskel. Pokerface. Er trank seinen Tee aus und legte ein paar Münzen auf den Tresen.

»Vielen Dank für das Gespräch. Für alle Fälle brauche ich noch Ihre genaue Adresse und Ihre Handynummer.«

Kaminski diktierte sie ihm. Der Kommissar tippte alles in sein Smartphone und verstaute es in der Hosentasche.

»Man sieht sich.« Er bedachte Laura mit einem schmachtenden Lächeln. »Danke für den köstlichen Tee.«

Mit schnellen Schritten verließ Marc Westphal das Lokal. Eine Weile war es still. Dann nahm Laura eine Flasche Grappa aus dem Regal hinter dem Tresen und füllte zwei kleine Gläser.

»Prost, mein kleiner Philosoph. Ich sage es ungern, aber es sieht so aus, als hättest du dich gerade mächtig in die Scheiße geritten.«

KAPITEL 10

Sturm und Hagel, Erdbeben und Vulkanausbrüche – all das hätte sich draußen ereignen können, Kaminski hätte es nicht einmal bemerkt. Das Einzige, was er wahrnahm, war eine unheilvolle, geradezu erdrückende Stille.

Er war bei seinem dritten Grappa angelangt, als er begriff, dass der erste keineswegs die Einladung zu einem Gespräch gewesen war. Verdammt. Er wollte mit Laura reden, wirklich reden, doch sie schien irrsinnig beschäftigt zu sein.

Vielleicht tat sie auch nur so. Unablässig war sie in Bewegung, verteilte Kerzenständer auf den Tischen, zählte das Geld in der Kasse, polierte Gläser, faltete Servietten. Eigentlich gab es nichts zu tun. Das Lokal war inzwischen vollkommen leer.

Nachdem er sich ihre hyperaktiven Ausweichmanöver eine geschlagene halbe Stunde lang angesehen hatte, war Kaminski am Ende. Jetzt erst ging ihm auf, was sich unbemerkt über die Jahre zwischen ihnen entwickelt hatte, und er spürte die plötzliche Entfremdung wie einen physischen Schmerz.

»Laura, ich muss mit dir sprechen. Bitte.«

Stoisch wienerte sie einen Tisch, entfernte Wachsreste, wischte die Stühle ab. Noch nie hatte er Laura putzen sehen.

»Tut mir leid, dies ist mein Arbeitsplatz«, sagte sie. »Sprechstunde nur nach Vereinbarung.«

Ihr straffer Körper unter dem weißen Sweatshirt und der engen Jeans wirkte so, als wäre er in permanenter Fluchtbereitschaft. Komisch, dass sie dennoch blieb. Er schöpfte Hoffnung.

»Laura.«

»Was denn noch?«, fragte sie unwirsch.

»Du bist der einzige Mensch, mit dem ich reden kann.«

Sie strich sich eine blonde Strähne aus der Stirn.

»Was ist mit der Muffinger? Und mit deinem Frettchen? Kannst dich doch mit denen unterhalten, wenn dir langweilig ist.«

Hilflos hob er die Hände. Lass nicht zu, dass Laura dir entgleitet. Du brauchst sie. Er hätte sich lieber die Zunge abgebissen, als ihr diesen sentimentalen Kitsch zu offenbaren.

»Ich, ich – l-lade dich ein«, stammelte er. »Lass uns irgendwo hingehen.«

»Ich gehe nirgendwo hin.«

Sie sah nicht auf, während sie einen zusammengefalteten Bierdeckel unter einen wackelnden Tisch schob.

»Nur ein paar Minuten, Laura. Wir könnten was zusammen trinken, im *Russischen Hof* vielleicht.«

»Das Gespräch ist beendet.«

»Nicht, wenn ich weiterrede.« Kaminski sah sie gequält an, suchte nach den richtigen Worten. »Es ist wichtig. Du – bist wichtig. Für mich.«

Großer Gott. Das war mehr, als er jemals preisgegeben hatte. Mit seinem Hemdsärmel wischte er sich den Schweiß von der Stirn. Hatte er zu viel gesagt?

Zaudernd drehte sie den Putzlappen in den Händen hin und her. Und dann, als ob sich auf einmal der Himmel geöffnet hätte, lächelte sie.

»Mein dummer kleiner Philosoph. Bist mit deinem Latein am Ende, was?«

Er konnte nur nicken. In hohem Bogen warf sie den Putzlappen auf den Tresen, dehnte ihre Schultern und zog das Gummiband straff, mit dem sie ihr Haar zu einem Pferdeschwanz gebunden hatte. »Eine halbe Stunde, mehr nicht. Um sechs kommt eine Reisegruppe, ich habe noch alle Hände voll zu tun.«

Sie ging in die Küche. Kaminski hörte, wie sie mit den Angestellten sprach.

»Einer von euch übernimmt für eine halbe Stunde den Service, dann bin ich wieder da.«

Seine Erleichterung war grenzenlos. Er zog seinen Kutschermantel an, Laura warf eine Jacke über, die am Garderobenständer hing. Schweigend machten sie sich auf den Weg.

Das *Grand Hotel Russischer Hof* lag gleich gegenüber und gehörte zu den Sehenswürdigkeiten, die Kaminski den Touristen zeigte. Deshalb wusste er, dass das Hotel in den ersten Anfängen eine Wärmestube für Bedürftige gewesen war. Kleine Ironie des Schicksals. Nie war er bedürftiger gewesen, nie hatte er mehr Wärme gebraucht als jetzt.

Ihre Schritte hallten auf dem Marmorboden, als sie durch die Hotellobby gingen, vorbei an verspiegelten Säulen mit Messingkandelabern, vorbei an dem lebensgroßen Mohrenjungen, der ebenfalls einen Kandelaber trug. So was hatte man irgendwann mal amüsant gefunden.

Sie gingen nach links, in die Romanow-Bar, vom Hotel für ihr »gediegenes Herrenzimmerambiente« gepriesen. Ein paar Touristen in Jogginganzügen saßen in den erbsengrünen Ledersesseln und starrten stumm auf ihre Smartphones und Tablets.

Nach kurzem Überlegen bestellte Kaminski einen Gin Tonic. Laura entschied sich für einen leichten Weißwein. Es war das erste Mal, dass sie sich außerhalb der *Wilhelm-Meister-Schänke* trafen. Er war aufgeregt wie ein Teenager beim ersten Date.

Nachdem der Barkeeper die Getränke gebracht hatte, lehnte sich Laura in ihrem Sessel zurück und schlug die Beine übereinander. Ihr schmales, ebenmäßiges Gesicht mit den hohen

Wangenknochen war ungeschminkt, so, wie es Kaminski am liebsten hatte. Falls er jemals seine Memoiren oder auch nur ein Tagebuch schrieb, würde es mit ihr beginnen, mit diesem Gesicht, mit diesen klaren Augen.

»Möchte nicht in deiner Haut stecken«, sagte sie. »Wie hat der ganze Schlamassel eigentlich angefangen?«

Stockend begann er zu erzählen. Von Frettchen, von der Villa Gründgens, vom Schiller-Zirkel. Nur Trixi Muffinger ließ er aus. Vermintes Terrain.

Reglos hörte Laura zu. Als er fertig war, stellte sie nur eine einzige Frage.

»Und was macht die Liebe, Kaminski?«

Liebe. So erfreulich wie Fußpilz. Er zuckte mit den Schultern.

»Ich glaube«, er räusperte sich, »ich glaube, die meisten Leute machen sich was vor.«

Leicht geistesabwesend betrachtete Laura ihr Weinglas.

»Ich war mal verheiratet, und du?«

»Ich auch. *Manche Ehe ist ein Todesurteil, das jahrelang vollstreckt wird*«, erwiderte er, seine Befangenheit und seine Verblüffung verbergend.

Laura war verheiratet gewesen? Bei allem Vertrauen, das sich in den Jahren zwischen ihnen aufgebaut hatte – so etwas Privates hatte sie ihm noch nie offenbart. Kaminski suchte ihren Blick, spürte unverhoffte Wärmegrade, die er vermisst hatte. Schluss mit den Zitaten, dachte er, Schluss mit den Versteckspielen, und auf einmal brach aus ihm heraus, worüber er seit Tagen nachdachte.

»Frau macht Augenaufschlag, Mann fällt in Ohnmacht, so läuft das doch nicht. Das Unfassbare an der Liebe ist – man schaut sich von innen an und weiß, wie löchrig der Käse ist, und stellt erstaunt fest, dass man dennoch geliebt wird. Dann liebt man aus Dankbarkeit und Demut zurück. Wenn eine Frau einem Mann zu verstehen gibt, dass er es wert ist, geliebt zu werden, ist die Hälfte der Liebesarbeit getan.«

Laura hatte mit wachsendem Erstaunen zugehört.

»Kaminski – ich weiß nicht … Was willst du mir eigentlich sagen?«

Dass er sich in ihrer Gegenwart sicher fühlte. Dass sie lange schon sein Anker war. Dass es keinen Menschen gab, dem er mehr vertraute als ihr. Aber er hatte schon viel zu viel preisgegeben. Hektisch holte er einen Geldschein aus der Hosentasche und legte ihn auf den Tisch.

»Ich muss los.«

Er warf ihr Weinglas um, als er aufsprang und sich seinen Kutschermantel schnappte. Ohne sich noch einmal umzudrehen, rannte er aus der Bar, durch die Lobby des Hotels, auf die Straße. Rannte weiter, in die nächste Kneipe, wo er einen Schnaps kippte, dann noch einen, wechselte in die nächste Kneipe, ließ sich treiben, ziellos, trostlos, bis er fast vergessen konnte, dass er sich vollkommen entblößt hatte.

Dann umfing ihn nur noch tiefe Schwärze. Schwebte er? Stürzte er? Er selbst war die Schwärze, in die er stürzte, stürzte, stürzte …

Kaminski erwachte auf dem Kutschbock. Es war stockdunkel. Schnaubend standen die Pferde vor dem Stalltor und warfen ihre Köpfe hin und her. Er rieb sich die Stirn, überlegte, wo er war und wie er hierhergekommen war. Schemenhaft erinnerte er sich an seine Kneipentour.

»Kaminski, du Vollidiot«, murmelte er.

In seinem Beruf gab es nichts Gefährlicheres als Alkohol. Er konnte von Glück sagen, dass die Pferde den Weg nach Hause allein gefunden hatten. Unfallfrei. Im Dunkeln. Vor eine unbeleuchtete Kutsche gespannt. Und ohne, dass die Polizei ihn angehalten hatte. Es wäre das Ende seiner Kutscherexistenz gewesen.

Ächzend umklammerte Kaminski den Haltegriff, erhob sich und stieg schwankend vom Kutschbock.

Ja, er war ein Vollidiot, denn viel schlimmer noch: Statt Laura zu beichten, was wirklich los war, hatte er mit Gin getränkter Zunge über die Liebe schwadroniert. Hochnotpeinlich. Eine tiefe Scham kroch in ihm hoch. Laura konnte er nichts vormachen. Mit ihrem untrüglichen Instinkt ahnte sie natürlich, dass diese vertrackte Trixi ihn verhext hatte.

Immerhin erinnerte er sich undeutlich daran, dass er die Muffinger spätabends noch angerufen und ihr zwischen zwei Schnäpsen eine Nachricht aufs Band gelallt hatte. Dass er leider nicht mehr zur Verfügung stehe, die vielen Kutschfahrten und so weiter. Wenigstens das hatte er zustande gebracht.

Auf wackeligen Beinen schleppte er sich zum Stalltor, um es zu öffnen. Es war nur angelehnt. Fahrig tastete er nach dem Lichtschalter und stolperte rückwärts. Der Schrei blieb ihm in der Kehle stecken. Direkt vor ihm baumelte eine tote Katze.

Augenblicklich war er hellwach. Frettchen! Panisch rannte er zum Gutshaus, riss die Haustür auf, lief in die Küche. Das Licht brannte. Kein Frettchen. Mit einer Taschenlampe leuchtete er in alle Zimmer, sogar in die Schränke und unter die Sofas. Kein Frettchen. Heiser schrie er ihren Namen, hastete die Treppe hoch, suchte auch den ersten Stock ab. Nichts.

Er fand sie auf dem Dachboden, in eine Nische zwischen den Dachsparren gekauert, halb tot vor Angst. Wortlos hob er sie auf, schulterte ihren mageren Körper und brachte sie in sein Schlafzimmer. So wie sie war, in Lederjacke und Stiefeln, legte er sie ins Bett.

Ihr rasierter Kopf. Die blutverkrusteten Schrammen. Ihr starrer Blick. Seine Wut war unbeschreiblich.

»Sind sie weg?«, fragte Frettchen mit dünner, winselnder Stimme.

»Wer – die? Verdammt, du musst mir sagen, wer die Scheißkerle sind!«

»Hast du«, sie hustete krampfhaft, bevor sie weitersprechen konnte, »die Katze gesehen?«

»Ja, und demnächst hängst du daneben, wenn du mir nicht endlich Namen sagst.«

Sie zog sich die Bettdecke über den Kopf. Ratlos betrachtete Kaminski die zuckenden Umrisse, die sich unter der Decke abzeichneten.

Höchste Zeit, die Polizei einzuschalten, dachte er. Dann schüttelte er den Kopf. Spitzenidee, Einstein, der Kommissar wird sich freuen. Wie sollte er diesem eiskalten Schnüffler erklären, dass Frettchen so hartnäckig wie eine Erkältung war? Dass sie manchmal diesen Bambi-Blick hatte, mit dem sie sogar Zwiebeln zum Weinen gebracht hätte? Und dass man diese Mordsnervensäge einfach beschützen musste?

Einige Minuten lang verharrte er unschlüssig vor dem Bett. Das Zucken hatte aufgehört. Es war mucksmäuschenstill im Zimmer. Auf Zehenspitzen schlich Kaminski hinaus.

Noch einmal in den Stall zurückzukehren, fiel ihm nicht leicht. Die Katze sah aus, als wäre sie einem satanischen Ritual zum Opfer gefallen. Es war ein schauriger Anblick. Überall Folterspuren. Bestialisch. Sie war regelrecht massakriert worden. Mit einer Heckenschere schnitt er das tote Tier ab und warf es in die Mistgrube hinter dem Geräteschuppen, bevor er die Pferde versorgte.

Sein Leben wurde allmählich kompliziert. Viel zu kompliziert.

Die Nacht verbrachte Kaminski auf dem Küchensofa, schon die zweite Nacht in Folge. Es war verflucht unbequem. Sein

Schädel dröhnte, ein dumpfer Schmerz pochte hinter seiner Stirn. Er fand einfach keinen Schlaf. Immer wieder stand er auf, trank einen Schluck Wasser, spähte wachsam nach draußen oder legte Holz im Kachelofen nach. Vorsichtshalber schaltete er auch das Licht auf dem Hof ein, für den Fall, dass sie noch mal brutalen Besuch bekamen.

Irgendwann kam Frettchen mit der Bettdecke nach unten und schmiegte sich an ihn. Es dauerte eine Weile, dann begann ihr zarter Körper sich zu entspannen, und sie schlief in seinen Armen ein. Er wagte nicht, sich zu rühren. Schließlich kapitulierte auch sein müder Körper. Vermutlich war es eher ein Systemabsturz.

Kaminski erwachte, weil jemand unsanft an seiner Schulter rüttelte. Ein bohrender Kopfschmerz hämmerte in seinen Schläfen. Er wollte sich wegdrehen, doch das Rütteln wurde heftiger.

»Lass mich, Frettchen«, murmelte er.

»Nicht bewegen, und bitte recht freundlich!«

Das war nicht Frettchens Stimme. Kaminski öffnete widerwillig die Augen und war mit einem Schlag hellwach. Frisch rasiert, wie aus dem Ei gepellt und sichtlich ausgeruht stand Marc Westphal vor ihm. In der Hand hielt er sein Smartphone, mit dem er ein Foto nach dem anderen schoss.

»Einen schönen guten Morgen! Für Portraitaufnahmen ist es leider noch ein wenig düster, aber für Beweisfotos wird es wohl reichen.«

Beweisfotos? Ein Blick auf das friedlich schlummernde Mädchen ließ Kaminski das Blut in den Adern gefrieren. Wutentbrannt sprang er auf.

»Was fällt Ihnen ein, verdammt noch mal?«

»Ein frühmorgendlicher Hausbesuch, reine Routine.« Der Kommissar wippte unternehmungslustig mit den Fußspitzen.

»Die Haustür war offen, und da dachte ich, man könnte mal schauen, wie rührend sie sich um Ihren minderjährigen Schützling kümmern.«

In Kaminskis schmerzendem Kopf war die Hölle los. Noch immer lag Frettchen reglos auf dem Sofa, zusammengerollt wie eine Katze. Es war absolut nicht das, wonach es aussah, aber dieser knallharte Smartie hatte ihn jetzt in der Hand.

Der Kommissar verzog sein Gesicht zu einem triumphierenden Lächeln.

»Tja, mit diesen Fotos wäre Ihr krankhaftes Faible für Minderjährige ja wohl zweifelsfrei bewiesen.«

Er zog sich einen Stuhl heran, dessen Beine kreischend über den Fußboden schrammten.

In diesem Moment erwachte Frettchen.

»Ey, Blödmann, was ist das Scheiße noch mal für 'n beschissener Krach?«

Sie rieb sich ausgiebig die Augen, bevor sie den Kommissar entdeckte. Herausfordernd schob sie die Unterlippe vor.

»Was will denn das bescheuerte Arschgesicht hier? Hat der keine Uhr? Und ich dachte schon, diese voll verreckten Hirnis wär'n wiedergekommen.«

Die Genugtuung im Gesicht von Marc Westphal war schwer zu ertragen.

»Arschgesicht, na besten Dank auch. Damit wäre das Eis ja wohl gebrochen.«

Frettchen starrte ihn verständnislos an.

»Was?«

»Junge Dame, darf ich fragen, wo Sie letzte Nacht geschlafen haben?«

Bitte, bitte sag's nicht, beschwor Kaminski das Mädchen innerlich, bitte! Doch es war offensichtlich, dass Frettchen die Brisanz der Situation nicht einmal ansatzweise erkannte. Feindselig fixierte sie den Kommissar.

»Scheiße, so 'n abgewichster Vollspast wie du denkt bestimmt, eine wie ich pennt im Klo, was? Kannste dir von der Backe putzen. Ich hab meinen kalten Arsch schön an Kaminski gewärmt. Der passt nämlich jetzt auf mich auf.«

Kaminski starb tausend Tode. Er räusperte sich, wollte eingreifen, aber der Kommissar war schneller.

»Sie haben also mit Herrn Kaminski hier auf dem Sofa geschlafen, richtig?«

Frettchen grinste.

»Genau, du abgewohnter Wichser. Musst dich schön hinten anstellen, wenn de was von mir willst, klar so weit?«

»Nur damit keine Missverständnisse aufkommen«, hüstelte Kaminski, »ich habe allein in der Küche geschlafen und gar nicht bemerkt, dass sie in der Nacht zu mir gekommen ist. Vermutlich war es ihr oben im Gästezimmer tatsächlich zu kalt, wo ich ihr ein Bett ....«

»Ich denke, ich habe die junge Dame ganz gut verstanden«, unterbrach Marc Westphal ihn eisig. »Und Sie werden sicherlich verstehen, dass ich das Jugendamt informieren muss. Das ist meine Pflicht, nach allem, was ich hier gesehen habe.«

Bevor Kaminski ihn daran hindern konnte, ergriff er Frettchens Hand.

»Marc Westphal, Kripo Weimar. Chantal, du bist in Sicherheit. Ich nehme dich mit, du musst keine Angst mehr haben.«

Frettchen zwinkerte nervös. Aufgebracht blitzte sie Kaminski an.

»Was? Du Volltrottel lässt'n Scheißbullen hier rein?«

Sie streckte dem Kommissar die gepiercte Zunge heraus und hob den Mittelfinger. Dann schüttelte sie seine Hand ab und rannte aus der Küche, so unvermittelt und wieselflink, dass Marc

Westphal ein paar Sekunden brauchte, bis er reagieren konnte und die Verfolgung aufnahm.

Der Kommissar hatte keine Chance, das wusste Kaminski. Frettchen kannte jeden Winkel in diesem Riesenhaus. Wahrscheinlich sprang sie gerade aus irgendeinem Fenster, während Westphal noch die vielen Zimmer durchsuchte. Was nichts daran änderte, dass sich eine Katastrophe anbahnte.

Mit der geballten Faust hämmerte sich Kaminski an die Stirn. Ja, er war wirklich ein kompletter Blödmann. Warum hatte er Frettchen nicht längst rausgeschmissen? Mit ihren Eltern gesprochen, Hilfe gesucht? Warum hatte er die Sache schleifen lassen? Jetzt bekam er die Quittung.

Kraftlos trottete er in der Küche auf und ab und ließ sich schließlich wieder auf das unglückselige Sofa fallen. Soeben war er Zeuge seines eigenen sozialen Selbstmords geworden. Kaminski, der Kinderschänder. Kaminski, das perverse Schwein. Kreuzigen würde man ihn, am höchsten Laternenmast aufhängen, das Dach überm Kopf anzünden. Denn ganz egal, was er gegen den Verdacht des Kommissars vorbrachte, er würde sich nur noch tiefer reinreiten. Frettchen würde sowieso niemand glauben. Am besten, er sagte gar nichts mehr.

Außer Atem stürzte Marc Westphal in die Küche. Sein Mund war nur ein Strich, seine Augen funkelten angriffslustig.

»Sie ist weg«, stieß er hervor.

Kaminski starrte Löcher in die Luft. Bloß nichts darauf antworten. Der Kommissar fixierte ihn drohend, seine Stimme wurde schneidend.

»Es ist wirklich nicht zu fassen, die ist ja noch ein halbes Kind! Man ist heutzutage sehr sensibel bei Missbrauchsfällen, Herr Kaminski, sehr, sehr sensibel. Das ist kein Kavaliersdelikt. Und so lädiert, wie die Kleine aussieht, kommt ja wohl noch Körperverletzung hinzu. Oder gehört das zu Ihren widerlichen Sexspielchen? Einem wehrlosen Mädchen die Haare abrasieren? Schön blutig, versteht sich? Ein Kind quälen und aufspießen, das geilt Sie auf, ja?«

Einfach unerträglich, wie sich der Kerl in seine Fantasien reinsteigerte. Kaminski hatte zunächst eisern geschwiegen, doch nun platzte ihm der Kragen. Außer sich vor Wut sprang er auf.

»So, jetzt hören Sie mal gut zu. Dieses Dorf ist ein Rattennest gewalttätiger Jugendlicher, das sollte einer wie Sie eigentlich wissen. Saufen, prügeln, randalieren, ein paar dumme Naziparolen, mehr fällt denen nicht ein – aber die Polizei sieht seit Jahren weg. Frettchen ist hier der Outcast, begreifen Sie das denn nicht? Die drangsalieren das Mädel, weil sie den Mist nicht mitmacht! Diese Nazitypen sind es, die auf sie eindreschen und ihr den Schädel rasieren. Nicht ich!«

Marc Westphal verzog keine Miene.

»Das passt natürlich nicht in Ihre Vorstellung vom idyllischen Dörfchen!«, schrie Kaminski. »Wie finden Sie das: Diese gestörten Drecksäcke haben mir gestern Nacht eine tote Katze in den Stall gehängt! Um Frettchen und mir Angst einzujagen!« Er holte keuchend Atem. »Und vorgestern haben sie weiß Gott was mit dem Mädel angestellt.« Wieder holte er Luft. »Die können hier randalieren und terrorisieren, wen sie wollen und wie sie wollen, ganz nach Lust und Laune.«

Gelangweilt betrachtete der Kommissar seine Krawatte, diesmal eine rosafarbene.

»Der Staat hat versagt, jaja, diese Leier kenne ich in- und auswendig.« Er sprach gespielt jammernd weiter. »Kein Mensch engagiert sich für die junge Generation, kein Geld für den Jugendclub, kein Kulturprogramm mehr. Und das Jugendamt fühlt sich nicht zuständig. Mir kommen gleich die Tränen.«

Kaminski zitterte vor Wut und Ohnmacht. Eine brennende Übelkeit stieg in ihm hoch, verätzte seine Speiseröhre, würgte seine Kehle. Der Kopfschmerz wurde wieder stärker. Am liebsten hätte er sich an Ort und Stelle übergeben.

»Also, ich finde es sehr schade, dass wir in keinen Dialog kommen«, sagte der Kommissar süffisant. »Sehen Sie den Tatsachen ins Auge, Herr Kaminski. Sie werden einen guten Anwalt brauchen.«

»Sie wollen mich fertigmachen.«

»Warum sollte ich das?« Marc Westphal zupfte eine blütenweiße Manschette aus dem rechten Ärmel seines Jacketts. »Ich tue nur meine Pflicht.«

»Dann kümmern Sie sich gefälligst um das Naziproblem, das wir hier haben!«, rief Kaminski.

Lange ließ der Kommissar seinen Blick durch die Küche schweifen, bevor er wieder zu sprechen begann, diesmal mit eigentümlich leiser, sanfter Stimme.

»Ich komme aus Apolda. Das sagt Ihnen als Wessi vermutlich wenig, aber Apolda war mal eine reiche Stadt. Textilindustrie, eine Gießerei – wussten Sie, dass die Glocke des Kölner Doms in Apolda gegossen wurde?«

Ziemlich überrascht von dem abrupten Themenwechsel richtete sich Kaminski auf. Apolda? Was sollte das denn bedeuten? War das jetzt irgendeine überraffinierte Verhörtaktik, um ihn zu verwirren?

»Doch, wusste ich«, antwortete er.

»Aha. Nun, dann wissen Sie auch, dass Apolda heute pleite ist. Hohe Arbeitslosigkeit, allgemeine Perspektivlosigkeit, Abwanderung in den Westen. Das Übliche. Wer dort bleibt, wird entweder Gangster, Hehler oder Bulle. Ich habe mich für die Meininger Polizeischule entschieden. Für Gerechtigkeit. Für geordnete

Verhältnisse. Und gegen Kinderschänder. Ihre Nazitheorie interessiert mich nicht.«

»Warum gehen Sie meinem Hinweis nicht wenigstens mal nach?«, begehrte Kaminski auf. »Warum vergeuden Sie Ihre Zeit mit der Villa Gründgens? Mit zwei Toten, die vermutlich eines natürlichen Todes gestorben sind? Da kippt ein Hausmeister um, ein alter Mann gibt den Löffel ab, und Sie latschen hier rum wie Sherlock Holmes höchstpersönlich, verhören mich, als wäre ich Jack the Ripper, und hängen mir neben zwei fiktiven Morden sogar einen Missbrauch an!«

Erneut hatte sich Kaminski in Rage geredet. Erschöpft stand er auf und wankte zum Herd. Sein Magen fuhr Achterbahn. Er musste sich an der Messingstange des Herds festhalten, um nicht umzusinken.

»Schön, dass Sie auf die Villa Gründgens zu sprechen kommen«, erwiderte der Kommissar. »Selbstverständlich gehören Sie zum Kreis der Verdächtigen – schon deshalb, weil Ihr Auftauchen im Seniorenheim in unmittelbarem Zusammenhang mit den Todesfällen steht.«

Kaminski rollte mit den Augen.

»Das ist doch hanebüchen. Außerdem habe ich den Job sowieso gekündigt, falls Sie das beruhigt. Frau Doktor Muffinger wird sich nach einem anderen Hausmeister umsehen müssen.«

»Moment, ich bin noch nicht fertig.« Seelenruhig brachte Marc Westphal auch die andere, ebenso blütenweiße Manschette zum Vorschein. »Vielleicht könnten wir einen Deal in Erwägung ziehen.«

Kaminski fiel die Kinnlade runter.

»Einen Deal?«

»Die Villa Gründgens ist ein ganz eigener Kosmos«, erläuterte der Kommissar. »Sehr schwer zu durchschauen, das Ganze, auch sehr schwer zu überwachen. Da käme mir jemand gelegen, der dort unauffällig die Augen offen hält. Die … hm …andere Sache, die mit dem Mädchen, würde ich solange ruhen lassen. Eventuell könnte man sich auch über eine, eine – tja, gewissermaßen unbürokratische Lösung verständigen.«

Das ist ungeheuerlich, das ist bodenlos, und wahrscheinlich ist es meine Rettung, schoss es Kaminski durch den Kopf. Dennoch kämpfte er mit sich.

»Ich bin nicht blöd«, zischte er. »Da Sie ja davon ausgehen, dass ich SM-Spiele mit dem Mädchen veranstalte, nehmen Sie also in Kauf, dass ich mich weiter an ihr vergehe? Als Ihr verdammter Hilfssheriff? Auf dessen Kosten Sie sich als Mister Superbulle profilieren können?«

»Das steht hier nicht zur Debatte.«

Ausdruckslos besah sich Marc Westphal den Küchenschrank mit den Rosamunde-Pilcher-Gardinen. Er öffnete beiläufig die Schranktüren und inspizierte die Fächer.

»Sie haben keine Wahl, Kaminski. Aus der Nummer kommen Sie nicht mehr raus. Nicht ohne meine Hilfe.«

Schon allein daran, dass er das »Herr« weggelassen hatte, erkannte Kaminski, dass er verloren hatte.

Marc Westphal fegte mit dem Handrücken ein paar Brotkrümel vom abgewetzten Sitzpolster eines Biedermeierstuhls und setzte sich.

»Ich habe mich über Sie erkundigt. In Weimar ist man sich einig, dass Sie über eine ausgezeichnete Menschenkenntnis verfügen. Das wird Ihnen zugutekommen, wenn Sie für mich arbeiten.«

Alles in Kaminski bäumte sich dagegen auf. Der Gedanke, diesem Westphal ausgeliefert zu sein und deshalb wieder in Trixis süßlichen Geruch eintauchen zu müssen, war ihm unerträglich.

»Sie werden von jetzt an jeden Tag in der Villa Gründgens anwesend sein«, ordnete der Kommissar an. »Ich erwarte tägliche Berichte, vor allem über Frau Doktor Muffinger und Doktor Kunzenstein, aber auch über die Bewohner. Überdies interessiere ich mich für den Geschäftsführer des Seniorenheimkonsortiums, dem die Villa Gründgens angehört. Sein Name ist …«, er holte sein Smartphone heraus und gab etwas ein, »… Johann von Seesen.«

»Den kenne ich gar nicht«, grunzte Kaminski.

»Dann lernen Sie ihn eben kennen. Denken Sie sich was aus. Sie können ja darauf bestehen, dass Sie einen Vertrag mit ihm persönlich abschließen wollen. Oder was auch immer. Entwickeln Sie ein bisschen Fantasie.«

Kaminski nahm ein paar Holzscheite und schleuderte sie in die schwache Glut des Kachelofens.

»Wie stellen Sie sich das vor? Ich bin Kutscher, kein Detektiv, der anderen Leuten hinterherschnüffelt.«

»Haben Sie eine Wahl?«, fragte der Kommissar.

Kaminski konnte nur stöhnen.

»Sie rufen mich jeden Tag um Punkt achtzehn Uhr an, bei Zwischenfällen auch außer der Reihe. Strengen Sie sich an, Kaminski, die Zeit läuft. Es steht für Sie einiges auf dem Spiel.« Rasch und akkurat wie ein Klappmesser schnellte der Kommissar vom Stuhl hoch. »Damit wäre alles geklärt. Ich höre von Ihnen. Einen schönen Tag noch. Bemühen Sie sich nicht, ich finde den Weg nach draußen allein.«

Und schon war er verschwunden.

Zehn Minuten später, Kaminski wollte gerade rausgehen und die Pferdeboxen ausmisten, entdeckte er außen an der Haustür eine tote Ratte, mitten auf das spröde Holz genagelt. Darunter hing ein Zettel. Neben einem schief hingemalten Hakenkreuz stand in ungelenker Schrift gekritzelt:

Wir krigen dich, Frettchen, du elende Schlammpe.

Der Kommissar musste das gesehen haben. Die Ratte und der Zettel hingen sicherlich schon seit Stunden an der Tür – Kaminski hätte sonst Geräusche gehört, denn nach dem Besuch des Kommissars war er wie erschlagen in der Küche sitzen geblieben.

Westphal weiß, dass Neonazis hinter Frettchen her sind, überlegte Kaminski, und er weiß auch, dass nicht ich sie so übel zugerichtet habe. Er ist mit dem Vorsatz hierhergekommen, mich zu erpressen.

Diese Erkenntnis traf Kaminski schwerer als alles andere. Sicher, er könnte sich verteidigen, an die Öffentlichkeit gehen, versuchen, alles aufzuklären. Doch er wusste auch, wie recht ein berühmter Philosoph mit der Feststellung hatte: *Wer sich entschuldigt, klagt sich an.*

Kreidebleich lehnte er sich an die Hauswand. Der Smartie hatte ihn reingelegt.

KAPITEL 11

Der Morgen war kühl und klar. Noch hatte der Himmel einen bleiernen Farbton, aber man sah schon, dass es ein wunderschöner Tag werden würde. Kaminski sah es jedenfalls. Wenn man jahrelang bei Wind und Wetter draußen unterwegs war, bekam man ein Gespür für so was. Im Grunde war ihm das Wetter einerlei. Er hielt es mit Goethe: *Sonnenschein ist köstlich, Regen erfrischt, Wind kräftigt, Schnee erheitert. Es gibt kein schlechtes Wetter, es gibt nur verschiedene Arten von gutem.*

Nach einem kurzen Rundgang über den Hof kehrte Kaminski ins Haus zurück, setzte sich in die Küche und griff gottergeben zum Handy. Trixis Nummer kannte er mittlerweile auswendig.

»Guten Morgen, Frau Doktor Muffinger.«

Er versuchte, ganz ruhig zu bleiben. Du musst das irgendwie durchziehen. Vorsichtshalber hielt er das Handy einige Zentimeter vom Ohr weg.

»Ich bin's, Roman Kaminski.«

Das schrille Trixigezwitscher auf seiner Mailbox hatte er gar nicht zu Ende abgehört. Seit sieben Uhr hatte sein Handy quasi ununterbrochen geklingelt und war nur stumm geblieben, wenn die Leiterin des Seniorenheims ihre Nachrichten hinterlassen hatte – mal im plaudernden Parlando, mal in nervenzerfetzenden Tonlagen, dann wieder als halb ersticktes Gurren, aber mit der immer selben Botschaft: dass sie auf keinen Fall, also wirklich unter keinen Umständen auf ihn verzichten könne.

Jetzt war es halb neun, und nach einer Kanne Kamillentee

und einem Spaziergang über die kälteklirrenden Weiden rund um den Hof fühlte er sich gefestigt genug, um es mit dem teuflischen Engel aufzunehmen.

»Herr Kamiiiiinski! Endlich!« Ein inbrünstiger Seufzer quoll aus dem Handy. »Sie glauben ja gar nicht, was ich seit gestern Abend durchmache! Sie sind doch mein Fels in der Brandung, mein Leuchtturm in dunkler Nacht, meine starke Schulter! Sagen Sie mir bitte, dass Ihre Kündigung nur ein schlechter Scherz war, eine dumme, kleine Laune, ich flehe Sie an, Herr Kaminski!«

Ein bisschen musste er sie noch zappeln lassen. Das war er sich schuldig.

»Nun ja, Frau Doktor Muffinger, Sie wissen ja, dass ich von Beruf Kutscher bin. Deshalb …«

»Ist es das Geld? Soll ich Ihr Honorar erhöhen? Oh, wenn es nur das ist, so seien Sie unbesorgt!«

Kaminski schnippte eine tote Fliege vom Küchentisch. Bisher hatten sie noch gar kein Honorar vereinbart. Die Worte des Kommissars fielen ihm wieder ein. Sein Auftrag, genauer gesagt.

»Wenn mir so viele Kutschfahrten entgehen, brauche ich eine gewisse Sicherheit, vielleicht«, er holte tief Luft, »könnten wir einen Vertrag abschließen.«

»Aber ja, mein Bester!«, jubelte Trixi Muffinger. »Natürlich, selbstverständlich! Ich schreibe Ihnen alles hinein, was Sie sich wünschen! Feierabend- und Wochenendzuschläge, volle Verpflegung durch unsere hervorragende Küche, nur zu, Sie bekommen alles, was Ihr Herz begehrt!«

Was mein Herz begehrt. Kaminski schluckte. Lauras schönes, klares Gesicht schob sich in das Telefonat. Ihre schmale, durchtrainierte Gestalt auf einem erbsengrünen Ledersessel. Ihr Blick, der ihn in sich aufnahm, nachsichtig, ein wenig amüsiert, aber so tröstlich, wie es nur in einer Wärmestube für Bedürftige zugehen konnte. Und er hatte es vergeigt.

»Herr Kaminski?«

»Ja, ich bin noch dran. Also, wenn Sie nichts dagegen haben, würde ich den Vertrag gern mit Ihrem Geschäftsführer aushandeln.«

Er konnte förmlich spüren, wie Trixis Hochstimmung in sich zusammenfiel wie ein missratenes Soufflé.

»Mit Herrn von Seesen? Warum denn das?«, fragte sie argwöhnisch.

Weil ich es diesem hinterhältigen Kommissar versprochen habe. Weil ich sonst alles verliere, meinen Ruf, meine Existenz, vielleicht mein Leben. Und Laura. Das war das Schrecklichste. Die Vorstellung, wie Laura auf die Nachricht reagieren würde, er sei ein gewalttätiger Kinderschänder, trieb ihm das Blut in die Wangen.

»Weil ich Sie nicht mit den Details behelligen möchte«, erwiderte er. »So ein Vertrag muss gut überlegt sein.«

»Wie Sie wollen.« Es klang verstimmt. »Da trifft es sich gut, dass Herr von Seesen heute Vormittag im Haus sein wird. Könnten Sie in einer Stunde da sein?«

Kaminski rang mit sich. Er fühlte sich elend.

»Einverstanden.«

»Dann spannen Sie an, bester Freund!«, rief sie, jäh von geschäftiger Kälte zum gewohnt flirrenden Sound wechselnd. »Sie müssen ja nicht auf Schusters Rappen kommen, nicht wahr? Oh, ich finde es sooo romantisch, dass Sie Kutscher sind! Bis glei-eich!«

Sie legte auf. Kaminski schleuderte das Handy auf den Tisch. Ganz so, wie er befürchtet hatte, war er in Teufels Küche geraten. Nun konnte er nur hoffen, dass wenigstens Frettchen in Sicherheit war. Bei seinem Spaziergang hatte er sie nirgends gesehen. Ob sie nach Hause gelaufen war?

Sein Atem bildete kleine Dampfwölkchen, als er die Haustür hinter sich zuzog und dicke, gefütterte Lederhandschuhe überstreifte. Angewidert entfernte er die tote Ratte und den Zettel vom Türblatt und legte beides in den Geräteschuppen, für den Fall, dass er Beweisstücke brauchen würde.

Auf einmal wurde ihm bewusst, dass diese Typen auch ihn im Visier haben könnten. Kurz dachte er an die Schrotflinte, die er zusammen mit ein paar Patronen im hintersten Winkel des Geräteschuppens aufbewahrte.

Frühere Generationen seiner Familie hatten Jagd auf Enten und Fasane gemacht, auch Rotwild geschossen, wovon die vielen Geweihe im Salon zeugten. Er hingegen hatte noch niemals einen Schuss abgegeben. Er würde sich zwar zu Wehr setzen, aber keine Neonazis abknallen, so viel stand fest.

Fröstelnd überquerte er den Hof und ging in den Stall. Die Pferde begrüßten ihn nicht wie sonst. Bismarck und Wanda waren ungewöhnlich nervös an diesem Morgen, trippelten unruhig in ihren Boxen hin und her, wieherten, schüttelten ihre Mähnen. War etwa gerade ein Fremder hier gewesen? Herrgott im Himmel, hatten diese Typen es etwa auf die Pferde abgesehen?

Plötzlich begriff Kaminski das Offensichtliche: Die Katze und die Ratte waren nur eine Warnung gewesen. Ein Vorgeplänkel für weit Schlimmeres – vor Frettchen und ihm selbst würden die Pferde dran sein. Schlagartig änderte er seine Meinung über Waffen im Allgemeinen und Schrotflinten im Besonderen.

Er redete den Tieren gut zu, während er sie aus den Boxen holte und vor die Kutsche spannte. Sacht strich er ihnen über die Kruppen, gab ihnen ein paar Äpfel, klopfte ihnen beruhigend auf den Hals. Dann schwang er sich auf den Kutschbock. Nichts wie weg.

Trotz der Angst, die seine Kehle zuschnürte, durchpulste ihn ein Glücksgefühl, das ihn immer überkam, wenn die Pferde lostrabten, bereitwillig und verlässlich, als wollten sie ihm einen Freundschaftsdienst erweisen.

An einem edlen Pferd schätzt man nicht seine Kraft, sondern seinen Charakter, hatte sein Vater immer gesagt. Und noch ein Spruch kam Kaminski in den Sinn, einer, den sein pferdeverrückter Großvater stets zum Besten gegeben hatte, um zu erklären, warum er den Menschen misstraute, aber Pferde liebte. »Roman«, hatte er gesagt, »merk es dir gut: *Ein Pferd, das ist Adel ohne Hochmut, Freundschaft ohne Neid, Schönheit ohne Eitelkeit, ein Diener, doch kein Sklave.*« Das konnte Kaminski nur bestätigen.

Nachdenklich lauschte er dem Getrappel der Hufe auf dem Asphalt. Er hatte mit Pferden leben und zu sich selbst finden wollen. Deshalb war er hierhergezogen, in die Einöde, auf ein halb verfallenes Gestüt. Und musste nun feststellen, dass ihn die Menschen am Ende doch noch erwischt hatten. Es gab kein Entrinnen.

Nach einem Abstecher zum Baumarkt, wo er lustlos einige Gummimuffen in unterschiedlichen Größen kaufte, erreichte Kaminski um kurz vor zehn die Villa Gründgens. Sein Widerwille steigerte sich ins Unerträgliche, als er das wuchtige, wehrhafte Gebäude vor sich aufragen sah.

Am Vortag hatte er für immer mit der Villa des schlechten Glücks abgeschlossen. Nun kehrte er unfreiwillig zurück, als Bulle undercover. Erst nach mehreren Schlucken der bewährten Wodka-Tee-Mischung aus seiner Thermoskanne war er überhaupt in der Lage abzusteigen.

Die matt funkelnden Gehänge des riesigen Kristalllüsters klirrten leise im Luftzug, der mit Kaminski hereinwehte, als er die Eingangshalle betrat. Sie war wie ausgestorben. Ein schwacher Geruch nach alten Leuten, schweren Parfums und fettiger Brühe hing über dem abenteuerlich zusammengewürfelten Mobiliar.

Kaminski steuerte den Flur an, der zu den Wirtschaftsräumen führte, wo er fast mit Magda Bubenitschek zusammenprallte, die ein Tablett mit verschiedenfarbigen, randvollen Teetassen auf ihren gewaltigen Unterarmen trug.

»Ah, Sie wieder! Wem wollen Sie denn heute den Kopf verdrehen?«, fragte sie lächelnd.

Kaminski starrte auf ihre fleischigen Lippen und musste an Leo Bambergers entrückten Gesichtsausdruck denken.

»Ich möchte Herrn von Seesen sprechen, wo finde ich ihn?«

»Erster Stock links, zweite Tür.« Die Köchin legte den Kopf schräg. »Hier unten ist nur das Gesinde, die feinen Herrschaften logieren oben. Wenn Sie zwischendurch Zeit haben, kommen Sie doch zu mir in die Küche. Gibt immer was Leckeres zu naschen.«

Das glaubte Kaminski ihr ohne Weiteres.

Er machte kehrt, lief in die Eingangshalle zurück und stieg die geschwungene Treppe hoch, die in den ersten Stock führte. Über ihm wölbten sich die Fresken in geisterhafter Lebendigkeit. Unversehens verlor er sich im Anblick der nackten, schimmernden Haut von jungen Frauen und dicklichen Knaben, die sich einander zuneigten, in einem ewigen Reigen verbunden, zu ewigen Liebesspielen verdammt.

Kaminski gab sich einen Ruck. Reiß dich los. Du bist wahrlich nicht zum Vergnügen hier. Er nahm zwei Stufen auf einmal, um den neckischen Blicken und obszönen Gesten zu entfliehen.

Eine Minute später klopfte er an die Tür des Geschäftsführers. Ein hochgewachsener Mann in einer senffarbenen Cordhose und einer Trachtenjoppe aus dunkelgrünem Loden öffnete ihm. Sein tief gebräuntes Gesicht und das dunkelblonde, von hellen Strähnen durchzogene Haar erzählten von einem Mann, der es sich leisten konnte, viel Zeit an der frischen Luft zu verbringen. Aber ganz gewiss nicht als Kutscher. Ein Segler vielleicht oder ein Golfer, mutmaßte Kaminski.

»Seesen«, stellte er sich kurz angebunden vor. »Sie müssen der neue Hausmeister sein.«

Sehr gerade ging er zu seinem Schreibtisch, einer massiven Glasplatte auf einem verchromten Gestell, und setzte sich.

Kaminski staunte. Nichts in diesem Raum glich dem mürben Stildurcheinander der Villa Gründgens. Elegante Büromöbel mit grauen, glänzenden Oberflächen umgaben Johann von Seesen. Eine Sitzgarnitur in dunkelgrauem Wildleder und geschmackvolle schwarz-weiße Druckgrafiken an den hellgrauen Wänden rundeten die Einrichtung ab. Es hätte auch das Büro eines Bankdirektors sein können.

»Kommen wir gleich zur Sache«, schlug von Seesen vor, ohne Kaminski einen Platz anzubieten. »Eigentlich ist es nicht meine Aufgabe, mich mit Personalentscheidungen abzugeben, aber Frau Doktor Muffinger sagte mir, es sei Ihr ausdrücklicher Wunsch.«

»Ich – ich wollte meinen Arbeitgeber kennenlernen«, stotterte Kaminski. »Und eine …«, er suchte nach dem richtigen Wort, »Jobbeschreibung.«

Johann von Seesen stützte seine Ellenbogen auf die Glasplatte und formte mit seinen Handflächen eine Pyramide.

»Dieses Haus ist stark renovierungsbedürftig. Auch die ökonomische Effizienz lässt zu wünschen übrig. Frau Muffinger hat ihre Qualitäten, doch die Steuerungsprozesse eines auf Rendite ausgerichteten Unternehmens sind ihr fremd. Nun ja, nicht unser Thema.« Sein Blick glitt über den Kutschermantel. »Sind Sie überhaupt für diese Arbeit qualifiziert?«

Kaminski nickte vage.

»Die Probezeit beträgt zwei Monate«, fuhr der Geschäftsführer fort. »Ich habe meine Sekretärin in der Hauptverwaltung den Vertrag vorbereiten lassen, sie hat ihn mir eben gemailt.« Er schob einen großen Briefumschlag über den Tisch. »Lesen Sie den Vertrag sorgfältig durch, bevor Sie ihn unterschreiben. Und noch etwas. Mischen Sie sich nicht in die Belange dieses Hauses ein. Ich plane einige Umstrukturierungsmaßnahmen. Das wird für Wirbel sorgen, und ich erwarte, dass Sie sich loyal verhalten.«

Lauernd sah er Kaminski an. Nur das dezente Summen einer Klimaanlage war zu hören. Irgendetwas Drohendes hing in der Luft.

»Das wäre alles.«

Selten war Kaminski so kalt abgefertigt worden. Auch sonst hatte die Begegnung wenig mehr gebracht als die Erkenntnis, dass Johann von Seesen sein Reich mit eiserner Faust regierte. Es war Kaminski schleierhaft, was er dem Kommissar berichten sollte.

Etwas verwirrt stand er nach dem Gespräch wieder auf dem Flur, den Umschlag in der Hand. Jetzt hätte er sich zweifellos nähere Instruktionen bei Trixi Muffinger abholen müssen. Ihr Büro lag gleich nebenan, wie auf einem Türschild aus Messing zu lesen war.

Doch Kaminski verspürte nicht die geringste Lust auf ein Wiedersehen mit der vermaledeiten Kellerhexe und schlenderte an den goldgerahmten Portraits vorbei zum Salon. Vertraute Stimmen drangen an sein Ohr. Offenbar wurde gerade geprobt.

»Das Gesetz hat noch keinen großen Mann gebildet, aber die Frei-

heit brütet Kolosse und Extremitäten aus«, deklamierte Leo Bamberger. »*Sie verpalissadieren sich ....*«

»Was soll'n das heißen?«, bellte Mucken-Michi dazwischen. »Ist doch kein Wort. Steht da nicht was anderes? Verpissen vielleicht?«

»Nee, da steht ver-pa-lis-sa-die-ren«, widersprach Elfriede. »Können Sie nicht lesen? Mein Kollege hat recht.«

»*In dubio pro Leo*«, kicherte Leo Bamberger.

Mucken-Michi und der Schiller-Zirkel, das versprach Unterhaltung. Kaminski lächelte in sich hinein. Diese schräge Probe würde er sich keinesfalls entgehen lassen, denn bevor er mit Heizungsrohren und einer entfesselten Trixi Muffinger herumhantieren musste, wollte er wenigstens seinen Spaß.

Er stand schon vor der Tür des Salons, als sich vom anderen Ende des Flurs ein Surren näherte. Mit starrem Blick kam Oberst Lehndorff in seinem Elektrorollstuhl angefahren. Seine Augen waren unnatürlich weit aufgerissen, als hätte er einen Geist gesehen, seine Hände umklammerten krampfhaft die Griffe.

Statt vor dem Salon zu halten, sauste er an Kaminski vorbei über das glatte Parkett, viel zu schnell, beängstigend schnell, beschleunigte das Gefährt, fuhr surrend weiter, immer weiter, den ganzen langen Flur hinunter bis zum Ende, und raste ungebremst gegen die Wand.

Der dumpfe, hässliche Aufprall brachte Kaminski zur Besinnung. Er ließ den Umschlag fallen und rannte zur Unfallstelle, kniete sich neben den Rollstuhl, der immer noch surrte, obwohl die Räder zum Stillstand gekommen waren, und beugte sich über die reglose Gestalt von Oberst Lehndorff.

Mehrere Türen wurden gleichzeitig aufgerissen. Die Mitglieder des Schiller-Zirkels kamen angelaufen, andere Bewohner gesellten sich dazu, auch die Heimleiterin hatte offenbar den Lärm gehört und hastete heran. Im Handumdrehen war Kaminski umringt von Zuschauern, die auf den zusammengesackten Körper starrten. Da, wo sich Augen, Mund und Nase befunden hatten, war nur eine einzige blutige Wunde übrig, aus der es auf das akkurat gebügelte, himmelblaue Oberhemd tropfte.

»Ogottogottogott«, hauchte Trixi Muffinger.

Die anderen waren stumm vor Entsetzen. Elfriede schlug die Hände vors Gesicht, Hannelore Pütz bekreuzigte sich, Rudi Wuttke kaute an seinem Schnurrbart, Leo Bamberger hatte die Augen geschlossen. Mucken-Michi warf nur einen einzigen Blick auf Oberst Lehndorff und kippte um. Alle zuckten synchron zusammen, als er krachend auf dem Boden aufschlug.

Als Letzter erschien Johann von Seesen. Sein gebräuntes Gesicht färbte sich violett.

»Kunzenstein!«, brüllte er. »Was ist das für eine Schweinerei?«

Ganz leise fing Elfriede an zu weinen.

In die Stille hinein drangen die eiligen Schritte des Arztes. Sein weißer Kittel blähte sich im Laufen. Als er sich über Oberst Lehndorff beugte, wirkte er wie ein weißer Adler, dessen Flügel sich über die Beute senkten.

»Verflixt«, zischte er.

Kaminski sah, wie Hannelore Pütz ihren Rücken durchdrückte und tief Luft holte. Auch Rudi Wuttke sah es. Warnend schüttelte er seine rechte Faust vor ihrer Nase.

»Wenn Sie jetzt noch einmal von diesem schwachsinnigen Fluch anfangen, der angeblich auf diesem Haus liegt, dann koffer' ich Ihnen was vors Regal, dass Sie die Englein im Himmel singen hören!«

KAPITEL 12

Schnee, überall Schnee. Rein, kristallin und doch so sanft wie ewiger Schlaf. Endlose, wäscheweiße Weite, die jeden Laut in sich begrub, weiches Rieseln, die Gnade des Zudeckens. Kaminski hatte den Schnee schon immer geliebt. Jetzt sehnte er sich nach der unschuldigen Reinheit dieses Wunders, das eine ganz eigene Betrachtung verdiente, einen Essay vielleicht, oder – ein Gedicht?

»Tod durch Genickbruch«, stellte Doktor Kunzenstein lapidar fest. Mit einer eckigen Bewegung winkelte er den linken Arm an und schaute auf seine Uhr. »Todeszeitpunkt etwa zehn Uhr zwanzig.«

»Wie konnte das passieren?«, schrie Johann von Seesen.

Niemand antwortete. Nur Leo Bamberger strich sich über die altersfleckige Glatze und richtete seine Augen wie Geschütze auf Doktor Kunzenstein.

»Vielleicht zu viele Gute-Laune-Pillen, Herr Doktor Mengele?«

»Ich verbitte mir solche geschmacklosen Bemerkungen!«, herrschte der Arzt ihn an. »Sie – Sie …«

»Wie wär's mit Versuchskaninchen?« erwiderte Leo scharf. »Was haben Sie unserem Oberst verabreicht? Eine Kamikaze-Droge?«

»Meine Herren, so nehmen Sie doch Vernunft an!«, rief Trixi Muffinger.

Konfus nestelte sie an den Knöpfen ihres anthrazitfarbenen Jacketts herum. Sie trug keine Bluse unter ihrem Kostüm, nur eine

Silberkette mit einem Kreuzanhänger aus blutroten Granatsteinen, die sich in die Vertiefung zwischen ihren Brüsten schmiegten. Ihre perfekt manikürten Hände zitterten.

»Es ist ein Unfall, ein bedauerlicher Unfall«, flüsterte sie.

Niemand konnte den Blick von Oberst Lehndorff abwenden. Noch immer krallten sich seine Hände um die Griffe, noch immer surrte der Rollstuhl. Beherzt lockerte Rudi Wuttke die steifen Finger und stellte den Motor aus.

»Der ist Matsch, schrecklich – aber wie war das überhaupt möglich?«, fragte er heiser. »Wir waren ja im Salon und haben nur den Lärm gehört. Hat jemand was gesehen?«

»Ich«, sagte Kaminski.

Sofort bestürmte man ihn mit Fragen, bis Johann von Seesen das Stimmengewirr mit einem lautstarken »Ruhe, die Herrschaften!« abebben ließ.

In wenigen Sätzen schilderte Kaminski, was sich zugetragen hatte, unterbrochen von fassungslosen Seufzern. Keiner konnte sich erklären, warum Oberst Lehndorff gleichsam sehenden Auges in sein Verderben gerast war.

Bei Johann von Seesen überwog der Ärger.

»Ich erwarte eine schonungslose Aufklärung dieses Vorfalls«, wandte er sich barsch an Trixi Muffinger. »Wir werden die Polizei benachrichtigen müssen. Äußerst unangenehm, diese Sache, vor allem durch die zeitliche Nähe zu den anderen beiden Todesfällen. Der Ruf unseres Hauses steht auf dem Spiel. Die Angelegenheit läuft aus dem Ruder, Frau Doktor Muffinger. Sie scheinen überfordert zu sein.«

Umstrukturierungsmaßnahmen, hallte es wie ein fernes Echo in Kaminskis Kopf. War etwa Trixi Muffinger damit gemeint? Niedergeschlagen sah sie an ihrem Chef vorbei, fast apathisch. Kaminski hatte Trixi noch nie so schweigsam erlebt.

»Ich bringe die Leiche in meinen Untersuchungsraum«, erklärte Doktor Kunzenstein.

Er wollte sich an dem Rollstuhl zu schaffen machen, doch Kaminski, der völlig fertig an der Wand lehnte, fand die Kraft zu protestieren.

»Stopp! Erst muss die Polizei kommen!«

Alle drehten sich verblüfft zu ihm um.

»Wegen der Spurensicherung und so«, sagte Kaminski mit Nachdruck.

»Ach. Haben wir da etwa einen Hobbydetektiv in unserer Mitte?«, höhnte der Arzt.

»Sie überschreiten Ihre Kompetenzen«, fügte Johann von Seesen hinzu. »Wenn hier jemand die Polizei holt, dann ich.«

Aber Kaminski hatte schon längst sein Handy aus der Manteltasche gezogen und die Nummer des Kommissars angewählt. So sachlich wie möglich informierte er Marc Westphal über den neuerlichen Todesfall, aufrecht, mit fester Stimme, obwohl er sich kaum noch auf den Beinen halten konnte. Er hatte so einiges gesehen in seinem Leben, aber noch nie ein so grässlich entstelltes Gesicht wie das von Oberst Lehndorff.

»Na, was ist denn hier los? Flurparty?«, hörte Kaminski auf einmal Magda Bubenitschek.

Außer Atem und hochrot im Gesicht vom Treppensteigen stapfte sie heran, ihr Tablett vor sich hertragend. Die Teetassen begannen zu klirren, als sie die Bescherung sah. Ein markerschütternder Schrei zerfetzte die Luft.

»Siegfried!«

Dann segelte das Tablett mitsamt den Tassen aufs Parkett, und die Köchin rannte davon.

»Was'n los?«, murmelte Mucken-Michi.

Durch das ohrenbetäubende Geschepper des Geschirrs war er

zu sich gekommen. Verwundert rieb er sich die Stirn, entdeckte erneut die sterblichen Überreste von Oberst Lehndorff und verlor auf der Stelle wieder das Bewusstsein.

»Aufräumen, Kunzenstein«, befahl Johann von Seesen. »Und wer noch laufen kann, verzieht sich gefälligst.«

Langsam löste sich der Kreis der entsetzten Schaulustigen auf. Im Gänsemarsch schlichen die verbliebenen Mitglieder des Schiller-Zirkels zum Salon, ohne sich im Geringsten um Mucken-Michi zu kümmern.

Kaminski hielt es für das Beste, ihnen zu folgen. Der Schock stand allen ins Gesicht geschrieben, als sie sich auf den Sesseln und Couchen niederließen. Oberst Lehndorff war mit Sicherheit nicht der beliebteste Bewohner gewesen, aber sein schauriger Tod hatte tiefe Erschütterung hinterlassen.

Trotz der hellen Morgensonne war es dämmrig im Salon. Nur ein einziger dünner Sonnenstrahl schaffte es durch den Spalt zwischen zwei Samtportieren und ließ unzählige Staubkörnchen in der Luft tanzen.

Leo Bamberger ergriff als Erster das Wort.

»Jedenfalls stirbt man in diesem Haus nicht an Langeweile.«

Da niemand reagierte, presste er theatralisch die Hand aufs Herz.

»Auch die alles verzehrende Leere und die dunklen Schatten eines trostlosen Alters bleiben einem hier erspart. Hurra. Wir dürfen auf vorzeitige Erlösung hoffen.«

»Ick übersetz ma«, sagte Rudi Wuttke. »Er meint, dass er eigentlich genauso betroffen ist wie wir alle.«

»Wenn ich das gemeint hätte, dann hätte ich es gesagt.«

Seelenruhig holte Leo sein schwarzes Toupet aus der Hosentasche und setzte es auf. Mehrmals rückte er es hin und her und prüfte mit geübten Gesten den Sitz, bevor er die Arme hinter dem Kopf verschränkte und seine Gefährten musterte.

»Zehn kleine Negerlein, würde ich sagen. Wer ist als Nächstes dran?«

Ein heftiges Schnaufen ließ ihn aufhorchen. Es kam von Elfriede, die dekorativ hingegossen auf der weinroten Récamière lagerte. Der umfangreiche Busen unter ihrem grünlich gemusterten Kleid hob und senkte sich pumpend, mit einem Textbuch fächelte sie sich Kühlung zu.

»Es ist alles so traurig«, jammerte sie. »Andererseits ... Mal ehrlich, eigentlich war die *Rache der Vertriebenen* doch ein richtiger Kotzbrocken. Obwohl der nur Etagenadel war, hat er uns dauernd rumkommandiert ...«, sie äffte seinen militärischen Befehlston nach, »ich spiele den Frrrranz Moorrrr, weil ich hierrrr der Einzige bin, derrrr weiß, wie man mit Dienerrrrschaft umgeht!«

»Bei uns im Osten hatten die Junker nicht viel zu melden«, knurrte Rudi Wuttke.

In die hageren Züge von Hannelore Pütz trat pure Verachtung. Ihr schwarzer Leberfleck pulsierte. Sie raffte den Rock ihres zitronengelben Chiffongewands und erhob sich von dem Plastikhocker, auf dem sie steif und gerade wie ein Lineal gesessen hatte.

»Schämt euch, Ihr Unmenschen! Schämt euch, Ihr Drachenseelen, Ihr Schande der Menschheit!«

»Elende Streberin«, schimpfte Elfriede. »Hat die doch tatsächlich schon ihren Text gelernt.«

»Siiiieee!« Der knotige Zeigefinger der ehemaligen Tänzerin reckte sich ihr entgegen. »Sie haben diese armen Männer auf dem Gewissen! Erwin hat Ihnen einen Riesenbatzen vermacht, und wer weiß, was uns das Testament von Oberst Lehndorff noch offenbart. Erst machen Sie die Beine breit, dann kassieren Sie ab!«

Elfriede warf mit dem Textbuch nach ihr.

»Und Sie vertrockneter Komposthaufen? War ja Ihr Schaden nicht, dass mein Buffo ins Gras beißen musste, auch wenn er mir deutlich mehr vermacht hat als Ihnen!«

»Im Prinzip sind wir alle verdächtig«, sagte Leo Bamberger.

Kaminskis Magen zog sich zusammen. Wie war das?

»Nee, nee, nee.« Erregt zwirbelte Rudi Wuttke an seinem Schnauzbart herum. »Ich nicht!«

»Aber natürlich, verehrter Herr Wuttke.« Leo lächelte boshaft. »Bislang zeichneten Sie für die Kulissen verantwortlich. Aber mit dem Ableben von Oberst Lehndorff wird die *Stimme des Volkes* auf der Bühne gebraucht. Es war Ihre einzige Chance, als Laie eine Sprechrolle in unserer kleinen Aufführung zu ergattern.«

Rudi Wuttkes sonst so gutmütige Miene verfinsterte sich, als hätte sich eine dunkle Wolke vor die Sonne geschoben. Sein untersetzter Körper vibrierte vor Wut.

»Denken Sie bloß nicht, Sie können einem ehemaligen Maurermeister an die Mauer pinkeln, Sie jüdischer Intrigant.«

Leo Bambergers Augenbrauen schossen hoch bis zu den schwarzen Fransen seines Toupets.

»Wie nett, dass Sie uns endlich Ihr wahres Gesicht offenbaren, Polier Wuttke.«

Aufgeregt rutschte Rudi Wuttke ganz nach vorn auf die Kante des altersschwachen Chippendalesessels, der leise unter dem Gewicht des stämmigen Mannes quietschte.

»Alles, was ich über Verschwörer wie Sie weiß, habe ich bei der Stasi gelernt.« Stolz hob er das Kinn. »Jawohl, ich sag's frei heraus, bei der Stasi. Und die Firma wurde mit Spitzbuben wie Ihnen fertig, glauben Sie mir.«

Leo sprang auf.

»Und wer nicht mit Ihnen konform ging, Major Wuttke, wurde beseitigt, richtig? Da haben Sie sicherlich auch gelernt, wie man Störenfriede geräuschlos entsorgt – was im Falle von Oberst Lehndorff allerdings nicht wirklich gelungen sein dürfte.«

Das war starker Tobak. *Der Mensch ist des Menschen Wolf*, dachte Kaminski. Dennoch hätte er diesen erbitterten Streit vielleicht als das übliche, gleichwohl vollkommen entgleisende Gezänk genossen, wenn er nicht neuerdings in geheimer Mission unterwegs gewesen wäre. Aufmerksam sah er vom einen zum anderen. Wer war fähig, einen Mord zu begehen?

Was bisher zur Sprache gekommen war, konnte man nur als äußerst schwache Motive bezeichnen. Aber vielleicht reichte das schon in einem Haus, in dem sich die Nerven permanent im Zustand hysterischer Überreizung befanden.

»Kinder, ich habe das alles so satt!«, rief Elfriede.

In bemerkenswerter Geschwindigkeit brachte sie ihren schweren Körper in die Vertikale und marschierte zum Flügel.

»Tun Sie das nicht«, grollte Hannelore Pütz.

Völlig ungerührt setzte sich Elfriede an das Instrument. Sie warf den Kopf in den Nacken. Und dann spielte sie. Nicht so perlend wie Buffo, doch ein paar wenige Akkorde und eine schülerhaft hingeklimperte Melodie genügten, um das Stück zu erkennen.

»Und jetzt alle!«, juchzte Elfriede.

Mit einer saftigen Altstimme legte sie los.

»Davon geht die Welt nicht unter, siehst du sie manchmal auch grau, einmal wird sie wieder bunter, einmal wird sie wieder himmelblau! Geht's mal drüber und mal drunter …«

Kaminski wusste nicht, ob er lachen oder sich gruseln sollte. Der muntere Text und der schmissige Walzertakt konnten nicht darüber hinwegtäuschen, dass hier die letzte musikalische Durchhalteparole der Nazis erklang. Aus einer Phase des Kriegs, als schon alles in Trümmern gelegen hatte und der Himmel keineswegs blau, sondern schwarz vor Bombengeschwadern gewesen war. Allerdings war Elfriedes Timbre viel weiblicher und erotischer als die herrisch-unterkühlte Amazonenstimme von Zarah Leander.

Unwillkürlich sah er zur Tür. Ja, Trixi Muffinger war berechenbar wie ein pawlowscher Hund.

»Wer wagt es …?«

Ihre spitzen Absätze hackten sich wie Messer in den verschlissenen Teppich. Fuchsteufelswild rannte sie zum Flügel, holte mit dem rechten Arm aus und ohrfeigte Elfriede Sasse so heftig, dass die Schauspielerin fast von der Klavierbank flog. Es war ungeheuerlich. Alle schauten bestürzt zu Trixi Muffinger und Elfriede, die sich sprachlos die Wange hielt.

»Frau Doktor Muffinger?«

Unbemerkt war Marc Westphal in den Salon geglitten.

»Das müssen Sie mir jetzt aber mal erklären«, sagte er kalt. »Sie misshandeln Schutzbefohlene?«

»Nein, nein, ich …«, sie betrachtete ihre gerötete Handfläche, »ich achte darauf, dass … Herrgott, Sie wissen doch, Buchenwald …. Nie wieder, verstehen Sie?«

Der Kommissar zog seine Seidenkrawatte glatt, eine türkisfarbene an diesem Tag.

»Nein, verstehe ich nicht. Und was auch immer Sie zu Ihrer Verteidigung vorbringen, ich will es gar nicht verstehen.«

»Jetzt ist Polen offen«, gluckste Elfriede, die sich offenbar von der Ohrfeige erholt hatte, obwohl man die Rötung noch deutlich auf ihrer Wange erkennen konnte.

Im Bewusstsein, die wahre Siegerin dieses Duells zu sein, kehrte sie zur Récamière zurück, lächelnd, als hätte sie soeben Szenenapplaus bekommen.

»Davon geht die Sasse nicht unter«, grinste Leo Bamberger. »Sie wird ja noch gebraucht.«

Enerviert zeigte Trixi Muffinger auf die alten Leute, eine entschuldigende Geste, die Marc Westphal offenkundig genauso wenig begriff wie die historischen Anspielungen.

»Wir setzen das Gespräch in Ihrem Büro fort, Frau Doktor Muffinger«, ordnete er an. »Kaminski, Sie kommen mit.«

»Ach, Sie kennen sich?«, fragte Trixi Muffinger überrascht.

»Flüchtig«, antwortete Kaminski.

»Herr Kaminski hat uns angerufen«, erklärte der Kommissar, »er ist ein wichtiger Zeuge.«

Gemeinsam betraten sie den Flur, wo inzwischen einige Beamte mit der Spurensicherung begonnen hatten. Ein Polizeifotograf tauchte den toten Oberst in ein Blitzlichtgewitter, ein uniformierter Mann untersuchte den Rollstuhl mit einem Pinsel auf Fingerabdrücke, ein weiterer Beamter in einem grauen Kittel zog eine Flüssigkeit vom Parkett in eine Pipette auf.

Gleich drei Sanitäter kümmerten sich um Mucken-Michi, der auf dem Boden lag, als wäre er das eigentliche Opfer des Geschehens. Er war ziemlich käsig im Gesicht. Matt winkte er Kaminski zu.

»Bitte sehr«, zirpte Trixi Muffinger.

Sie öffnete die Tür ihres Büros, wobei sie Kaminski und dem Kommissar den Vortritt ließ.

Es war ein seltsamer Raum. Im Gegensatz zu Johann von Seesens cooler Kommandozentrale nebenan sah es hier aus wie in einem Jungmädchenzimmer. Pfirsichfarbene Wände, rosa Gardinen, ein schwerer, weißer Schleiflackschreibtisch. In einer Glasvitrine saßen alte Porzellanpuppen, sicherlich wertvolle Sammlerstücke. Die weißen Bücherregale waren vollgestopft mit ledergebundenen Folianten, eine überlebensgroße Goethebüste stand auf dem Schreibtisch.

Kaminski stutzte, als er die Wände betrachtete. Dicht an dicht hingen Fotos des Buchenwaldmahnmals nebeneinander, in schlichten, schwarzen Rahmen. Sie sahen aus, als hätte Trixi sie selbst aufgenommen. Oft hatte Kaminski diese heroische Figurengruppe, eine Blüte des Sozialistischen Realismus, seinen Fahrgästen gezeigt. Und auf das Motto der Skulptur verwiesen, auch wenn es ihn innerlich dabei schüttelte – *Durch Sterben und Kämpfen zum Sieg*. Eine zynische DDR-Parole, die auf perverse Weise die Botschaft der Mahnung für politische Zwecke missbraucht hatte.

Nicht nur Kaminski, auch der Kommissar sah sich etwas irritiert in der widersprüchlichen Komposition dieses Raumes um.

»Setzen wir uns«, sagte er schließlich.

Trixi Muffinger verschanzte sich hinter ihrem Schreibtisch, wenngleich drei rosa gepolsterte Besucherstühle neben der Puppenvitrine standen. Kaminski und Marc Westphal zogen sich zwei Stühle heran.

Nachdem sich der Kommissar von seinem »Zeugen« die Todesumstände Oberst Lehndorffs hatte schildern lassen, wandte er sich an die Heimleiterin.

»Ich sage es ganz offen, Frau Doktor Muffinger, Sie befinden sich in der Gruppe der Verdächtigen«, erklärte er mit jener Autorität, die ihn vermutlich vom Streifenwagen auf den Posten eines Ermittlers katapultiert hatte. »Und die Art und Weise, wie Sie mit Ihren Bewohnern umgehen, trägt nicht gerade zu Ihrer Entlastung bei.«

Trixi hielt seinem Blick stand. Sie schien sich wieder gefangen zu haben.

»Nun, es ist nicht an mir, Ihnen in Ihren Beruf hineinzureden. Sie werden wissen, was Sie tun müssen.«

Als wäre nichts weiter geschehen, suchte sie einige Papiere auf ihrem Schreibtisch zusammen und formte sie zu ordentlichen

Stapeln. Trixi, die viel beschäftigte Heimleiterin. Mit ihrem tadellos sitzenden Kostüm und ihrer starren Helmfrisur wirkte sie wie der Inbegriff von Souveränität. Nur ein winziger Augenaufschlag in Kaminskis Richtung verriet, dass diese Souveränität einige Kratzer abgekriegt hatte.

Marc Westphals Gesicht war zur professionellen Maske erstarrt. Nur die Nasenflügel vibrierten, in Anbetracht der sonst so sparsamen Mimik des Kommissars nahezu ein Temperamentsausbruch.

»Sehen Sie mich gefälligst an, wenn ich mit Ihnen rede, Frau Doktor!«, rief er. »Was verbindet den verstorbenen Hausmeister mit Erwin Reichenbach und Siegfried von Lehndorff? Ich bitte Sie eindringlich, und zwar in Ihrem eigenen Interesse, an der Aufklärung dieser Todesfälle mitzuwirken!«

»Warum sollte ich mich auf Spekulationen einlassen? Ich habe die Realität auf meiner Seite«, lächelte Trixi Muffinger.

Seelenruhig holte sie eine Tube aus der Schreibtischschublade und begann, sich die Hände einzucremen. Mit besonderer Sorgfalt bedachte sie ihre Fingerknöchel, die sie fast zärtlich streichelte. Es hatte etwas Provozierendes und auch leicht Obszönes.

»Eine außergewöhnlich feine Konsistenz, ein überaus luxuriöser Duft, Herr Westphal«, schnurrte sie und hielt ihm die Tube hin. »Möchten Sie mal?«

Dem Kommissar fehlten die Worte.

Trixi balanciert auf einem hohen Seil, dachte Kaminski. Warum kooperiert sie nicht ein bisschen? Oder tut wenigstens so? Sie ist sich ihrer Sache eben sehr sicher, überlegte er.

Ohne anzuklopfen, stürmte ein Mann im grauen Kittel herein.

»Chef, ich muss Sie sprechen. Können wir unter vier Augen reden?«

»Nicht nötig.« Marc Westphal lächelte gezwungen. »Wir arbeiten doch alle gemeinsam, nicht wahr, Frau Doktor? Da sollte es keine Geheimnisse geben.«

Der graue Kittel nickte.

»Eine erste schnelle Analyse vor Ort hat ergeben, dass sich in dem verschütteten Tee eine Mixtur unterschiedlichster Chemikalien befindet.«

»Gift?«, fragte der Kommissar.

»Können wir erst im Labor rausfinden«, antwortete der Mann. »Auch die Leiche werden wir in der Pathologie auf mögliche Rückstände untersuchen.«

»Danke. Ich melde mich später bei Ihnen.«

Nachdem der Mann die Tür hinter sich geschlossen hatte, beugte sich Marc Westphal zu Trixi Muffinger vor.

»Chemikalien. Im Tee. Und? Was sagen Sie zu dieser – Realität?«

KAPITEL 13

Feuchte Schwüle, die auf Entladung fiebert. Gespannte, nervenzerfetzende Erwartung, klebrige, schmutzige Schweißrinnsale. Und dann, übergangslos, die Urgewalt des tropischen Gewitters. Palmen biegen sich, als wären sie aus Gummi, Regenmassen schwappen über Mensch und Tier, reißen Äste, Blätter, Unrat mit sich, bahnen sich Schneisen, wühlen loses Erdreich auf.

In der saunaartigen Hitze des Heizungskellers war dieser Gedanke erlösend. Und selbst wenn er nicht memoirentauglich sein sollte, eignete er sich immer noch für eine fingierte Urlaubspostkarte, falls das Reisebudget mal wieder nur für eine Pension im Erzgebirge gereicht hatte.

»Mistmuffe, verdammt«, fluchte Kaminski.

Seit einer halben Stunde schraubte er an dem Rohr herum, nachdem er die poröse, eingerissene Gummimuffe durch eine neue ersetzt hatte. Sein Problem waren jedoch nicht die Schrauben der Verbindungsstücke, die sich immer wieder verkanteten – wahrscheinlich Billigware aus Fernost –, sein wirkliches Problem waren die Vorgänge in der Villa Gründgens.

Der Tod von Oberst Lehndorff setzte Kaminski schwer zu. Die selbstmörderische Höllenfahrt des alten Herrn und der Anblick des zerschmetterten Gesichts hatten sich unauslöschlich in seine Netzhaut eingebrannt. *Mitten im Leben sind wir vom Tod umfangen.* Ich will, dass das aufhört, dachte Kaminski.

Doch so hartnäckig er auch allen Spuren nachsann, er kam zu keinem Ergebnis. Mörderische Ambitionen innerhalb des

Schiller-Zirkels waren zwar eine Option, doch wenig plausibel. Außerdem musste er zugeben, dass ihm die skurrile Truppe gerade wegen ihrer Exaltiertheiten ans Herz gewachsen war. Er schob den Verdacht zur Seite.

Wer kam noch infrage?

Der Eiswürfelautomat Johann von Seesen wirkte skrupellos, aber diese Eigenschaft setzte er sicherlich auf anderen Gebieten ein. Umstrukturierungsmaßnahmen. Mitleidloses Management. *Hire and fire.* Das war sein Terrain.

Trixi Muffinger? Durchgeknallt, aber vermutlich harmlos. Der Kommissar hatte sie ziemlich in die Mangel genommen, jedoch einsehen müssen, dass es eine absurde Unterstellung war, sie würde ihre eigene Klientel ins Jenseits befördern. Wozu? Es gab kein *quid pro quo*. Ganz im Gegenteil. Trixi hatte ziemlichen Ärger mit ihrem Boss, seitdem die Todesrate in der Villa Gründgens rapide angestiegen war.

Blieben also noch Doktor Kunzenstein und Magda Bubenitschek. Oder einer von den vielen anderen Bewohnern, die für ihn bisher gesichtslos geblieben waren.

Verbissen kämpfte Kaminski gegen ein besonders widerspenstiges Gewinde an. Die Schraube blieb auf halbem Wege stecken und brach ab. Verdammt! Ihm stand der Schweiß auf der Stirn, auch wegen der tropischen Hitze, die im Heizungskeller herrschte.

Seine Gedanken wanderten zurück zu den rätselhaften Vorfällen. Der Arzt und die Köchin – waren sie es, die still und heimlich meuchelten?

Den Andeutungen des Schiller-Zirkels zufolge war Doktor Kunzenstein nicht gerade zimperlich bei der Verabreichung dubioser Medikamente. Und die Köchin hatte eigenhändig Teetassen durch die Gegend getragen, in denen nicht nur Tee gewesen war.

Kaminski versuchte, sich genauer an die Tassen zu erinnern. Sie hatten unterschiedliche Farben und Muster gehabt. Es wäre also ein Leichtes gewesen, sie mit verschiedenen Medikamentencocktails zu füllen. Vielleicht sogar mit Gift.

Vertrackte Geschichte. Er wischte sich den Schweiß von der Stirn. Sehnsüchtig dachte er an seine Pferde, die er im Garten des Seniorenheims angepflockt hatte, dachte an seine Kutsche, mit der er jetzt in der Stadt herumfahren könnte. Er war ein freier Mann gewesen. Jetzt verrichtete er Sklavenarbeit.

Endlich saß die letzte Schraube im Verbindungsteil zwischen den Rohren. Aufatmend packte Kaminski das Werkzeug zusammen, als die Tür aufging.

»Sieh an, der Herr Kaminski! Fleißig bei der Arbeit?«

Grundgütiger. In ihren weißen Kittel gestopft, stand die Köchin im Türrahmen. Sie füllte ihn fast aus, jedenfalls in der Breite. Ihr rundes Gesicht unter der weißen Haube strahlte. Schelmisch streckte sie Kaminski eine Flasche Bier entgegen – die Flasche war bereits geöffnet.

Selten hatte ein lächelndes Gesicht eine derart beunruhigende Wirkung auf Kaminski ausgeübt. Alles zog sich in ihm zusammen, während er auf die Flasche starrte.

»Kein Alkohol im Dienst«, winkte er ab.

»Och, so 'n kleinen Schluck …«

»Nein, kein Bier«, bekräftigte er. »Trotzdem vielen Dank.«

Enttäuscht schürzte sie die Lippen.

»Sie glauben doch wohl nicht, dass Gift drin ist, Herr Kaminski?«

»Aber nein«, erwiderte er, während er registrierte, dass die Köchin näher und näher kam.

Magda Bubenitschek gehörte einem Frauentypus an, vor dem er sich immer schon gefürchtet hatte. Kompakte Korpulenz, verbunden mit Kraft. Eine, die einem Huhn freundlichst den Hals umdrehte, um eine köstliche Suppe daraus zu kochen. Aber auch eine, die einen Mann mit ihren Schenkeln erwürgen konnte.

Oder vielleicht eine aus der Erlösungsabteilung? Schaudernd fielen Kaminski die Artikel ein, die regelmäßig durch die Presse geisterten, Artikel über Altersheimangestellte, die wehrlose Greise liquidierten, vermeintlich, um sie von ihren Leiden zu befreien.

Völlig selbstverständlich, als hätte er sie dazu aufgefordert, setzte sich Magda Bubenitschek auf die Campingliege. Ihre kräftigen roten Hände strichen über die Liegefläche.

»Hier ist schon viel Schönes passiert«, kicherte sie.

Ein leichtes Unbehagen stieg in Kaminski hoch.

»Mit Herrn Bamberger?«

Ihre kleinen Äuglein glänzten.

»Die haben ja sonst gar nichts mehr, die alten Herrschaften, da kann man ihnen doch eine kleine Freude machen. Leo ist zweiundneunzig, aber der hat noch ganz schön Tinte auf dem Füller.«

Das Unbehagen wurde stärker. Kaminski versuchte, das Bild der knienden Köchin zu verscheuchen, gleichzeitig staunte er Bauklötze. Zweiundneunzig!

»Wollen Sie sich nicht zu mir setzen?«, unterbrach die Köchin seine Überlegungen. »So 'ne kleine Pause hat noch keinem geschadet, junger Mann.«

Was, was, was? Ihm rutschte das Herz in die Hose. Mit einem arglosen Lächeln, das ihm das Blut in den Adern stocken ließ, öffnete sie den obersten Knopf ihres Kittels. War sie einfach nur völlig enthemmt? Oder ließ sie sich ihre Liebesdienste bezahlen? Immerhin hatte Erwin Reichenbach sie in seinem Testament bedacht.

»Äh, Frau Bubenitschek …«

»Magda, alle nennen mich Magda.«

»Also, Magda, ich weiß nicht, wie ich es sagen soll, und ich möchte Ihnen keinesfalls zu nahe treten, aber könnte es sein, dass die Herren Sie, also gewissermaßen, äh, dafür ...«

Kaminski merkte, dass er ziemlich rumeierte. Nein, er brachte diese Frage nicht über die Lippen. Er war kein aalglatter Kommissar.

»Ob ich Geld dafür nehme?«, fragte sie unbefangen.

Uff. Kaminski spürte, wie sich ein Schweißrinnsal in seinem Nacken löste und in sein Flanellhemd sickerte.

»Nö.« Die Köchin öffnete einen weiteren Knopf ihres Kittels. »Einem kleinen Geschenk bin ich natürlich nicht abgeneigt, aber ich tue es aus reiner Menschenliebe.«

Karitativer Sex. Kaminski rang nach Atem. Nichts wie raus hier.

»Tja, ich habe noch irrsinnig viel zu tun«, beteuerte er. »Ich gehe dann mal wieder hoch.«

»Aufgeschoben ist nicht aufgehoben!«, rief sie ihm hinterher, als er schon zur Tür hinaus und in das gruftige Gewölbe stolperte. »Heute gibt es übrigens zartes Zungenragout zum Mittag! Nicht verpassen!«

Im Laufschritt hastete Kaminski durch das Labyrinth der modrigen Gänge, erklomm die baufällige Holztreppe und stürzte auf den schwarz-weiß gekachelten Flur, als wäre er soeben einer Feuersbrunst entkommen. Er war so aufgewühlt, dass er fast die schmächtige, kleine Gestalt überrannte, die ihm entgegenkam.

»So eilig?«, fragte Leo Bamberger.

»Ich – war im – Heizungskeller«, keuchte Kaminski.

Leo schmunzelte vergnügt.

»Haben Sie mir was übrig gelassen?«

Kaminski blieb die Luft weg. Leo hingegen schien sein süßes Geheimnis überhaupt nicht peinlich zu sein.

»Sie hätte auch KZ-Aufseherin werden können, unsere wackere Magda, so, wie die zupacken kann. Ein Mordsweib. Gottlob ist sie für die Liebe gemacht. Für manche Frauen ist das ein Fluch, für sie eine Bestimmung.«

Ohne mit der Wimper zu zucken, öffnete Leo die Kellertür und verschwand. Kaminski war fassungslos. Leo Bamberger schaffte ihn. Die Villa Gründgens schaffte ihn.

Ziemlich mitgenommen erreichte er die Eingangshalle, wo der Kommissar es sich in einem ausladenden Lederfauteuil bequem gemacht hatte. Marc Westphals Finger flogen über das Display seines Smartphones wie die eines Klaviervirtuosen.

»Folgen Sie mir«, sagte er, ohne aufzusehen.

Er führte Kaminski zurück in den Wirtschaftstrakt, spähte in die offen stehende Besenkammer und schob ihn hinein.

»Hier sind wir ungestört. Neuigkeiten?«

Kaminski war ein diskreter Mensch. Was Magda und Leo trieben, ging niemanden etwas an. Es hasste es, dass der Kommissar ihn zum Hilfsschnüffler auserkoren hatte, deshalb hielt er sich bedeckt.

»Nichts. Und bei Ihnen?«

»Es wird immer besser«, raunte der Kommissar. »Wussten Sie, dass das hier eine sogenannte Luxusresidenz ist? Ich habe diesen Seesen vernommen. Wer einen Platz in der Villa Gründgens oder in einem seiner anderen Seniorenheime will, muss sich mit fünfzigtausend Euro einkaufen. Fünfzigtausend!«

»Aha«, sagte Kaminski.

»Nichts aha. Verstehen Sie denn nicht? Je schneller die Rotation, desto höher der Profit. Seesen hat ein handfestes finanzielles Interesse daran, dass die Bewohner nicht allzu lange leben. Neuer Bewohner – neues Geld. Das ist ein Motiv.« Zerstreut betrachtete Marc Westphal einen Stapel Scheuerlappen, der im

Regal lag. »Umsatzbeteiligung, Kaminski, Umsatzbeteiligung ist das Zauberwort. Seesen profitiert von den Toten. Die Muffinger übrigens nicht. Für die ist das alles rufschädigend. Insofern ist sie raus aus dem Spiel.«

Das hätte ich dir gleich sagen können, dachte Kaminski. Er ließ sich auf einem umgedrehten Eimer nieder. Unauffällig beschnupperte er seine Klamotten. Wie schon am Vortag, hatte er den Eindruck, der Gruftgeruch des Kellers klebte an ihm.

»Und der Hausmeister?«, gab er zu bedenken. »Der passt dann aber nicht in die Serie.«

»Er könnte rausgefunden haben, wie die Bewohner getötet wurden. Woraufhin ein unliebsamer Zeuge verschwinden musste.«

Der Kommissar scrollte durch seine Notizen, hochkonzentriert, fast manisch.

»Setzen wir das Puzzle zusammen. Es gab nämlich in der jüngsten Vergangenheit auffallend viele plötzliche Todesfälle in diesem Heim. Ist nur niemandem aufgefallen, weil es sich nun mal um alte Leute handelt. Erst der unerklärliche Tod des Hausmeisters hat uns veranlasst, die Totenscheine genauer anzuschauen. Ich habe mir auch hier die Akten angesehen. Die – nennen wir es – Verweildauer wurde in den letzten Jahren immer kürzer.«

»Oha.«

Marc Westphal blickte auf.

»Das können Sie laut sagen. Der Trick ist, dass man immer nur auf das Alter und die Todesursache achtet, wenn jemand stirbt, nicht darauf, wie lange er im Heim war. Hinfällig sind die ja alle irgendwie. Niemand wundert sich, wenn es einen gebrechlichen Menschen dahinrafft. Mancher Angehörige ist vielleicht sogar froh darüber, weil eventuelle spätere Pflegekosten entfallen. Problem erledigt, sozusagen. Und man kennt doch die Standarderklärung: Sobald ein alter Mensch ins Heim kommt, erlischt eben der Lebenswille, heißt es dann.«

Das alles klang so plausibel, dass Kaminski gleichzeitig erschüttert und erleichtert war. Ciao, ciao, Villa Gründgens. Die Freiheit rückte näher. Und seine Belohnung, eine unbürokratische Lösung für die »Sache« mit Frettchen. Damit würde diese miese Erpressungsnummer ein Ende haben.

»Kompliment, Ihr Fall ist so gut wie gelöst«, sagte er. »Schätze mal, Sie brauchen mich dann nicht mehr.«

Marc Westphal lachte überheblich.

»Kriminalistisch gesehen, sind Sie wirklich ein blutiger Anfänger. Das Was ist klar, aber das Wie fehlt noch. Ich tippe auf Kunzenstein. Der ist der Helfershelfer und wird vermutlich gut dafür bezahlt. Die Köchin steckt wahrscheinlich auch mit drin.«

»Macht Sinn«, erwiderte Kaminski.

»Macht Arbeit«, ergänzte der Kommissar. »Denn Ihre Aufgabe ist es nun, die beiden näher unter die Lupe zu nehmen.«

Kaminski, der sich schon in Freiheit gewähnt hatte, sank in sich zusammen wie ein angestochener Luftballon. Hörte das denn nie auf?

»Ich bin ein absoluter medizinischer Laie«, entgegnete er. »Sie müssen einen Ihrer Fachleute als verdeckten Ermittler einschleusen.«

»Das wäre zu diesem Zeitpunkt zu auffällig. Außerdem vertrauen Ihnen die Leute hier. Das ist Ihr Kapital. Was halten Sie übrigens von der Köchin?«

»Eine, hm, patente Frau, wie es scheint. Nur die Teetassen …«

Der Kommissar starrte einen Wischmopp an, der in der Ecke lehnte.

»Ich habe Frau Bubenitschek bereits befragt. Sie sagt, die Teetassen hätten einen Moment unbeaufsichtigt in der Küche gestanden, als sie Zucker aus dem Vorratsraum holte. Im Übrigen arbeiten in der Küche noch sechs weitere Leute. Jeder könnte es gewesen sein. Noch können wir ihr nichts nachweisen, genauso wenig wie Kunzenstein.«

Er zupfte an den messerscharfen Bügelfalten seiner Anzughose.

»Bleiben Sie dran. Vor allem an den alten Leuten. Horchen Sie sie unauffällig aus. Einmal angestochen, hören diese alten Plaudertaschen ohnehin nicht mehr auf zu erzählen. Alles andere kommt wie von selbst.«

Von wegen. Kaminski sah sich schon auf immer in der Villa Gründgens gefangen. Unruhig rutschte er auf seinem Eimer hin und her.

»Herr Westphal, jetzt mal im Ernst, ich eigne mich nicht für so was. Ich bin kein Profi.«

»Sie sind ein Mann mit einem Missbrauchsproblem.«

Das saß. Kaminski presste seine Backenzähne so fest aufeinander, dass seine Wangenmuskeln hervortraten. Frettchen, verdammt.

Marc Westphal schlug einen Ton an, der keinen Widerspruch duldete.

»Wie gesagt – Doktor Kunzenstein und Magda Bubenitschek im Auge behalten. Und hängen Sie sich an die Alten. Im ersten Stock findet gleich so eine Art Theater-AG statt. Mit diesem Michael von Schwerin. Ein Schauspieler, na ja. Die Sanitäter haben ihn wieder auf die Füße gestellt. Strengen Sie sich an, die Zeit läuft.«

Kaminski wollte von seinem Eimer aufstehen, doch der Kommissar legte ihm eine Hand auf die Schulter.

»Sie bleiben natürlich noch eine Minute hier sitzen. Ich möchte nicht, dass man sieht, wie wir gemeinsam diese Besenkammer verlassen. Sie verstehen schon. Übrigens gehe ich jetzt in die *Wilhelm-Meister-Schänke* – soll ich unsere charmante Wirtin von Ihnen grüßen?«

Geschmeidig glitt er hinaus.

Kaminski ballte die Faust. Es war demütigend. Noch nie war er so systematisch erniedrigt worden.

Nachdem er bis zehn gezählt hatte, stieß er die Tür der Besenkammer auf und schleppte sich den Flur entlang zur Eingangshalle. Dort kam ihm eine Putzfrau entgegen. Sie trug einen Eimer, der mit blutigem Wasser gefüllt war, ein ebenso ekelhafter wie erschütternder Anblick.

Wie angewurzelt blieb Kaminski stehen. Das also blieb von einem Menschen übrig. Diese fahle, rötliche Flüssigkeit, vermischt mit dem schlierigen Schaum eines übel riechenden Scheuermittels. Und das sollte die Quintessenz eines Lebens voller Liebe und Leid, voller Arbeit und Streben und Bemühen und Sehnsucht sein?

Auf jeden Fall würde diese Quintessenz jetzt im Ausguss landen. Plötzlich packte es ihn. Wut, Erbitterung, Schmerz. Ja, er wollte herausfinden, wer den Oberst und den liebenswürdigen Erwin Reichenbach auf dem Gewissen hatte. Er wollte dem kaltblütigen Mörder ins Gesicht sehen, wollte seinen Angstschweiß riechen, wenn er zur Strecke gebracht wurde. Das war er sich selbst und dem Leben schuldig.

Es war, als erwachte Kaminski aus einem tiefen Schlaf. Er straffte seine Schultern. Atmete einmal tief durch. Dann lenkte er seine Schritte zur Treppe, fing an zu rennen, immer schneller, und hielt nicht an, ehe er den Salon erreichte.

Die Tür stand offen. Schon auf dem Flur hörte Kaminski Mucken-Michi dröhnend auf sein Publikum einreden. Er beschloss, dem Schauspiel zunächst unbemerkt beizuwohnen. Jetzt war er stolz, ein Spitzel zu sein. Vorsichtig spähte er in den Raum.

Mucken-Michi, dessen ledrige Hässlichkeit immer noch einen Stich ins Gelbe hatte, saß breitbeinig auf der Klavierbank. Sein kakifarbenes Hemd war weit geöffnet, sodass man nicht nur das unvermeidliche Goldkettchen, sondern auch seine üppige Brustbehaarung sehen musste. Elfriede Sasse, Hannelore Pütz und Rudi Wuttke hatten sich locker im Raum verteilt, mit Textbüchern in den Händen.

»Das muss ein Brüller werden«, verkündete Mucken-Michi gewichtig. »Die Räuber, das sind Typen, wenn die heute leben würden, hätten die gepiercte Brustwarzen und nix in der Birne außer zudröhnen, rumvögeln und alles umnieten, was sich bewegt. Bekiffte S-Bahn-Surfer. Hartz-IV-Aggros. Pornojunkies. So in etwa gehen wir da ran.«

Die drei alten Leute blätterten verlegen in ihren Textbüchern.

»Karl Moor hat die goldene Arschkarte gezogen«, dozierte Mucken-Michi weiter, »Zoff mit Papi, Amalia zickt – der absolute Einlauf. Und Franz ist so 'n Horst, dem fliegt das Blech weg, nur weil sein Bruder Karl wieder auf der Matte steht. Okay. Kriegen wir alles hin. Wir rocken das Ding.«

Leo klappte sein Textbuch zu.

»Interessanter Ansatz. Aber die Sprache, Herr von Schwerin, die Sprache ist bei Schiller das Wichtigste.«

Genüsslich leckte sich Elfriede die Lippen.

»Sinnlich muss man das rüberbringen, jedes Wort kauen und schmecken, als wäre es eine Trüffelpraline.«

»Ich finde, wir sollten eine Schweigeminute für Oberst Lehndorff einlegen«, murmelte Rudi Wuttke.

»Wir brauchen eine Bewegungschoreografie«, krähte Hannelore Pütz. »Tänzerische Elemente, die den vielen Text auflockern!«

Mucken-Michi verdrehte die Augen.

»Alter Falter, wir sind hier nicht auf einer Kaffeefahrt. Vergesst mal euren ganzen Schnullipulliquatsch. Nur weil das hier so 'ne komische Seniorenhütte ist, müssen wir ja nicht gleich ins Koma fallen. Ich selbst hab auch schon ein paar Kilometer auf den Reifen, aber wir machen keine Werbung für Inkontinenzwindeln, wir lassen es richtig krachen. Sex und Drugs und Rock'n' Roll.«

Kaminski hielt es für angebracht, sich allmählich bemerkbar zu machen. Er klopfte an den Türrahmen.

»Verzeihen Sie die Störung, ich müsste mal nach den Heizkörpern sehen.«

Wie ertappt schrak Mucken-Michi hoch.

»Ey, sagmaaaaa – Kaminski, horchst du etwa?«

»Tut mir leid, ich muss die Zirkulation des Wassers testen, die Heizkörper entlüften und dergleichen. Ich komme gerade aus dem Heizungskeller.«

Elfriede hyperventilierte.

»Sie waren – wo?«

Alarmierte Blicke flogen hin und her. Nur Mucken-Michi, der im Gegensatz zu den übrigen Anwesenden die tiefere Bedeutung des Heizungskellers nicht erfasste, kniff missmutig die Augen zusammen.

»Na gut, Kaminski, alte Rübe, wenn's sein muss, immer nur rein in die gute Stube. Aber kasper nicht so laut rum. Wir sind gerade in der sensiblen Findungsphase. Interpretationsmäßig und so.«

»Scheiß drauf«, sagte Elfriede.

Mucken-Michi senkte den Kopf wie ein Stier vor dem Angriff.

»Hab mich wohl verhört, Gnädigste?«

»Ick übersetz ma …«, wollte Rudi Wuttke vermitteln, doch Mucken-Michi war schon aufgesprungen.

»Ihr denkt, das ist hier wie Kirmes ohne Karussell? Da habt ihr euch aber geschnitten! Wenn ihr Krawall macht, dann zeig ich euch, wo der Spaßfrosch die Locken hat. Ich mach mich nicht zur Wurst! Ich bin hier der Re-gi-sseur!«

»Dabei sieht der aus wie ein Schiffschaukelbremser«, flüsterte Elfriede.

Im selben Moment wurde Kaminski klar, was Mucken-Michi bezweckte: Er bastelte an dem, was er seine Karriere nannte. Der zweitklassige Schauspieler, der in der Provinz und in Nebenrollen stecken geblieben war, träumte vom Aufstieg zum gefeierten Regisseur. Der Schiller-Zirkel sollte sein Sprungbrett ins Regiefach werden. Und es kam noch besser.

Mucken-Michi wölbte seine Hände, als wollte er Melonen tragen, schob sein Becken vor und drehte seinen Oberkörper hin und her. Kaminski hatte so was zuletzt in einem Western gesehen. Einem billigen Western.

»Ich weeer-de …«, ergriffen lauschte Mucken-Michi dem Klang seiner Stimme, »ich weeeer-de euch auf die Büüüühne des«, eine weitere Kunstpause folgte, »Nationaltheaters bringen!«

Das war ein Paukenschlag. Sofort kippte die feindselige Stimmung in Begeisterung um. Elfriede klatschte in die Hände, Hannelore Pütz glitt vom Stuhl und drehte eine Pirouette. Woraufhin Elfriede, die Temperamentsausbrüche für ihre ureigenste Domäne hielt und nicht im Traum daran dachte, sich die Butter vom Brot nehmen zu lassen, noch einen draufsetzte. Sie schleuderte ihre Pumps von sich, sprang in Strümpfen auf die Récamière und hüpfte darauf herum wie ein Kind auf einem Trampolin.

Nur Rudi Wuttke schaute etwas skeptisch aus der Wäsche.

»Nationaltheater? Sie meinen dieses Gebäude in der Innenstadt, mit den Säulen davor?«

»Sie Banause«, wurde er von Hannelore Pütz zurechtgewiesen,

»das ist kein bloßes Gebäude, das ist das Hochamt der deutschen Theaterkultur!«

»Der Olymp!«, jubilierte Elfriede.

Es war ein Coup, keine Frage. Vielleicht war aber auch nur ganz einfach ein Gastspiel ausgefallen oder eine Premiere verschoben worden, grübelte Kaminski, und irgendwie hatte dieser Möchtegernkünstler es geschafft, die Lücke zu besetzen. Bestimmt ging er mit der Betriebsdirektorin ins Bett.

Ein Rätsel hingegen blieb, wie diese Handvoll greiser Mimen ein extrem personenreiches Stück wie die *Räuber* auf die Bühne bringen wollte. Das hatte sich Kaminski von Anfang an gefragt. Und nun sollte der deutlich geschrumpfte Schiller-Zirkel gleich die ganz große Bühne des Deutschen Nationaltheaters bespielen?

Rudi Wuttke knöpfte feierlich seine graue Strickweste zu. Er erhob sich von seinem Sessel, ging zu Mucken-Michi und klopfte ihm auf die Schulter.

»Wenn das Nationaltheater so was Besonderes ist, mein Junge, dann ist ja wohl eine Gratulation fällig.« Er schniefte. »Ach, könnte das doch noch der Oberst erleben …«

»Und Buffo!«, riefen Hannelore Pütz und Elfriede wie aus einem Mund, woraufhin sie einander böse anstarrten wie Kampfhennen.

In die allgemeine Aufregung hinein spazierte Leo Bamberger. Er sah ein wenig derangiert aus. Das Toupet hing ihm schief auf dem Kopf, sein elegantes schwarzes Hemd hatte ein paar helle Flecken. Er nickte Mucken-Michi zu.

»Entschuldigen Sie vielmals die Verspätung, Herr von Schwerin, ich hatte noch einen dringenden Termin – im Keller.« Drohend funkelte er Rudi Wuttke an. »Nein, bitte nicht übersetzen, Major Wuttke.«

Während Kaminski so tat, als würde er sehr, sehr fachmännisch an den Heizungsventilen drehen, setzten sich die anderen.

»Wer spielt denn nun was?«, fragte Mucken-Michi.

Hannelore Pütz meldete sich wie eine Erstklässlerin, indem sie ihre Hand hochschnellen ließ.

»Amalia, c'est moi.«

Einige Sekunden lang musterte Mucken-Michi ihr zitronengelbes Gewand und den abgezehrten Arm, der daraus wuchs.

»Geht klar. Weiter?«

»Karl Moor, die Rebellion«, antwortete Leo Bamberger.

»Diener«, murrte Elfriede und zog einen Flunsch.

Rudi Wuttke betrachtete seine Strickweste.

»Und icke soll den Franz spielen, jetzt, wo der Oberst nicht mehr ist.« Sein Schnauzbart zitterte. »Er hat es nicht verdient, dass er so enden musste, all das Blut …«

Auf einmal spielte Mucken-Michis Hautfarbe wieder ins Käsige. Er schwankte, während er sich schwerfällig am Flügel abstützte.

»Mir wird kotzübel«, japste er. »Kein Wort mehr über diesen zermatschten Oberst – äh, Dingenskirchen.«

Alle tauschten betretene Blicke.

Mucken-Michi schüttelte sich wie ein nasser Hund und nahm Haltung an. Auch seine Stimme – die Stimme! – hatte er wieder im Griff.

»Da fehlt aber noch so einiges, Freunde der Nacht.« Er schnappte sich ein Textbuch, das auf dem Flügel lag, und schlug es auf. »Hier – Maximilian, Spiegelberg, Schufterle und, und, und. Wer soll die denn spielen? Schneewittchen und die sieben Zwerge? Was ist mit den anderen Bewohnern? Hier laufen doch bestimmt noch mehr alte Schauspieler rum.«

»Wir legen größten Wert darauf, dass ausschließlich Mitglieder des Schiller-Zirkels in der Inszenierung auftreten«, erklärte Leo Bamberger. »Herr Reichenbach und ich hatten das Stück deshalb unseren Möglichkeiten gemäß zusammengestrichen. Auf diese Weise ist eine verknappte, gleichsam skelettierte Fassung entstanden.«

Einen Augenblick lang war Mucken-Michi völlig überrumpelt. Dann hämmerte er sich mit der Faust an die Stirn.

»*Die Räuber* ohne die Räuber? Bei Ihnen ist ja wohl der Dachstuhl abgebrannt!«

Leo Bamberger zuckte mit den Schultern.

»Verknappung als Essenz des Lebens. In unserem Alter hat man keine Zeit mehr für viele Worte.«

KAPITEL 14

Es zog Nebel auf. Die Sonne war nur noch eine schwammige Scheibe, schwer senkte sich ein grauer, feuchter Schleier über die Dächer der Stadt. Die Konturen lösten sich auf und flossen ineinander wie Wasserfarben. Ja, solche Sätze eigneten sich für einen sanften Abschied, für ein mildes Resümee, wenn es Zeit war loszulassen. Aber dafür müsste es jemanden geben, der meinem Herzen so nahe ist, dass ich ihn überhaupt loslassen kann, dachte Kaminski mit Wehmut.

Er rieb sich die klammen Finger. Für ein paar Minuten war er in den Garten der Villa Gründgens gegangen, um nach den Pferden zu sehen. Seit er am Morgen die tote Ratte an seiner Haustür gefunden hatte, war die Angst ein stetiges Hintergrundrauschen in seinem Kopf gewesen.

Friedlich grasten Bismarck und Wanda zwischen Beeten mit verblühten Astern und Azaleen. Eine Handvoll greiser Bewohner sah ihnen zu. Sie gaben den Tieren trockenes Brot, das sonst vermutlich an Enten und Schwäne verfüttert worden wäre.

Der Anblick beruhigte Kaminski. Wenigstens hier waren seine Pferde in Sicherheit vor den Naziidioten, beschützt vom gottbegnadeten Naziliebling Gründgens, was man durchaus als Ironie der Geschichte bezeichnen konnte.

Sorgen bereitete ihm hingegen der Schiller-Zirkel. Ein ungutes Gefühl sagte ihm, dass Oberst Lehndorff nicht das letzte Opfer dieser Todesserie bleiben würde. Einmal mehr ging er alle Verdächtigen durch. Doch wie er es auch drehte und wendete, am

Ende blieben immer Kunzenstein und von Seesen übrig. Zwei ziemlich kalte Kerle. Zwei Mörder?

Nachdenklich holte er sein Handy aus der Tasche. Zwei SMS waren eingetrudelt, die erste stammte von Marc Westphal.

Nicht vergessen: Unbedingt Kunzenstein überwachen. Rausfinden, welche Medikamente er wem verschreibt.

Die zweite war nicht auf den ersten Blick zu identifizieren. Unbekannte Nummer.

Hoffe, du bist gut nach Hause gekommen, mein kleiner Philosoph. Treffen um drei? Eine Runde Trost? Oder eine Runde Schnaps? Was immer du möchtest, Laura.

Laura! Sein Herz begann wild zu klopfen. Irgendwann musste er ihr seine Handynummer gegeben haben, doch sie hatte ihn noch nie angerufen, geschweige denn Textnachrichten geschickt. Es war eine Premiere.

Laura. Lässige Lebensklugheit und unerschütterliche Großzügigkeit sprach aus diesen wenigen Sätzen. Alles hatte Kaminski erwartet nach seinem vergurkten Auftritt in der Romanow-Bar, nur nicht das. Auf einmal war er aufgeregt wie ein kleiner Junge. Was auch immer noch an diesem Tag passierte, er würde um Punkt drei Uhr in der *Wilhelm-Meister-Schänke* sein.

Liebes Tagebuch, dachte er, tut mir leid, es hat mich schwer erwischt. In Gedanken strich er den Satz sofort wieder aus. Bleib auf dem Teppich, Kaminski.

Jetzt war es kurz nach zwölf. In den Fluren der Villa Gründgens hatte es bereits durchdringend nach Essen gerochen, als er Mucken-Michi und seiner Findungsphase den Rücken gekehrt hatte. Aber er verspürte keinen Appetit, und schon gar nicht auf Zungenragout. Außerdem musste er wohl oder übel Doktor Kunzenstein aufsuchen. Mit Kommissar Westphal war nicht zu spaßen.

Nachdem er seinen Pferden ein paar Mal auf den Hals geklopft und ihnen flüsternd von Laura erzählt hatte, kehrte Kaminski zum Haus zurück. In der Eingangshalle herrschte Hochbetrieb. Von überall her strömten alte Leute in das Entree, manche noch gut zu Fuß, andere auf Stöcke oder Rollatoren gestützt, einige im Rollstuhl. Alle strebten sie dem Flur zu, der zur Küche führte. Auch Rudi Wuttke hatte sich der wackeligen kleinen Prozession angeschlossen.

»Der Speisesaal ist im Neubau hinter der Küche«, rief er Kaminski zu. »Kommen Sie mit?«

»Nein, ich will zu Doktor Kunzenstein. Wissen Sie, wo sein Zimmer ist?«

»Ganz oben, dritter Stock.«

Plötzlich wurde Kaminski bewusst, dass ihm schon in wenigen Minuten möglicherweise ein Mörder gegenüberstehen würde, von Angesicht zu Angesicht. Spielte Kunzenstein tatsächlich die Rolle des Doktor Mengele in diesem Seniorenheim?

Rudi Wuttke blieb stehen.

»Alles in Ordnung mit Ihnen? Sie sind ja weiß wie die Wand. Stärken Sie sich, Essen hält Leib und Seele zusammen. Kunze pumpt Sie doch nur mit Tabletten voll.«

Kaminski vergrub die Hände in den Taschen seines Kutschermantels.

»Warum, Herr Wuttke?«, fragte er leise. »Warum mussten Buffo und Oberst Lehndorff sterben?«

Die Erwähnung der beiden Toten bewirkte, dass Rudi Wuttkes Unterlippe zu beben begann. Dennoch lächelte er tapfer.

»Tja, die Kampfreserve der Partei ist bald aufgebraucht. Hoffen wir, dass der Rest des Schiller-Zirkels bis zur Premiere durchhält.«

In diesem Moment segelte Elfriede in die Eingangshalle. Um ihre Schultern hatte sie ein grünes Wolltuch drapiert, an ihrem

Unterarm hing eine altmodische Handtasche aus Krokodilleder. Als sie Kaminski und Rudi Wuttke entdeckte, blieb sie ebenfalls stehen.

»Kinder, dieser Schwerin ist mir ja ein Früchtchen!«, rief sie aus. »Ich meine, der ist zu dumm zum Luftholen und würde seinen eigenen Hintern nicht mal finden, wenn er draufsitzt, aber er bringt uns auf die Bühne des Nationaltheaters! Ein Traum geht in Erfüllung!«

»Ja, ein Albtraum«, brummte Rudi Wuttke.

»Was sind Sie nur für eine antriebsschwache Schnarchnase!«, ereiferte sich Elfriede. Sie zwinkerte Kaminski zu. »Männer wie der schlafen einem unter den Händen weg. Da kann man rubbeln, wie man will.«

Das ließ Rudi Wuttke nicht auf sich sitzen.

»Machense mal halblang«, grummelte er. »Ich bin noch ganz gut beieinander.«

Elfriede kicherte.

»Herrje! Dass ich nicht lache. Sie müssen doch erst mal Ihre Gingkopillen wiederfinden, dann erinnern Sie sich vielleicht daran, wo Sie Ihr Viagra versteckt haben. Holen Sie sich mal besser ein neues Rezept bei unserem Halbgott in Weiß. Dann reden wir weiter.«

Du liebe Güte. Doktor Kunzenstein verschrieb aber auch wirklich alles. Kaminski war ziemlich perplex. Mit einem entschuldigenden Lächeln wandte sich Rudi Wuttke an ihn.

»Hören Sie nicht auf Frau Sasse, kommen Sie lieber mit zum Essen, Sie gehören ja hier zur Feierabendbrigade. Vielleicht gibt's einen schönen Broiler.«

»Auf dem Speiseplan steht Zungenragout«, belehrte ihn Elfriede. »Den Grünkohl mit Kassler und die vegetarische Lasagne lassen wir besser unerwähnt. Zungenragout ist mein Leibgericht!

Magda gibt ein wenig Sherry in die Sauce, Herr Kaminski, das dürfen Sie sich nicht entgehen lassen!«

»Dekadent. Demnächst gießt Magda noch Schampus in die Erbsensuppe«, beklagte sich Rudi Wuttke. »Aber egal, essen muss der Mensch. Sie sollten wirklich mitkommen, Herr Kaminski.«

Dankend lehnte er ab. Er wünschte den beiden guten Appetit und steuerte einen Lift an, den er rechts von der dekorativen Treppe entdeckt hatte. Es dauerte eine Weile, bis der Aufzug kam und alle Fahrgäste ausgestiegen waren. Dann ging Kaminski hinein und drückte die Taste für den dritten Stock. Er würde einen Vorwand erfinden müssen, damit der Arzt ihn überhaupt empfing. Am besten sagte er einfach, wie es um ihn stand – miserabel.

Das Obergeschoss der Villa Gründgens entpuppte sich als die Krankenstation des Hauses, unschwer zu erkennen an den weiß getünchten Wänden und den hellblau bekittelten Krankenschwestern, die mit Rollwagen voller Tabletts unterwegs waren. Auch hier roch es penetrant nach Essen – jedoch vermischt mit dem scharfen Geruch von Desinfektionsmitteln, Krankheit und Einsamkeit.

Eine Tür flog auf. Schimpfend kam eine Krankenschwester heraus. Dahinter sah Kaminski drei Betten, drei Kopfkissen, drei winzige, leichenblasse Gesichter. Würde er auch so enden? Zu einem Häuflein Elend geschrumpft, weggesperrt, den Launen des Pflegepersonals ausgeliefert?

Schnell ging er weiter. Er wollte nicht ans Sterben denken, wollte nicht darüber spekulieren, ob es jemanden geben würde, der seine Hand hielt, wenn ihn dereinst der Teufel holte.

Nachdem er sich zu Doktor Kunzenstein durchgefragt hatte, fand er den Arzt über einem Laptop brütend am Schreibtisch seines Ordinationszimmers. Der helle Raum war bis zur Decke mit Aktenschränken aus gebürstetem Stahl vollgestellt. Eine emaillierte Behandlungsliege, eine Umkleidekabine mit einem scheußlichen grauen Plastikvorhang und die lebensgroße Nachbildung eines menschlichen Skeletts machten das Zimmer auch nicht gerade gemütlicher.

Kaminski blieb auf der Türschwelle stehen.

»Doktor Kunzenstein?«

»Ach, Sie, Kalinski, was gibt's?«

»Kaminski, Roman Kaminski. Ich – ich fühle mich nicht gut. Bestimmt der Kreislauf.«

Enerviert klickte der Arzt auf der Tastatur des Laptops herum. Er streifte Kaminski nur mit einem halben Blick.

»Gott, jetzt kommen auch Sie mit irgendwelchen Wehwehchen. Bin ich Mutter Teresa? Konsultieren Sie Ihren Hausarzt. Ich habe keine Zeit, ich erwarte Besuch.«

Eine Krankenschwester hastete herein.

»Herr Doktor Kunzenstein! Sie müssen sofort in den Speisesaal kommen! Es gab einen Unfall!«

Unwillig verzog der Arzt den Mund.

»Kann man hier denn nie in Ruhe arbeiten? Ich habe einen äußerst wichtigen Termin!«

»Es ist Frau Pütz! Sie ist gestürzt!«

Kaminski wurde bleich.

»Wie ernst ist es?«, fragte er.

Die Krankenschwester hob nur die Hände, was wohl so viel wie keine Ahnung bedeutete.

»Ausgerechnet diese Nervensäge«, murmelte Doktor Kunzenstein, »verflixt noch eins.«

Er klappte den Deckel des Laptops zu, bevor er aufstand. Mit abgezirkelten Bewegungen knöpfte er seinen weißen Kittel zu.

»Lassen Sie sich von der Schwester irgendwelche Kreislauftropfen geben«, sagte er zu Kaminski und schob ihn unsanft, fast aggressiv aus dem Raum.

Die herablassende Art des Arztes ärgerte Kaminski. Eher fror die Hölle zu, als dass dieser Mann so etwas wie einen Funken Menschlichkeit zeigte. Sobald der weiße Kittel im Lift verschwunden war, vergewisserte er sich, dass ihn niemand beobachtete, schlüpfte in das Ordinationszimmer und schloss leise die Tür hinter sich.

Mit einigem Respekt betrachtete er den Laptop. In der digitalen Ära war Kaminski nicht wirklich angekommen. Einen Computer hatte er nie besessen, und sein Handy war uralt, ein Museumsstück des Informationszeitalters, mit dem man weder fotografieren, im Internet surfen noch mailen konnte. Behutsam bog er den Monitor hoch.

Sanitas. Institut für Arzneimittelforschung, las er. *Pro-Immun T-Zellen-Aktivator, Antikörper R2X15, Testreihe 3.* Darunter begann eine Tabelle mit Symbolen und Namen, die bereits beim Buchstaben A abbrach.

Zu gern hätte Kaminski gewusst, welche Namen noch auf der Liste standen. B wie Bamberger zum Beispiel, oder W wie Wuttke. Dafür hätte er jedoch irgendwie weiterklicken müssen, und an die Tastatur traute er sich nicht heran. Am Ende löschte er das Ganze noch aus Versehen.

T-Zellen. Kaminski hatte keinen blassen Schimmer, was das sein sollte. Er richtete sich auf. Ohne Zweifel war Leo Bambergers Andeutung, Doktor Kunzenstein habe die Villa Gründgens in eine Anstalt für Versuchskaninchen verwandelt, nicht ganz aus der Luft gegriffen. Fragte sich nur, ob das mit dem Wissen und Einverständnis der Bewohner und ihrer Angehörigen passierte.

Ein leises Klopfen ließ Kaminski zusammenzucken. Verdammt. Es war doch keine Minute vergangen, seitdem der Arzt ihn rausgeworfen hatte. Verdammt, verdammt, verdammt! Wenn ruchbar wurde, dass er hier herumschnüffelte, würde er garantiert Hausverbot bekommen.

Doch weit schlimmer: Seinen Erfolg als Kutscher verdankte er seinem untadeligen Ruf. Und der würde dahin sein, wenn publik wurde, dass er in fremden Räumen herumschnüffelte. Vielleicht würde man ihm sogar kriminelle Absichten unterstellen. Es war wie bei der Sache mit Frettchen – schon der bloße öffentliche Verdacht bedeutete Rufmord.

Panisch sah er sich um. Aus dem Fenster zu springen war im dritten Stock blanker Wahnsinn. Auf frischer Tat ertappt zu werden aber auch. In seiner Not huschte er in die Umkleidekabine und zog den grauen Vorhang zu. Die Tür knarrte.

»Kunzenstein?«, hörte Kaminski eine Männerstimme.

Schritte. Geraschel. Ihm brach der Schweiß aus. Er wagte kaum zu atmen.

»Der Herr Doktor kommt gleich.« Die helle Stimme der Krankenschwester. »Sie können hier auf ihn warten.«

Ein Stuhl wurde gerückt. Erneutes Rascheln, als zöge jemand seinen Mantel aus. Atemgeräusche. Grelles elektronisches Gedudel. Wieder die Männerstimme.

»Ja? Bin gerade angekommen.« Pause. »Natürlich, ich rede mit ihm.« Längere Pause. »Das weiß ich doch selber. Marktreif ist das Zeug noch lange nicht. Verfluchte Scheiße, wenn die hier abkratzen wie die Fliegen, dann müssen wir eben Schadensbegrenzung betreiben.« Kurze Pause, schweres Atmen. »Echt? So viel? Na, Kunzenstein wird sich freuen. Verdient sich ja eine goldene Nase.«

Die Stimme verstummte. Mittlerweile stand Kaminski kurz vor einem Kollaps. Der Schweiß floss ihm in Bächen über den Rücken, ihm war schlecht vor Angst. Die Furcht, entdeckt zu werden, und die Bestürzung über das, was er aus dem Telefonat aufgeschnappt hatte, hielten sich ungefähr die Waage.

Wer war der Besucher? Ein Mitarbeiter dieses mysteriösen Instituts für Arzneimittelforschung? Das passte zumindest zu den knappen Sätzen, die er von sich gegeben hatte. Kaminski hielt den Atem an. Mit millimeterfeinen Bewegungen schob er den Vorhang ein wenig zur Seite.

Die Beine übereinandergeschlagen und ungeduldig mit dem freien Fuß wippend, saß ein etwa vierzigjähriger Mann neben dem Schreibtisch. Teure Lederjacke, teure, vermutlich italienische Schuhe, weißes T-Shirt. Ein Trenchcoat hing über der Stuhllehne. Das scharfkantige Gesicht des Mannes wirkte gelangweilt.

Vorsichtig, ganz vorsichtig, schob Kaminski den Vorhang wieder zu. Er konnte von Glück sagen, dass die rumpelnden Rollwagen auf dem Flur und die Rufe der Krankenschwestern seine Atemzüge übertönten.

Die Sekunden dehnten sich zu Stunden. Schweißüberströmt stand Kaminski in der Umkleidekabine, den Rücken an die Wand gepresst. Das Scharren von Schuhen, Stuhlbeine, die über den Boden schrammten, beschleunigten seinen Puls. Auf einmal wurde die Tür geöffnet.

»Es gab einen Unfall«, hörte Kaminski die Stimme von Doktor Kunzenstein, »ich muss noch ein Bein eingipsen, das dauert – lassen Sie uns in zwanzig Minuten ein paar Schritte an der frischen Luft gehen, in diesem Irrenhaus kommt man einfach nicht zur Ruhe.«

»In diesem Laden kriegt man vor allem keine Luft«, sagte der Besucher. »Sie müssen mal was gegen den beißenden Schweißgeruch auf Ihrer Station tun.«

Schritte entfernten sich. Die Tür fiel zu.

Knappe Kiste. Das hätte leicht ins Auge gehen können. Kaminski riss sich den Mantel vom Leib und rannte aus dem Raum. In einem Badezimmer neben der Teeküche schleuderte er auch seine anderen Klamotten von sich. Nicht, dass er besonders scharf darauf war, in der Nasszelle einer Krankenstation zu duschen, aber anders hätte er den Rest des Tages nicht überstanden.

Die Krankenschwestern staunten nicht schlecht, als er mit nassen Haaren das Badezimmer verließ.

»Habe die Dusche gecheckt, alles bestens«, sagte er nur und stürmte davon.

Kurze Zeit später betrat er den Speisesaal. So wie der gesamte Anbau, den Kaminski auf der Suche nach dem Speisesaal zum ersten Mal zu Gesicht bekommen hatte, wirkte auch dieser weitläufige Raum nahezu hypermodern. Auf einem dunkelblauen Teppichboden mit bunten, grafischen Mustern standen Stahlrohrmöbel. Über den Tischen schwebten flache, längliche Designerleuchten, die an Ufos erinnerten.

Nichts war hier zu spüren von der betagten Grandeur der Eingangshalle, vom mürben Charme des Salons, von der traditionsreichen Atmosphäre eines legendären Hauses.

Das alles war nur Fassade. Für den Hochglanzprospekt. Offenbar lebte das Gros der Bewohner in dem nachträglich errichteten, eher nichtssagenden Gebäude, das mit seiner hochwertigen Ausstattung und seinen blitzsauberen Fluren jedoch die perfekte pflegerische Versorgung vorspiegelte. Wer sich mit schlappen fünfzigtausend Euro in ein Seniorenheim einkaufte, konnte natürlich mehr erwarten als die verwohnte Trostlosigkeit üblicher Altersheime.

Kaminski hatte immer noch weiche Knie, als er sich suchend im Speisesaal umsah. Jetzt erst wurde ihm klar, dass die Villa Gründgens in der Tat weit mehr Menschen beherbergte, als der Altbau vermuten ließ. Es mochten an die einhundertzwanzig Bewohner sein, die an Vierertischen saßen. Servierinnen mit Schüsseln liefen umher, gedämpftes Stimmengewirr hing über den grauen und weißen Köpfen.

»Herr Kaminski!« Rudi Wuttke winkte ihm zu. »Hierher! Immer vorwärts, nimmer rückwärts!«

Kaminski musste lächeln. Die Stimme des Volkes wurde ihm immer sympathischer. Letztlich war der ehemalige Maurermeister auch der Einzige, der um Oberst Lehndorff trauerte.

Mit seinem zusammengefalteten Mantel im Arm ging Kaminski zu dem Tisch, an dem außer Rudi Wuttke noch Elfriede Sasse und Leo Bamberger saßen. Ein Stuhl war frei.

»Was ist mit Frau Pütz passiert?«, fragte er.

»Die wollte unbedingt ohne Stock zum Essen tanzen, wie Anna Pawlowa persönlich, und das hat die olle Schnecke nun davon«, erwiderte Elfriede relativ leidenschaftslos.

»Kunze musste ihr Bein röntgen«, seufzte Rudi Wuttke. »Ist wahrscheinlich gebrochen.«

Leo Bamberger betupfte sich die Lippen mit einer Serviette.

»Ich war dezent irritiert. Möglicherweise hatte unsere Primaballerina einen Euphorieschub nach dieser herzwärmenden Probe. Exzellentes Timing, muss man sagen. Schließlich ist heute Morgen ein Rollstuhl frei geworden.«

»Jetzt machen Sie aber mal 'nen Punkt!«, rief Rudi Wuttke. »Sie denken wohl, Sie sind hier die hellste Kerze am Weihnachtsbaum? Wie können Sie nur Witze über den armen Oberst machen? Und über Frau Pütz?«

Kaminski legte seinen Mantel über die Lehne und ließ sich auf den freien Stuhl fallen. Er nahm sich ein unbenutztes Glas und goss aus einer bereitstehenden Karaffe Wasser hinein. Sein Hals war wie ausgetrocknet. Auf einen Zug trank er das Glas aus, dann senkte er seine Stimme.

»Ich hätte da mal eine Frage. Wegen Doktor Kunzenstein.«

Drei Augenpaare richteten sich neugierig auf ihn.

»Nimmt einer von Ihnen an Medikamententests teil?«

Es war, als hätte er etwas Unflätiges gesagt. Rudi Wuttke zog missbilligend die Augenbrauen hoch und schaufelte auf einmal sein Zungenragout in sich hinein, als wollte er den ersten Preis beim Wettessen gewinnen. Elfriede rümpfte die Nase, zischte »Also wirklich« und lud sich den Teller voll mit Salzkartoffeln.

Nur Leo Bamberger grinste anerkennend.

»Sie scheinen eine gute Auffassungsgabe zu haben. Wie ich bereits andeutete ...«

Er wurde von Trixi Muffinger unterbrochen, die wie eine Dampfwalze durch den Raum pflügte und bereits ihre Stimme, ihre etwas schrille, in den höchsten Tönen tirilierende, alles übertönende Stimme erhob, bevor sie überhaupt den Tisch erreicht hatte.

»Herr Kaminski!« Sie schwenkte einen großen Briefumschlag. »Mein wunderbarer Freund in der Not, Sie haben etwas verloren! Ihren Vertrag! Ich habe Sie schon überall gesucht! Einfach gottvoll, dass wir Sie als feste Kraft in unserem Haus begrüßen dürfen. Sie werden es nicht bereuen.«

Mit großer Geste wandte sie sich dann an den gesamten Speisesaal.

»Meine Herrschaften, schauen Sie diesen rechtschaffenen Mann an, wenden Sie sich vertrauensvoll an ihn, er ist von nun an die gute Seele in unserem Wohlfühlhaus, in dieser warmen Zuflucht, in der die eisigen Zumutungen des Alters einem erfüllten Lebensabend weichen!«

Kaminski wusste gar nicht, wohin er vor lauter Peinlichkeit schauen sollte. Er betrachtete seine Hände, dann sah er auf. Sein Blick blieb an Trixis Gesicht hängen, die im Laufschritt die letzten

Meter zum Tisch absolvierte. Sie glühte. Eine Strähne ihres sonst so fest einbetonierten Haars tanzte keck aus der Reihe. Ihre Bewegungen wirkten etwas unkoordiniert, das Kreuz mit den roten Granatsteinen hüpfte auf ihrem ebenfalls hüpfenden Busen.

Steht ihr gut, wenn sie ein bisschen durch den Wind ist, dachte er. Als wäre sie gerade aus dem Bett gestiegen.

Ihre kleine rosa Zungenspitze tänzelte über die etwas zu schmalen, aber einladend geöffneten Lippen.

»Was könnte es Schöneres geben, als in einem gepflegten Ambiente und in kultivierter Gesellschaft das Wohl und Wehe eines derart entzückenden Heims in den Händen zu halten?«, gurrte sie ihm entgegen. »Sie sind jung, Herr Kaminski, und doch können Sie bei uns in der Villa Gründgens erleben, dass jedes Alter seine Freuden bereithält – auch für einen Mann wie Sie!«

»Ein Mann ist alt, wenn er seine Komplimente nicht mehr in die Tat umsetzen kann«, sagte Kaminski lächelnd.

»Und wo ist das Kompliment? Oder war das etwa ein Kompliment?«

Tief beugte sich Trixi zu ihm hinunter, tiefer als nötig. Ihr nach Heliotrop duftender Busen betäubte ihn, unwillkürlich sah er sie vor sich, nackt, die Hände an die Bettpfosten geklammert, ihr ausladendes Hinterteil emporgestreckt, nach Erlösung winselnd. Kaminski, reiß dich zusammen!

»Dies ist ein Kontrakt mit Zukunft, wenn ich das so sagen darf. Hoffen wir auf eine lange, glückliche, vertrauensvolle Zusammenarbeit!« Sie streckte ihm den braunen Umschlag hin. »Ich für meinen Teil schaue mit großer Vorfreude auf unsere gemeinsame Zukunft«, fügte sie glucksend hinzu.

»Vom Standpunkt der Jugend aus gesehen, ist das Leben eine unendlich lange Zukunft; vom Standpunkt des Alters aus, eine sehr kurze Vergangenheit«, bemerkte Leo Bamberger.

»Herr Bamberger, ach Gott, ich liiiieebe es, wenn Sie Schiller zitieren«, säuselte Trixi.

»Das war Schopenhauer, gnädige Frau.«

Seine eisige Stimme ließ ihre Miene gefrieren. Pikiert rückte sie den Kreuzanhänger gerade.

»Wie gut, dass wir einen hochgebildeten Mann wie Sie in unserer Mitte wissen.«

»Immer wieder gern«, lächelte Leo Bamberger. »Mein pädagogischer Eros würde es sogar erlauben, Ihnen bei Gelegenheit ein paar Privatstunden zu geben.«

Trixi Muffinger überhörte die Offerte absichtsvoll und schenkte Kaminski ihr gewohnt strahlendes Lächeln.

»Bevor Sie gehen, müssen Sie un-be-dingt noch bei mir vorbeischauen, ja?«

Er nickte.

»Ja, das lässt sich machen. Ich habe allerdings eine wichtige Verabredung um drei.«

»Überdenken Sie Ihre Prioritäten«, kicherte sie neckisch. »Bis später!«

Kaminski war noch in den Anblick von Trixis verführerischem Körper versunken, der sich wogend entfernte, als Leo Bamberger ihm ein Zeichen machte.

»Sie haben noch eine weitere überaus wichtige Verabredung«, raunte er. »Um zwei im Salon. Und bitte, kommen Sie allein.«

KAPITEL 15

Es war ein ungleicher Kampf. Vergeblich versuchte die Sonne, die zähen Nebelschlieren zu durchdringen, die sich wabernd verdichteten. Es war, als wollte sich die Erde ihrem Zentralgestirn entziehen, als hüllte sie sich in ein graues Tuch, um keine Geheimnisse preisgeben zu müssen. Sollte ich jemals einen Krimi schreiben, dachte Kaminski, dann werde ich eine Nebelwand auftürmen, vor der ein hoffnungslos überforderter Ermittler, blind vorwärts tastend, in dunstige Sackgassen geratend, am Ende sich selbst verliert.

Es war kurz nach zwei. Er wartete schon eine Weile auf dem gelben Chintzsofa und starrte durchs Fenster in den grauen Nebel draußen, als die Tür aufging und Leo Bamberger im Salon erschien. Sein fleckiges schwarzes Hemd hatte er mit einem schwarzen Rollkragenpullover vertauscht, das Toupet saß perfekt. Mit verschwörerischer Miene zog er die Tür hinter sich zu.

»Wie schön, dass Sie meiner Einladung gefolgt sind, Herr Kaminski.« Er durchquerte den Raum und setzte sich auf die weinrote Récamière, die durch Elfriedes Trampolineinlage sichtbar gelitten hatte. »Wie ich unschwer feststellen konnte, sind Sie Doktor Kunzenstein auf den Fersen.«

Kaminski überlegte, auf welche Weise er seine Entdeckung offenbaren könnte, ohne die nicht ganz legalen Recherchemethoden preiszugeben. Er räusperte sich.

»Stimmt. Zufällig, äh, ganz zufällig habe ich erfahren, dass er mit einem Institut für Arzneimittelforschung zusammenarbeitet. Wissen Sie etwas darüber?«

Leo Bamberger rieb Daumen und Zeigefinger der rechten Hand aneinander.

»Nun, bezeichnen wir dieses Prozedere als ein Geschäftsmodell. Die meisten Insassen hier haben ihre gesamte Barschaft in das Eintrittsgeld für die Villa Gründgens investiert. Und der monatliche Obolus ist auch nicht gerade von Pappe. Da wächst die Bereitschaft der Bewohner, ihre Privatschatulle mit einem kleinen Nebenverdienst aufzubessern.«

»Moment mal, die alten Leute werden dafür bezahlt, dass sie bei Medikamententests mitmachen?«, fragte Kaminski verwundert.

»Aber ja.«

Leo legte einen Arm auf die Lehne der Récamière und drehte das Gesicht halb weg, sodass Kaminski sein Profil studieren konnte. Von der Seite gesehen hatte er eine frappierende Ähnlichkeit mit Herbert von Karajan, wenn auch die weißgraue Haartolle fehlte.

»Fast jeder hier macht mit, auch ich«, erklärte Leo gleichmütig. »Geld hatte ich nie, meinen Platz in diesem Heim verdanke ich nur der philosemitischen Obsession unserer unvergleichlichen Frau Doktor Muffinger. Sie hat sich dafür eingesetzt, dass Opfern des sogenannten Dritten Reichs die hohen Aufnahmekosten erlassen werden.«

»Die gute alte Trixi«, sagte Kaminski. »Zur Abwechslung mal eine sinnvolle Tat.«

»Ja, ja.« Leo lächelte, aber nur kurz. »Allerdings hat unser charmanter Herr Doktor sogar vermögende Bewohner wie Erwin Reichenbach und Oberst Lehndorff überredet, an dubiosen Medikamentenstudien teilzunehmen. Mittlerweile ist mir klar, wie hoch das Risiko war. Ich habe nur überlebt, weil mir meine Biografie jeden Glauben und jedes Vertrauen genommen hat.«

»Ihre Biografie«, wiederholte Kaminski verständnislos.

Leos fein geschnittenes Gesicht mit der pergamentartigen Haut blieb vollkommen reglos, während er seine altersfleckigen Hände betrachtete. Offenbar wollte er es Kaminski überlassen, eins und eins zusammenzuzählen.

»Sie sind der Älteste hier«, sagte Kaminski.

Leo nickte.

»Sie sind zweiundneunzig und haben alle Tests überlebt.«

Wieder nickte Leo.

»Weil?«, fragte Kaminski nach.

Ächzend stand Leo auf und begann, im Raum umherzuwandern. Er hielt sich sehr gerade, bemerkenswert gerade für einen Mann, der die neunzig überschritten hatte.

»Ich bin in den Zwanzigerjahren zur Welt gekommen, Herr Kaminski. Im quirligen Berlin jener Tage. Irgendwann wurde es etwas zu quirlig dort. Meine Eltern, meine Geschwister – alle in Rauch aufgegangen. Und? Was meinen Sie, wie ich das Tausendjährige Reich überlebt habe?«

Kaminski schluckte. Es war selten, dass der Atem der Geschichte ihm so direkt ins Gesicht wehte, auch wenn Buchenwald nur eine kurze Kutschfahrt von Weimar entfernt lag.

»Ich will Sie nicht mit Details langweilen«, murmelte Leo.

Kommentarlos schob er den Ärmel seines Pullovers hoch.

Kaminski schnappte nach Luft. Auf den linken Unterarm war eine Nummer eintätowiert.

Leo wandte sich ab. Sehr lange sah er unbeweglich aus dem Fenster. Als er wieder zu sprechen anfing, wirkte er gehetzt, als wollte er seine Geschichte möglichst schnell hinter sich bringen.

»Ich hatte die Ehre, für Führer und Vaterland an einigen medizinischen Experimenten teilzunehmen. Was ich damals lernte, unbedingt lernen musste: Man sollte nichts schlucken, was die Ärzte einem geben. Doktor Mengele war äußerst einfallsreich, was die Verabreichung von Medikamenten betraf. Doch entweder habe ich die Tabletten im Mund behalten und später ausgespuckt, oder ich habe mich direkt nach der Einnahme erbrochen. So halte ich es bis heute.«

Immer noch sah Leo aus dem Fenster. Er zog die schmalen Schultern hoch.

»Manche Dinge ändern sich nie, Herr Kaminski. Medikamentenstudien sind nur die Fortsetzung der damaligen Menschenversuche mit anderen Mitteln, aber vermeintlich immer noch zum Wohle der Allgemeinheit. Und glauben Sie mir, die Bewohner hier lieben es, auf unkomplizierte Weise zu Geld zu kommen, auch wenn der eine oder andere auf der Strecke bleibt.«

Fassungslos knetete Kaminski seine Hände. Er brachte keinen Ton heraus.

»Ich bin froh, dass Sie hier aufgetaucht sind«, fuhr Leo Bamberger fort. »Lange traten bei meinen geschätzten Mitbewohnern nur ein paar unangenehme Nebenwirkungen auf. Doch in den letzten Monaten häufen sich die Todesfälle. Der Tod von Buffo und Oberst Lehndorff macht das Maß voll. Deshalb wollte ich mit Ihnen reden.«

Das musste Kaminski erst einmal verdauen. Zwar hatte er einen ähnlichen Verdacht gehegt, doch nun war alles so konkret, dass er gelähmt vor Entsetzen Leo Bambergers magere Gestalt betrachtete.

»Und damals?«, fragte er. »In Auschwitz?«

»Ich habe meine Taktik durchgehalten, bis es dann doch auffiel. Fast hätte man mich liquidiert. Aber dann fiel dem genialen Doktor Mengele etwas Besseres ein: eine Vasektomie, natürlich ohne Betäubung. Schließlich ist es doch interessant herauszufinden, was der Mensch so aushält.« Leo fand zu seinem abgeklärten Lächeln zurück. »Und fortpflanzen sollte sich einer wie ich ja ohnehin nicht. Auch eine Niere haben sie mir stibitzt, ebenfalls ohne Narkose.«

Kaminski wagte nicht zu atmen.

Leo ging zur Fensterbank, wo der billige CD-Player stand, und drückte eine Taste. Geigenklänge fluteten den Raum. Dann erklang das Lied, das Kaminski schon beim ersten Mal eine Gänsehaut über den Rücken getrieben hatte. Jetzt hatte das Lied eine andere Bedeutung.

»Are you lonesome tonight …?«

Selbstvergessen wiegte Leo seinen Oberkörper im Takt der Musik. Er summte leise mit.

»… you know someone said that the world's a stage
and each must play a part.«

Mit einer heftigen Geste stellte er die Musik aus.

»So, Herr Kaminski, jetzt wissen Sie alles. Machen Sie damit, was Sie wollen.« Seine Gesichtszüge versteinerten. *»Verflucht seist du, dass du mich dran erinnerst! Verflucht ich, dass ich es sagte!«*

Nie hatten Kaminski die Worte von Karl Moor so tief getroffen, gleichsam bis ins Mark, obwohl Leo sie ohne Vorwurf, ohne jede Feindseligkeit ausgesprochen hatte.

Die Tür des Salons war längst hinter dem alten Herrn zugefallen, als Kaminski sich aus seiner Erstarrung löste. Er musterte das altersschwache, einst luxuriöse Mobiliar, die verschlissenen, einst prachtvollen Teppiche, die Relikte einer vergangenen Zeit, die keineswegs golden gewesen war.

Alles in der Villa Gründgens hatte einen doppelten Boden, nichts war, wie es schien. Nicht eine Sekunde länger hielt Kaminski es hier aus. Er sprang auf, wobei er sich die Knie an einem vergoldeten Beistelltischchen stieß, riss die Tür auf und flüchtete auf den Flur.

»Herr Kamiiiinski!« Trixi Muffinger verstellte ihm den Weg zur Treppe. »Sie haben mir etwas versprochen! Einen Besuch! Ich habe extra für Sie ein Stückchen Pflaumenkuchen besorgt! Mit Sahne!«

Für höfliche Floskeln hatte er nicht mehr die Kraft. Wortlos drängte er sich an ihr vorbei, zur rettenden Treppe.

»Was hat Herr Bamberger Ihnen erzählt?«, schrie Trixi ihm hinterher.

Kaminski rannte schon die Stufen hinunter. Sein Atem ging flach, er bekam keine Luft mehr. Anfangs hatte er die Villa Gründgens als unterhaltsame Freakshow betrachtet. Inzwischen graute ihm vor dem Altersheim. Als wären alle sieben Teufel hinter ihm her, lief er ins Freie.

Dichter Nebel hüllte ihn ein, verschluckte ihn, schnürte seine Brust noch enger zu, als er die Pferde anspannte und sich auf den Kutschbock schwang. Hektisch ließ er die Peitsche knallen, was er selten tat. Seine Hände zitterten.

Ich muss den Kommissar anrufen, dachte er, verwarf diesen Gedanken aber sofort wieder. Es gab nur einen einzigen Menschen, den er jetzt sprechen wollte.

Bismarck und Wanda zogen kräftig an, wechselten in den Trab, danach in den Galopp. Sie schnaubten und schüttelten die Mähnen, als spürten sie, wie aufgewühlt Kaminski war. Das laute Getrappel der Hufe dröhnte in seinen Ohren. Er fuhr viel zu schnell, das wusste er, zumal der Nebel dichter geworden war. Autos hupten ihn an, fast hätte er einen Radfahrer gerammt, doch erst in der Straße, die zur *Wilhelm-Meister-Schänke* führte, drosselte er das Tempo.

Beruhige dich, ermahnte er sich. In diesem Zustand kriegst du doch kein vernünftiges Wort heraus. Er atmete ein paar Mal tief durch, bevor er abstieg. Aber nun bekam er auch noch Lampenfieber. So richtig wusste er nicht, wie er Laura gegenübertreten sollte nach seinem kläglichen Abgang. *Die Liebe ist so unproblematisch wie ein Fahrzeug,* dachte er. *Problematisch sind nur die Lenker, die Fahrgäste und die Straße.*

Er knöpfte seinen Kutschermantel bis obenhin zu, wie eine schützende Rüstung, und betrat das Lokal. Es war vollkommen leer. Offenbar war das Mittagsgeschäft schon vorbei.

Laura lehnte entspannt am Tresen, eine Speisekarte und einen Stift in der Hand. Sie trug eine ihrer engen Jeans und eine weiße Bluse. Etwas Reines ging von ihr aus, fast etwas Unschuldiges. Am liebsten hätte sich Kaminski in ihre Arme gestürzt. Stattdessen schlenderte er zum Tresen.

»Hallo, mein kleiner Philosoph«, empfing ihn Laura. Sie legte Speisekarte und Stift beiseite. »Du siehst furchtbar aus. Was ist los?«

»Ich habe mich gestern Abend wie ein Idiot benommen«, druckste er kleinlaut heraus. »Außerdem ist in der Villa Gründgens die Hölle los.«

»Erstens: Ich fand dich überhaupt nicht idiotisch.« Laura zeigte auf die Espressomaschine. »Zweitens: Möchtest du einen Ristretto?«

Kaminski konnte sein Glück kaum fassen. Er setzte sich auf einen Barhocker, während Laura schon den Tresen umrundete, und beobachtete sie haargenau, um ganz sicherzugehen, dass sie sich nicht über ihn lustig machte.

»Das heißt – du bist nicht sauer, dass ich gestern so peinlich dahergeschwätzt habe?«

Die winzigen Fältchen in Lauras Augenwinkeln kräuselten

sich. Erschauernd spürte Kaminski, wie sehr er ihre lächelnden Augen – liebte. Vorsicht, jetzt bloß nicht sentimental werden.

Laura stellte eine Tasse unter das silberfarbene Rohr der Espressomaschine.

»Du hast sehr schöne Sachen gesagt.«

Brummend sprang die Maschine an. Kaminski starrte auf die braune Flüssigkeit, die mit Gezische und Getöse in die Tasse rann.

»Aber …«

»Nichts aber. Wer kann schon glauben, dass er geliebt wird? Wir sind doch alle … vorläufig.«

Irgendetwas in Kaminski begriff intuitiv, was sie meinte, doch es drängte ihn, mehr aus ihr hervorzulocken.

»Wie meinst du das?«

Um ihre Mundwinkel zuckte es amüsiert. Sie stellte ihm die gefüllte Tasse nebst Untertasse auf den Tresen und schob eine Zuckerdose in Reichweite.

»Mein kleiner Philosoph will es immer ganz genau wissen, was?« Gedankenverloren legte sie ihm einen Mandelkeks auf die Untertasse. »Ich glaube, irgendwo gibt es einen Entwurf, eine Art Plan, wie wir sein sollten – wie wir gemeint sind«, verbesserte sie sich. »Was wir davon verwirklichen, ist immer nur ein Bruchteil. Weil das Leben uns lebt. Weil es so viel gibt, was uns ablenkt und verwirrt. Deshalb bleiben wir … vorläufig.«

Verblüfft sah Kaminski auf.

»Und mich nennst du einen Philosophen?«

»Ich philosophiere nicht, ich beobachte«, widersprach sie. »Schließlich habe ich reichlich Gelegenheit, meine Gäste zu studieren. Wie sie sich aufführen, wie sie ihr Rad schlagen oder sich unsichtbar in eine Ecke drücken. Nur ganz selten zeigt einer, was er denkt. Was er fühlt. Wer er wirklich ist.«

Das rasende Glücksgefühl, das wie Champagner in Kaminskis Adern prickelte, steigerte sich. Langsam knöpfte er seinen Mantel auf.

»Es war also nicht peinlich?«

Sie sah ihn direkt an, ohne Filter, ohne Flirt, auch ohne jedes Amüsement. Ihr klares Gesicht schien auf einmal zu leuchten.

»Ich fand es schön.«

Kaminski kämpfte gegen ein dummes, blödes Schluchzen an, das in seiner Kehle hochstieg. Um seine Rührung zu verbergen, trank er den Ristretto, sehr langsam, in vielen kleinen Schlucken.

»Du bist anders, Kaminski«, sagte Laura sehr leise. »Und ich liebe es, dass du anders bist.«

Er wagte nicht, sie anzusehen. Unverwandt betrachtete er den Rest Crema in seiner Tasse, als ob sich in diesem bisschen Kaffeeschaum die Lösung aller Rätsel offenbaren könnte.

»Ist das dein Ernst?«

Seufzend nahm sie ihm die Tasse ab.

»Du solltest mich eigentlich gut genug kennen, Kaminski.«

»Entschuldigung.« Er atmete schwer. »Bin wohl noch etwas durcheinander wegen der Villa Gründgens.«

Klirrend stellte Laura die Tasse in die Spüle hinter dem Tresen. Sie wusch sich die Hände und trocknete sie mit einem blau-weiß karierten Geschirrtuch ab.

»Okay. Themenwechsel. Was ist passiert?«

Kaminski, du Idiot, jetzt hast du aus lauter Feigheit das beste Gespräch abgewürgt, das du seit Jahren hattest. Aber es gab kein Zurück. Der Zauber war dahin, die vielleicht einzige Gelegenheit, ihr seine Gefühle zu offenbaren.

Und dann begann er zu erzählen. Von Frettchen und Marc Westphal, von Doktor Kunzenstein und Johann von Seesen, von Magda Bubenitschek und Leo Bamberger. Alles, wirklich alles erzählte er. Selbst Trixis Avancen ließ er nicht aus, allerdings ohne die ausgesprochen ärgerliche erotische Faszination zu erwähnen, die sie auf ihn ausübte.

Als er fertig war, schwieg Laura lange. Ihre Ellenbogen hatte sie auf den Tresen gestützt, ihr Kinn ruhte in den Handflächen.

»Und? Was sagst du dazu?«, fragte er.

»Himmel, Kaminski, was soll ich dazu sagen?«

Sie schüttelte den Kopf, halb ungläubig, halb wütend. Dann, als müsste sie sich von zentnerschweren Lasten befreien, dehnte sie ausgiebig ihren Rücken.

»Das ist alles unfassbar. Ich weiß gar nicht, wo ich anfangen soll.« Energisch ordnete sie die Flaschen im Regal. »Bei Frettchen? Bei Westphal, der dich erpresst? Bei diesen Medikamententests?«

»Wo du willst.«

Kaminski betrachtete ihren schlanken Körper, dessen Bewegungen mehr Kraft verrieten, als die zarten Schultern und die schmale Taille erahnen ließen. Obwohl sich nicht das Geringste an seiner desolaten Situation geändert hatte, fühlte er sich besser. Endlich konnte er etwas mit Laura teilen. Endlich konnte er ganz bei sich und zugleich bei ihr sein.

»Wollen wir spazieren gehen?«

Ihre Frage traf ihn so unerwartet, dass ihm nichts anderes einfiel, als sie verdutzt anzustarren.

»Spazieren gehen.« Sie lächelte. »Man setzt einen Fuß vor den anderen und bewegt sich in gemessener Geschwindigkeit vorwärts. So ungefähr.«

»Danke, ich weiß selber, dass ich begriffsstutzig bin.« Auch er musste nun lächeln. »Wäre toll. Aber hast du nicht zu tun?«

»Na, los, bevor ich es mir anders überlege. Der Kaffee geht übrigens aufs Haus. Nicht, dass du dir was drauf einbildest, Kaminski, ist bloß der Verwöhnservice für Stammkunden.«

Mit einem entschlossenen Gesichtsausdruck ging Laura zur Eingangstür und drehte sich zu Kaminski um.

»Weißt du was? Ich schließe einfach ab.«

Eine Minute später standen sie draußen. Laura hakte sich bei Kaminski ein, eine unverhoffte Berührung, die ihn vollends aus dem Konzept brachte. *Dich sah ich, und die milde Freude floss von dem süßen Blick auf mich.* So nah hatte er Laura noch nie gespürt. Ihren federnden Körper, ihre vorwärts drängende Energie, die ihn gleichzeitig beruhigte und irritierte. *Ganz war mein Herz an deiner Seite und jeder Atemzug für dich.*

Sie schlugen den Weg durch efeubewachsene Säulen zum viel zu belebten Goetheplatz ein. Aber es war sowieso vollkommen egal, wohin sie gingen, Kaminski wäre mit Laura auch auf dem Mars herumflaniert. Hauptsache, er spürte den sanften Druck ihres Arms, ihren Atem dicht neben sich, ihre Schulter, die sich bei jedem Schritt an seinem Kutschermantel rieb.

»Fangen wir mal bei dir an«, ergriff sie das Wort. »Und bei Frettchen. Du bringst dich damit ins Zwielicht. Was willst du von ihr? Erklär mir Frettchen.«

Darüber musste Kaminski erst einmal nachdenken. Er wusste ja selbst nicht so genau, warum er sich um diese widerspenstige Göre kümmerte.

»Sie ist – speziell. Eine verlorene Seele. Ein kleines, halb verhungertes Aas, das alle gegen sich aufbringt. Trotzdem mag ich sie, vielleicht sogar deshalb. Sie hilft mir mit den Pferden, mistet die Boxen aus. Na ja, zuverlässig ist sie nicht, aber immerhin.«

In groben Zügen erzählte er von Frettchens gewalttätigem Vater und von den Dorfjugendlichen, die das Mädchen quälten.

»Hm.« Laura ging etwas schneller. »Sieht so aus, als müsste sie aus diesem Kuhdorf raus, weit weg von den Nazischwachköpfen und ihrem prügelnden Vater. Sie braucht ein anderes Umfeld. Eine Aufgabe. Ein bisschen Struktur.«

Struktur. Kaminski sah Frettchen vor sich, eine Selbstgedrehte hinter dem Ohr, die Zunge mit dem Piercing rausgestreckt.

»Wenn das Jugendamt sie ins Heim steckt oder in so eine schrecklich nette Pflegefamilie, dann geht sie ein wie eine Primel ohne Wasser. Oder türmt sonst wohin.«

Laura blieb stehen.

»Wer spricht denn von Jugendamt?«

KAPITEL 16

Jede Wetterlage hat ihren eigenen Soundtrack, jede Musik ihren bereitwilligen Tänzer. Sonne und Vogelgezwitscher, Nebel und Nebelhörner, Regen und sirrende Reifen auf nassem Asphalt. Kaminski vermisste die Nebelhörner seiner Kindheit. Das dumpfe Heulen der Schiffe, wenn er an den Landungsbrücken gestanden hatte, den Kopf voller Fernweh, an des Großvaters Hand.

Hamburger Wetter in Weimar, ohne die vertraute Tonspur. Kein Tanz, nur ein Auf-der-Stelle-Treten. Nein, so was würde er keinem Leser zumuten.

»Rechts sehen Sie das Goethehaus am Frauenplan, das heißt, Sie ahnen es wohl eher!«, rief er.

Der Nebel war mittlerweile so dicht, dass man kaum die Hand vor Augen sehen konnte. Warum das junge Paar, das ihn nach dem Spaziergang mit Laura angesprochen hatte, überhaupt eine Rundfahrt wollte bei dem Wetter, war ihm schleierhaft. Das sei eben romantisch, hatten sie beteuert und waren einfach eingestiegen.

Laura hatte nur gelacht. Während die beiden Fahrgäste leise miteinander flüsterten, spürte Kaminski immer noch die Wärme ihres Körpers, hörte ihre Stimme, deren bloßer Klang schon verhieß, dass doch noch alles gut werden könnte. Laura war unglaublich. Das Beste, was ihm jemals passiert war. Oder machte er wieder seinen alten Fehler, in Superlativen zu schwelgen, noch bevor …

»Hey, Kutscher, eingepennt oder was?«

Kaminski drehte sich um.

»Wie bitte?«

Der junge Mann hatte seine Freundin auf dem Schoß, lässig hob er Zeige- und Mittelfinger.

»Peace, Alter. Dachte nur, weil Sie gar nichts mehr sagen und so.«

»Kein Problem.«

Seit Jahren funktionierte Kaminski wie am Schnürchen, wenn es sein musste. Sämtliche Texte waren abgespeichert und jederzeit abrufbar. Er warf einen kurzen Blick auf den dunstigen Schemen des lang gestreckten, gelb gestrichenen Gebäudes, das trotz seiner Größe und Berühmtheit eher gedrungen wirkte. Routiniert setzte er seinen Vortrag fort.

»Die offizielle Übereignung des Hauses an den Geheimrat Goethe erfolgte erst im Jahre 1807, ein Jahr nach der Heirat mit Christiane Vulpius, obwohl der Dichter und Staatsmann das Haus bereits seit 1782 zeitweise bewohnt hatte. In den vorderen Räumen befinden sich heute unter anderem das Gelbe Zimmer, das Große Sammlungszimmer sowie das Majolikazimmer, sehr für einen Besuch zu empfehlen.«

»Laaangweilig«, maulte das junge Mädchen.

Kaminski drehte sich wieder um.

»Ja, was denn nun?«

»Fahren Sie einfach weiter, irgendwohin«, erwiderte der junge Mann, dessen Hände unter der Jacke des Mädchens herumwühlten. Quietschend presste sie sich an ihn.

»Out oft the dark and into the blue!«

Es war nicht das erste Mal, dass Kaminski eine Fummelfahrt hatte, wie er es nannte. Im Gegensatz zu Taxis hatten Kutschen keine Rückspiegel, was sie zu idealen Vehikeln für nicht ganz jugendfreie Spritztouren machte. Ihm konnte es nur recht sein.

Dann eben keine Texte absondern. Das gab ihm Gelegenheit, seine Gedanken zu sortieren.

Er schnalzte mit der Zunge, und die Pferde liefen los. Im Schritttempo bog er in die Schillerstraße ein, wobei er sich die Erwähnung von Schillerwohnhaus, Schillermuseum und Wittumspalais verkniff. Stumm hielt er auf den Theaterplatz zu.

Neben dem Denkmal, das Goethe und Schiller vereinte, stand eine eigentümlich vermummte Gestalt. Kaminski musste zweimal hinschauen, auch wegen des wabernden Nebels, um Mucken-Michi zu erkennen, in einem auffälligen Mantel mit Pelzkragen und passender Pelzkappe, der beschwörend auf eine Frau einsprach.

Instinktiv zog Kaminski den Kopf ein, obwohl das keine geeignete Strategie war, unbemerkt zu bleiben. Allein die klappernden Hufe verrieten ihn.

»Ey, Kaminski!«, brüllte Mucken-Michi auch schon quer über den Platz.

Er ließ die Frau stehen und rannte auf die Kutsche zu. In seiner Fellmontur sah er aus wie eine Mischung aus Unterweltkönig und antarktischem Fallensteller, was seine wenig einladende Persönlichkeit auf eindrucksvolle Weise unterstrich.

Mit einem tiefen Seufzer hielt Kaminski an.

»Was ist los?«, fragte er mit Blick auf die Frau, die grußlos davonstapfte. »Habe ich Sie bei irgendeiner Findungsphase gestört?«

Mucken-Michi stemmte die Hände in die Hüften.

»Die Frau, bei der Michael von Schwerin voll gegen die Wand kachelt, muss erst noch geboren werden.« Er griente breit und deutete mit dem Kinn auf die weibliche Gestalt, die sich entfernte. »Die da interessiert mich sowieso 'n Scheiß. Ist 'ne Mehrfachsteckdose, an der haben mir schon zu viele rumgebohrt. Ich trink ja auch keinen Sekt aus'm Mülleimer. Nee, nee, die wollte ich bloß engagieren, als Souffleuse für unsere Seniorentruppe.«

»Und? Kein Glück gehabt?«

»Sind alle zu satt, diese abgespackten Staatsdiener«, knurrte Mucken-Michi. »Was ist mit dir, alte Sabbeltasche? Die geile Muffinger lässt hundert Öcken springen.«

»Wann geht's denn endlich weiter?«, meldete sich der junge Mann. »Wir haben nicht fürs Rumstehen bezahlt.«

Neugierig spähte Mucken-Michi in den hinteren Teil der Kutsche, woraufhin er in meckerndes Gelächter ausbrach.

»Ich fass es nicht.« Er kreischte vor Vergnügen. »Kannst dein Ding drinlassen, Kleiner, stört echt keine Sau, wenn du deine Alte durchtackerst. Klappe halten, weitermachen, kapiert?«

Es wurde sehr ruhig hinten in der Kutsche.

»Ich müsste dann trotzdem mal los«, sagte Kaminski.

»Halt, stopp, nicht so schnell.« Mucken-Michi legte eine Hand auf den Kutschbock. »Du hängst doch sowieso in der Seniorenbude rum, da kannst du auch die Souffleusenmöse machen.«

»Auf keinen Fall«, entgegnete Kaminski, dem jedoch im selben Moment einfiel, dass dies eigentlich keine schlechte Idee war. Vielleicht übertrieb er es ja mit seinen Beschützerinstinkten, die ihm schon bei Frettchen jede Menge Ärger eingebracht hatten, doch er verspürte den dringenden Wunsch, noch besser als bisher auf den verbliebenen Rest des Schiller-Zirkels aufzupassen. Falls er zum *Räuber*-Team gehörte, war das wesentlich einfacher.

»Kaminski, verdammt«, fluchte Mucken-Michi. »Soll ich dir einen blasen, oder machst du es freiwillig?«

»Freiwillig«, antwortete Kaminski.

»Na also.« Zufrieden spielte Mucken-Michi mit seinem Goldkettchen, das zwischen den Fellmassen des Mantelkragens aufblitzte. »Ich sag immer: Entweder scheißen oder runter vom Pott. Du darfst draufbleiben. Gratuliere.«

»Besten Dank auch.«

Mucken-Michi hatte tatsächlich den Nerv, dem Pferd, das ihm am nächsten stand, auf den Hintern zu hauen.

»Und appi!«

Das Pferd scheute, tänzelte zur Seite, dann schlug es laut wiehernd aus. Erschrocken sprang Mucken-Michi einen Schritt zurück.

»Was sind das denn für gestörte Gäule? Sind die auf Speed?«

Ohne weiter auf ihn zu achten, fuhr Kaminski los, Richtung Herderplatz. Er dankte seinem Schöpfer, dass er sich mithilfe von zwei Pferdestärken so elegant aus dem Staub machen konnte.

Ohne seine üblichen Erläuterungen zu den Sehenswürdigkeiten ließ er die verschwimmenden Häuserzeilen an sich vorüberziehen. Es waren kaum Fußgänger unterwegs. Alle schienen vor dem Nebel geflohen zu sein, und die menschenleeren Bürgersteige verliehen der Stadt zusätzlich etwas Unwirkliches.

In Kaminskis Kopf wirbelten die Bilder des Tages durcheinander wie in einem Kaleidoskop. Grell, chaotisch. Es war so viel geschehen wie sonst in Wochen nicht.

Angefangen hatte es mit dem unangemeldeten Besuch des Kommissars am Morgen auf dem Gestüt. Danach hatten sich die Ereignisse überschlagen: der tote Oberst, die heiße Magda, die verrückte Trixi, der zackige Kunzenstein, die Medikamentenversuche, Leo Bambergers erschütternde Lebensgeschichte. Und dann noch der Spaziergang mit Laura. Er hatte schon wieder Sehnsucht nach ihr.

Von hinten hörte Kaminski Gekicher und Gekeuche, aber das war ihm egal. Stoisch drehte er Runde um Runde durch die Innenstadt, wo die Beleuchtung hell genug war, um von den Autofahrern gesehen zu werden. Für den Heimweg würde er sich etwas ausdenken müssen. Die schwachen Rückstrahler der Kutsche reichten in dieser Milchsuppe nicht aus.

Kaminski fuhr bereits zum dritten Mal am Deutschen Nationaltheater vorbei, als sein Handy klingelte. Es war Marc Westphal.

»Warum melden Sie sich nicht?«, schnarrte er.

Verwundert sah Kaminski auf seine Armbanduhr. Schon sechs? Er hatte vollkommen die Zeit vergessen. Wie lange war er mit Laura spazieren gegangen? Und wie lange kurvte er schon mit der Kutsche herum?

»Herr Westphal, ich schlage vor, dass wir uns persönlich treffen, ich habe eine Menge zu berichten.« Kaminski lächelte unwillkürlich bei dem Gedanken, dass er das Nutzlose mit dem sehr, sehr Angenehmen verbinden könnte. »Wie wäre es in der *Wilhelm-Meister-Schänke?* In zwanzig Minuten?«

»Zu viele Leute. Ich bin im *Elephanten*, da ist es leer. Zehn Minuten, Kaminski. In zehn Minuten sind Sie hier.«

So einen unhöflichen Befehlston hatte Kaminski zuletzt von Oberst Lehndorff, der Rache der Vertriebenen, gehört. Dem hatte er es leichten Herzens durchgehen lassen, aber nicht diesem schnöseligen, erpresserischen Schnüffler.

»Wie Sie befehlen, Herr Kommissar, stets Ihr untertänigster Diener«, erwiderte er mit frostiger Ironie.

»Machen Sie Witze? Wir haben drei Mordfälle!«

»Und ich habe zwei Fahrgäste.«

Kaminski beendete das Gespräch. Dann hielt er die Kutsche an und sah nach hinten. Das junge Paar war eingeschlafen, eng ineinander verschlungen. Ein friedlicher Anblick. Nachdem Kaminski abgestiegen war, rüttelte er sanft an der Schulter des jungen Mannes, der benommen die Augen öffnete.

»Schon vorbei?«

»Sie können gern im Hotel weitermachen.« Kaminski öffnete den Schlag. »Bitte alles aussteigen, Endstation.«

Schlaftrunken kletterten die beiden aus der Kutsche. Der junge Mann drückte Kaminski die Hand.

»Peace, Alter, bist 'ne coole Sau.«

»Gleichfalls.«

Ein wenig musste Kaminski dann doch grinsen, als er weiterfuhr.

Bis zum Hotel *Elephanten* – es schrieb sich immer noch mit einem extravaganten *ph* – war es nicht weit. Obwohl das ursprüngliche Hotel gar nicht mehr existierte, weil es 1937 abgerissen und der Neubau ein Jahr später eingeweiht worden war, befand man sich dort auf historischem Boden. Alle waren sie da gewesen, von den üblichen Verdächtigen wie Goethe, Schiller, Wieland und Herder bis zu Thomas Mann. Auch Adolf Hitler hatte sich hier sehr wohlgefühlt.

Der schlichte helle Bau mit dem grauen Sockelgeschoss war inzwischen zum Luxushotel ausgebaut worden.

Kaminski hielt die Kutsche ein paar Schritte vom Eingang entfernt an. Etwas steif von der langen Kutschfahrt betrat er die holzgetäfelte Lobby mit den roten Ledersesseln und ging weiter zur Bar, die in sonnigem Gelb gehalten war. Doch weder hier noch im Eingangsbereich konnte er Marc Westphal entdecken.

Nach einigem Suchen fand er den Kommissar im *Elephantenkeller*, wo man unter einer wuchtigen Gewölbedecke mit massiven Rundbögen saß. Wie angekündigt, war es hier so gut wie leer.

»Da sind Sie ja endlich!«, rief Marc Westphal, der in einer entlegenen Ecke vor einem Teeglas hockte.

Kaminski zog seinen Mantel aus und setzte sich dem Kommissar gegenüber.

»Sie mich auch.«

Marc Westphal musterte ihn forschend.

»Was soll das denn heißen?«

Ja, was wohl? Kaminski hatte die Nase gestrichen voll. Sein Haar war feucht vom Nebel, seine Klamotten hingen klamm am Körper. Er fror vor Müdigkeit und Hunger und Überdruss.

»War ein anstrengender Tag«, erklärte er.

»Fragen Sie mich mal.« Der Ton des Kommissars wurde auf einmal vertraulich. »Ich habe mir die Hacken abgelaufen, bei den Weimarer Honoratioren Klinken geputzt. Ganz schön hochnäsig, die Herrschaften. Die denken hier, sie wären was Besseres mit ihrem Kulturpillepalle. Na, die werden noch sehen, dass aus Apolda die Wahrheit kommt.«

Aufgebracht ließ er nacheinander vier Stück Zucker in seinen Tee plumpsen. Der und seine verflixte Schwäche für Süßes, dachte Kaminski.

»Sagen Sie mal – läuft da eigentlich was zwischen Ihnen und Laura?«, wechselte Marc Westphal unvermittelt das Thema.

Völlig überrumpelt starrte Kaminski ihn an. So eine Frechheit.

»Kann es sein, dass es Ihnen gänzlich an Privatleben mangelt?«, antwortete er mit einer Gegenfrage.

Sichtlich verärgert nahm der Kommissar wieder den dünnen Faden der Unterhaltung auf.

»Bevor ich Ihnen das Ergebnis meiner Befragungen unterbreite, würde ich gern wissen, was Sie herausgefunden haben.«

Mehr, als mir lieb ist, dachte Kaminski, mehr, als ich aushalte, und servierte eine Kurzversion. Sie beschränkte sich auf die Medikamentenstudie, die er auf Doktor Kunzensteins Laptop entdeckt hatte, und auf den ominösen Besucher, zweifellos der Abgesandte einer Pharmafirma, die das Medikament mit dem unaussprechlichen Namen herstellte. Leo Bambergers Anmerkungen über die Risiken der Tests rundeten die Kurzfassung ab.

Sofort wechselte die mürrische Laune des Kommissars in fiebrige Erregung. Sein spitzes Fuchsgesicht färbte sich rötlich.

»Grandios, Kaminski, das reicht für einen Durchsuchungsbefehl, auch für eine Online-Durchsuchung!« Er riss die Arme hoch wie ein Fußballfan beim Tor. »Gut gemacht! Den kriegen wir dran, diesen Doktor Gnadenlos! Das wird eine Riesenwelle, sogar überregional! Ich sehe schon die Schlagzeile vor mir: Skandal in Weimar! Wehrlose Alte für gefährliche Tests missbraucht. Die werden mir hier den roten Teppich ausrollen, wenn ich den Täter präsentiere! Mensch, Kaminski, ich könnt Sie knutschen!«

Überrascht erkannte Kaminski den brennenden Ehrgeiz seines Gegenübers. Vor ihm saß ein Aufsteiger, ein Mann, der etwas werden wollte, egal was, und zwar in Weimar, der ewigen Konkurrenz zum einst prosperierenden Apolda.

Solche Ambitionen waren Kaminski völlig fremd. Er war kein Getriebener mehr, seit er die Bühne verlassen hatte, auch wenn er seinen Frieden noch lange nicht gefunden hatte. Nicht, bevor er wusste, wie es um Laura und ihn stand. *Liebe, ein liebenswürdiger Wahnsinn – Ehrgeiz, eine ernsthafte Dummheit.*

»Was zu trinken wäre mir lieber.« Kaminski war vom Tisch abgerückt, weil ein Sprühregen von Spucketröpfchen den Ausbruch des Kommissars begleitet hatte. »Und was zu essen. Ich habe heute noch keinen Bissen runtergekriegt.«

»Klar doch, selbstverständlich, alles, was Sie wollen. Wir haben was zu feiern! Ein Glas Sekt vielleicht?«

»Ein guter Rotwein tut's auch. Und was Warmes auf dem Teller.«

Lauter als nötig, gab Westphal bei dem gleichmütig dreinblickenden Ober seine Bestellung auf.

»Her mit einem guten Roten! Aber perfekt temperiert! Ich bleib bei meinem Darjeeling. Was haben Sie zu essen da?«

»Thüringische Küche«, antwortete der Ober schlicht.

»Dann hätte ich gern eine Roulade mit Blaukraut und Kloß«, sagte Kaminski.

Der Ober entfernte sich diskret, als Marc Westphals Smartphone klingelte. Er warf einen Blick auf das Display.

»Oh, meine Kollegen vom Labor«, sagte er freudig, bevor er das Gespräch annahm. »Jetzt erfahren wir, mit welchem Gift gearbeitet wurde.«

Eine Weile hörte er zu, während er immer grauer wurde.

»Wirklich nichts?«, fragte er nach. »Hm.«

Nachdem er das Gespräch beendet hatte, sah er Kaminski mit ausdruckslosen Augen an.

»Keine Hinweise auf Medikamentenmissbrauch oder Vergiftungen bei Siegfried von Lehndorff. Scheint Selbstmord gewesen zu sein. Und im Tee war nur Süßstoff. Wir stehen wieder am Anfang.«

Kaminski schüttelte den Kopf.

»Das verstehe ich nicht. Es passte doch alles zusammen.«

Der Kommissar pulte an seinen Manschettenknöpfen aus Perlmutt herum. Dann starrte er Kaminski böse an.

»Die Leiche passt nicht.« Donnernd landete seine Faust auf dem Tisch. »Scheiße, wir haben nichts, gar nichts! Der Hausmeister und dieser Reichenbach sind schon eingeäschert!«

»Aber die Studie? Ist das nicht trotzdem wichtig?«

Marc Westphals Stimme überschlug sich.

»Wir brauchen eine Leiche mit eindeutigen Medikamentenspuren! Am besten zwei oder drei, sonst können Sie sich Ihre blöde Studie in die Haare schmieren! Strengen Sie sich an, die Zeit läuft!«

Angewidert legte Kaminski die Serviette beiseite. Der Kommissar hörte sich an, als würde er zur Not selbst jemanden vergiften, nur um den perfekten Mordfall zu bekommen. Was mit den wunderbar schrulligen Alten in der Villa Gründgens geschehen würde, war diesem Ehrgeizling nicht nur vollkommen gleichgültig, nein, er gierte sogar nach der nächsten Leiche.

Kein Mitgefühl, kein Verantwortungsgefühl, überhaupt keine Gefühle, nur dieses »Die Zeit läuft«.

Einmal mehr war Kaminski abgestoßen von der blinden Hast, mit der sich die Menschen für ihre Zukunft abstrampelten, ohne Rücksicht, ohne Gnade. *Und doch ist Tod und Totenstille das einzig Sichere und das allen Gemeinsame dieser Zukunft,* hatte Nietzsche geschrieben. Auch einer, der in Weimar den Tod gefunden hatte.

KAPITEL 17

Nicht von ungefähr strafte der alttestamentarische Gott der Rache und des Zorns eine sich sündhaft suhlende Menschheit mit Hagel, Blitz und Überschwemmung. Kein Feuer so vernichtend wie die Sintflut. Wer das Wetter machte, beherrschte die Erde.

Kaminski wünschte sich einen Hagelsturm herbei, um Bewegung in diesen alles erstickenden Nebel zu bringen. Etwas, was den Schleier auf ewig zerriss. Endlich Luft. Atmen. Ja, über so etwas hätte er gern geschrieben. Doch wer hätte das schon verstanden? Laura vielleicht?

Es war still. Unheimlich still. Kaminski hörte nichts als die Pferdehufe und das Holpern der Räder auf dem Pflaster, während er langsam durch die eisige, neblige Schwärze zuckelte. Im Hotel *Elephant* hatte er sich zwei gläserne Windlichter ausgeliehen und in das zusammengefaltete Verdeck der Kutsche geklemmt. Na ja. Zumindest besser, als ganz ohne Licht unterwegs zu sein.

Je näher er dem Gestüt kam, desto mulmiger wurde ihm. Er hatte die Einsamkeit des halb verfallenen Gehöfts geliebt, seine eremitenhafte Existenz. Jetzt fühlte er sich zum ersten Mal schutzlos. Gefährlich schutzlos, wenn er an die massakrierte Katze und die aufgespießte Ratte dachte. Falls die Nazitypen ihm jetzt auflauerten, im Hof, im Stall, im Gutshaus, konnte er nichts weiter zu seiner Verteidigung aufbieten als sein Jahre zurückliegendes Boxtraining. Lächerlich.

Hätte ich doch bloß heute Morgen die Schrotflinte mitgenommen, dachte er. Zu spät.

Auf verdächtige Geräusche horchend, alle Sinne in Alarmbereitschaft, lenkte er die Kutsche in die Einfahrt zum Hof. Auf der Straße hatte es dann und wann Licht gegeben, aber hier war es stockdunkel. Kein Mond, keine Sterne, keine Hofbeleuchtung. Dunkel wie im Bärenarsch, hätte sein Großvater gesagt.

Und dann auch noch dieser Nebel. *Schon stand im Nebelkleid die Eiche, ein aufgetürmter Riese, da, wo Finsternis aus dem Gesträuche mit hundert schwarzen Augen sah.* Kaminski konnte sich nur an seinem inneren Radar orientieren, an den tausendmal absolvierten Gängen zwischen Stall, Geräteschuppen und Gutshaus.

Nach ein paar Metern stieg er ab. Mit einer Hand führte er die Pferde am Zaumzeug, in der anderen hielt er seine Taschenlampe, deren Kegel in den Nebelschwaden kaum mehr erfasste als einen Radius von einem halben Meter.

Wie ein aufgestörtes Wild witterte er in die schwammige Nachtluft.

Nichts. Und trotzdem wurde er das Gefühl nicht los, dass man ihn beobachtete. Bei jedem Schritt spürte er seinen Herzschlag, eine dumpfe Trommel. Seine Fantasie formte Umrisse gesichtsloser Gestalten aus der undurchdringlichen Finsternis, Inkarnationen des namenlos Bösen.

Irgendetwas knackte. Ein entferntes Rascheln. Der Flügelschlag eines Nachtvogels ließ ihn zusammenzucken.

Er blieb stehen. So rasch er konnte, löste Kaminski die Deichsel vom Geschirr der Pferde und zog die Tiere zum Stall. Er würde keine ruhige Minute haben in dieser Nacht, wenn er sie dort allein ließ.

In seinen Ohren rauschte es, das Herz schlug ihm bis zum Hals, als er zum Gutsgebäude rannte und die Haustür aufstieß. Blitzschnell lief er einmal durch das ganze Gebäude, spähte in alle Räume, rief nach Frettchen, vergeblich. Zuletzt holte er ein paar alte Wolldecken aus dem Schlafzimmer und rannte zum Stall zurück. In einer leeren Box, wo er das Stroh aufbewahrte, machte er sich ein Lager zurecht.

Sie würden kommen, das spürte er. Und dieses Mal würden sie einen Schritt weitergehen. Vermutlich waren jetzt die Pferde an der Reihe, vielleicht auch er selbst. Was war mit Frettchen? War es ein gutes Zeichen, dass sie nicht auftauchte, oder …

Der Klingelton seines Handys zerriss die quälende Anspannung. Aufgeschreckt wühlte er in seinem Mantel, suchte es hektisch in seinen Hosentaschen, wo er es schließlich fand, und bellte ein gehetztes »Hallo«.

»Was ist los? Sie klingen – seltsam«, meldete sich der Kommissar.

Kaminski hatte nicht vor, ihm seine Ängste einzugestehen. Nicht nach diesem Abend im *Elephanten*. Marc Westphal hatte missmutig zugesehen, wie Kaminski seine Roulade verdrückt hatte, und in einem fort sein Schicksal bejammert, dass der große Fahndungserfolg ein Rohrkrepierer zu werden drohe, das Ganze womöglich sogar einen Karriereknick bedeute.

»Was gibt es denn so Wichtiges?«, erkundigte sich Kaminski entnervt.

»Ich habe eben Kunzenstein erreicht. Er ist in Leipzig, auf einem Medizinkongress, wo er einen Vortrag hält. Er kommt morgen zurück, doch die Vernehmung wird nicht viel bringen. Er gibt die Medikamentenstudie zu, sagt allerdings, es lägen rechtsgültige Einverständniserklärungen der Bewohner vor. Außerdem bestehe überhaupt kein Risiko. Business as usual.«

»Aber …«

»Kein aber, wir ziehen uns zurück, Kaminski«, fiel ihm der Kommissar scharf ins Wort. »Auf mich wartet eine neue Herausforderung, Mord an einer Rechtsanwaltsgattin. Könnte interessant werden. Prominente Klientel.«

»Prominent, aha.«

»Die Villa Gründgens ist jedenfalls durch«, erklärte Marc Westphal sachlich. »Ein, zwei Motive, ja, aber weder eindeutige Indizien noch gerichtsmedizinisch relevante Fakten. Der Fall ist tot. Mausetot. Die Akte wird geschlossen. Falls Sie Sehnsucht nach mir haben, werden Sie mich sicherlich des Öfteren bei Laura in der *Wilhelm-Meister-Schänke* antreffen.«

Blödmann.

»Was ist mit den Todesfällen?«, fragte Kaminski nach. »Und, noch wichtiger: Was ist mit Frettchen?«

»Ach ja ….« Der Kommissar ließ sich Zeit mit der Antwort. »Frettchen – halten wir in der Schwebe. Wenn mir keine neuen Vorkommnisse zu Ohren kommen, werde ich nichts unternehmen. Wäre aber besser, wenn Sie die Finger von dem Mädchen lassen. Gehen Sie lieber in den Puff. Mal unter uns – ist so eine Vierzehnjährige nicht ein bisschen eng?«

»Sie widerliches Schwein!«, brüllte Kaminski. »Wir wissen beide, dass Sie es sind, der ein perverses Spiel mit mir treibt!«

Der Kommissar lachte durchtrieben.

»Es war äußerst angenehm, mit Ihnen zusammenzuarbeiten, Kaminski. Vergessen Sie die Villa Gründgens. Ich komme wieder auf Sie zu. Könnte ja sein, dass ich noch mal Ihre Unterstützung brauche.«

Das Gespräch war beendet. Ohnmächtig vor Wut boxte Kaminski auf die Wolldecken ein. Den linken Haken hatte er immer noch drauf. Dann sprang er auf und trat gegen einen Futtersack mit Pellets, kickte ihn immer weiter, bis das grüne Packpapier riss und die kleinen Bröckchen nach allen Seiten wegflogen. Die Pferde wieherten. Es klang ängstlich.

»Ey, du Arsch mit Ohren, wer hat dir denn ins Hirn geschissen?«

Wie eine Geistererscheinung stand Frettchen plötzlich vor ihm. Noch ein bisschen blasser und spilleriger als sonst, eine kalte Zigarette im Mundwinkel, in ihrem nicht ganz sauberen Glitzertop unter der Lederjacke. Sie hob ein paar Pellets auf.

»Scheiße, ich steck dir die Dinger einzeln in den Arsch, wenn du nicht sofort damit aufhörst. Ist doch voll behindert.«

Kaminski hielt schwer atmend inne.

»Soll ich dir mal sagen, was voll behindert ist? Der Bulle erpresst mich! Deinetwegen! Missbrauch, schon mal gehört? Ich lande im Knast, wenn der die Nummer durchzieht!«

Frettchen blieb der Mund offen stehen. Stierte Kaminski an. Klappte den Mund wieder zu. Ein historischer Moment – es hatte ihr die Sprache verschlagen.

Das Splittern von Glas zerfetzte jäh die Stille. Kaminski konnte gerade noch dem Stein ausweichen, der in hohem Bogen in den Stall flog und in einem Strohballen landete. Die Scherben eines der Oberlichter rieselten auf den Boden. Ein zweiter Stein folgte. Bismarck und Wanda scheuten, trippelten wiehernd hin und her, warfen sich in Panik gegen die Holzwände der Boxen.

Wie betäubt stand Kaminski da und starrte auf die Scherben. Er sah nicht, wie Frettchen auf ihn zusprintete. Mit aller Kraft warf sie sich auf ihn und riss ihn um.

»Scheiße, sie sind da«, kreischte sie, während sich die Fingernägel ihrer linken Hand in seinen Hals krallten.

Der dritte Stein traf Wanda an der Flanke. Wiehernd bäumte sich die braune Stute auf, um gleich darauf mit den Vorderhufen die Trennwand zur leeren Nachbarbox unter sich zu begraben. Wie ein Messer bohrte sich ein herabfallender Glassplitter in Bismarcks Hals, aus dem eine Blutfontäne spritzte. Das Wiehern steigerte sich zur Panik, die Glühbirne an der Decke zersplitterte, und Kaminski spürte plötzlich einen so infernalischen Zorn, dass er alle Vorsicht vergaß.

Schreiend richtete er sich auf, schnappte sich eine Heugabel und knipste die Hofbeleuchtung an. Dann stürzte er brüllend hinaus.

»Wo seid ihr verdammten Scheißkerle? Kommt her, los, zeigt euch!«

Etwas bewegte sich auf der anderen Seite des Hofs. Kaminski spurtete los, verfolgte Schatten, die er kaum ausmachen konnte, hörte das Flappen und Schlurfen von Schritten am Haus, dann am Geräteschuppen, trieb die Bande vor sich her und merkte zu spät, dass er ausgetrickst worden war.

Sie laufen wieder zum Stall, durchzuckte es ihn, sie laufen zu Frettchen, zu den Pferden. Er machte kehrt, rannte so schnell, dass seine Lungen brannten, stolperte, rannte weiter und erreichte laut fluchend den Stall in dem Augenblick, in dem sich die Angreifer schon vor der Stalltür versammelten.

Dann verstummte er. Langsam ließ er die Heugabel sinken. Hünen hatte er erwartet, ungeschlachte Monster mit Glatzen und Tarnanzügen, bis an die Zähne bewaffnet mit Schlagringen, Baseballschlägern, abgebrochenen Flaschenhälsen.

Im milchigen Nebel, beschienen vom trüben, gelben Licht der Hoflaterne, sah er eine Handvoll dicklicher Teenager in billigen Anoraks und ausgebeulten Jeans. Sie mochten kaum älter als Frettchen sein, höchstens fünfzehn oder sechzehn. Ihre Gesichter waren um Nase und Augen dilettantisch mit dunkler Farbe beschmiert.

Einer von ihnen, offenbar der Anführer, ein aufgedunsener Strebertyp mit Seitenscheitel und Brille, hielt ein Klappmesser in der Hand. Auf die Stirn hatte er sich ein Hakenkreuz gemalt. Drohend ging Kaminski auf ihn zu.

»So, Arschloch, jetzt sag mir, wo die anderen sind.«

Der Junge grinste unsicher.

»Welche anderen?«

»Na, ihr abgebrochenen Zwerge seid doch wohl nur die Vorhut, oder?«

Ein blonder, absurd dicker Junge, der vom Laufen genauso keuchte wie Kaminski, trat vor. Seine Mundwinkel waren verächtlich herabgezogen, fast bis zum teigigen Doppelkinn.

»Deutschland den Deutschen, Jude, verrecke!«, rief er.

»Schweine wie du und Frettchen gehören hier nicht hin!«, krähte ein schmächtiges Kerlchen neben ihm.

»Kanake, verrecke«, skandierte ein vierter Junge.

Allmählich schwante Kaminski, dass es keine muskelbepackten Hünen mit Glatzen gab, nur diese picklige Schülergang mit Spießerklamotten und Tarnbemalung aus dem Tuschkasten. Sieben Jungs zählte er. Manche hatten Küchenmesser in der Hand.

So sind Hitlers Werwölfe in die Wälder gezogen, schoss es ihm durch den Kopf, das letzte Aufgebot, genauso jung und dumm und verblendet, genauso kläglich bewaffnet.

»Ihr müsst euch schon entscheiden«, sagte er ruhig. »Jude oder Kanake? Ich meine, ich habe schon jüdische Kanaken gesehen, aber doch eher selten kanakische Juden.«

Der Junge mit dem Klappmesser tauschte einen kurzen Blick mit dem dicken Blonden. Zögernd kam er einen Schritt näher.

»Du bist fällig«, grunzte er. »Und Frettchen auch.«

»Aber erst sind die Pferde dran«, erwiderte Kaminski. »Ich nehme an, das haltet ihr für die richtige Reihenfolge, oder? Bitte sehr.«

Er zeigte auf die geöffnete Stalltür.

»Der will uns reinlegen!«, rief der Schmächtige. »Los, wir hauen ab!«

»Hiergeblieben!«, brüllte Kaminski. »Ich will sehen, wie ihr meine Pferde abschlachtet!«

Als sich keiner rührte, rief er in den Stall hinein: »Frettchen, bring Bismarck raus!«

Alle sahen jetzt zum Anführer, der das Klappmesser in seiner Hand hin und her drehte. Der Schmächtige begann leicht übergeschnappt zu kichern, der dicke Blonde stellte sich zu seinem Anführer.

»Du musst es ihm zeigen! Dass wir was draufhaben!«

Frettchens kreideweißes Gesicht erschien in der Tür. Sie führte Bismarck mit sich, dessen Halswunde das Fell bis zur Brust mit Blut getränkt hatte. Kaminski griff zum Halfter und brachte das verschreckte Pferd nach draußen. Herausfordernd fixierte er den Anführer.

»Los, stich's ab«, kommandierte er. »Kannst den Kopf absäbeln oder die Gedärme aus dem Bauch rausschnippeln, such es dir aus. Habt ihr doch auch bei der Katze super hingekriegt.«

Der Wallach schnupperte an Kaminskis Hand, suchte mit seinen weichen Lippen nach Hautkontakt. Seine weit aufgerissenen Augen richteten sich auf die Jungen. Kaminski strich mit der Hand über die sanft geschwungene Rückenlinie und sprach weiter auf den Anführer ein.

»Wenn du das Pferd aufgeschlitzt hast, kannst du gern ein Stück mit nach Hause nehmen. Deine Mami wird begeistert sein. Pferdefleisch ist echt lecker. Nur das mit dem Blut ist natürlich eine ziemliche Sauerei. Blutflecken gehen sehr schlecht raus aus so 'nem Anorak.«

Der Anführer schluckte. Nachdem er noch einmal das Pferd gemustert hatte, hielt er dem dicken Blonden sein Messer hin.

»Du erledigst das, Fettsack. Schneid dem Scheißgaul die Eier ab.«

Kaminski beugte sich unter den Pferdebauch.

»Mist, da fällt mir ein, die Eier habe ich schon gestern abgeschnitten und zum Frühstück gebraten.«

»Verarsche!«, rief der Schmächtige. »Das ist ein Wallach!«

Er zeigte Kaminski den Stinkefinger, dann rannte er einfach weg. Zwei, drei Jungen folgten ihm. Jetzt traute sich auch Frettchen nach draußen. Sie sagte keinen Ton, streichelte nur beruhigend Bismarcks Nüstern.

»Wir kommen wieder«, knurrte der Anführer.

»Kein Problem«, lächelte Kaminski. »Sagt vorher Bescheid, dann stelle ich das Bier kalt.«

Völlig perplex starrten die Jungen ihn an.

»Ich denke, wir bringen mal Bismarck in seine Box«, wandte sich Kaminski an Frettchen. »Und ein bisschen aufräumen wäre auch nicht schlecht. Holst du einen großen Müllsack?«

Ohne ein Wort hechtete das Mädchen zum Haus. Ratlos sahen die Jungen einander an.

»Tja«, sagte Kaminski. »Danke für euren Besuch. Die Rechnung vom Glaser kriege ich hin, aber wenn ihr noch mehr kaputt macht, müssen leider eure Eltern ran.«

Während er den Wallach in den Stall führte, sah er aus dem Augenwinkel, wie einer nach dem anderen verschwand. Er hörte noch, wie der Anführer zu dem dicken Blonden sagte: »Komm, wir fahren nach Weimar rein, ein paar Neger klatschen.«

Es war grauenvoll und jämmerlich zugleich.

Jetzt erst merkte Kaminski, dass er am ganzen Körper zitterte. Vorsichtig säuberte er Bismarcks Wunde. Er sagte keinen Ton, als Frettchen erschien, mit einer Wundkompresse und Mullbinden. Kommentarlos reichte sie ihm das Verbandszeug. Wie dankbar er war, dass sie keine Worte brauchten.

Während er die Wunde desinfizierte und einen Verband anlegte, sah er, wie Frettchen die Pferde mit Heu versorgte und beruhigend auf sie einsprach.

Als auch Wandas Verletzung an der Flanke desinfiziert und verbunden war, sank Kaminski auf einem Strohballen zusammen. Er hatte übermenschliche Kräfte aufbieten müssen, um so souverän zu erscheinen. Wie eine Flutwelle, die sich zurückzog, wich die Anspannung von ihm und hinterließ die Frage, was sie eigentlich gerade erlebt hatten.

»Scheiße, alter Mann, was war *das* denn?«

Kaminski hob den Kopf. Frettchen war noch etwas grün im Gesicht.

»Das«, sagte er, »war der Beweis, dass das Antlitz des Bösen keineswegs dämonisch ist, sondern einfach nur banal.«

Frettchen blies ihre Backen auf und erzeugte Pupsgeräusche mit den Lippen.

»Kapier kein einziges Wort von deinem verkackten Gelaber.«

»Jeder denkt, das Böse sei etwas ganz Besonderes und die Bösen unheimliche Monster. Gewaltig. Überlebensgroß. Dabei sind das nur ganz normale Typen, wie du und ich.«

»Bist du krank?«, protestierte Frettchen. »Diese Drecksäcke sind doch nicht wie ich! Das sind doch keine Menschen!«

Plötzlich fing sie an zu schluchzen. Zitternd betastete sie ihren kahlen Kopf.

»Die beschissenen Scheißpisser haben mich zu fünft festgehalten, und … mit ihrem Scheißmesser … und alles mit ihren Scheißhandys gefilmt.«

Kaminski war erschüttert. Zögernd ging er auf Frettchen zu und nahm sie in die Arme. Sie ließ es geschehen. Lange weinte sie leise, den Kopf an seine Schulter gelehnt. Eine Ewigkeit standen sie so da.

»Komm, ich mach uns mal einen Tee«, sagte er schließlich.

»Geil«, schniefte sie, »so 'ne Tasse lauwarme Pisse ist jetzt genau das, was ich brauche.«

Arm in Arm gingen sie hinüber zum Gutshaus. Kaminski machte Feuer im Kachelofen und setzte dann Teewasser auf. Die Küche erwärmte sich schnell. Etwas ungewohnt Behagliches breitete sich aus, ließ die Kälte draußen vergessen und die Attacke der Jungen fast verblassen. Frettchen fläzte sich auf das Sofa, mit einer der Wolldecken, von der sie einzelne Strohhalme abzupfte.

Gerade hatte er die Teetassen vollgegossen, als Laura anrief. Im Hintergrund hörte Kaminski Stimmengewirr.

»Hallo, alles in Ordnung?«, fragte sie. »Es ist nämlich so … irgendwie geht mir das alles nicht aus dem Kopf.«

»Was denn so zum Bespiel?«

»Du – und natürlich die Villa Gründgens, mein Sherlock Holmes.«

Kaminski setzte sich auf einen Stuhl. Verlegen spürte er Frettchens Blick auf sich ruhen, denn in diesem Moment wurde ihm bewusst, wie heiser seine Stimme klang. Als wäre er fünfzehn und im Stimmbruch.

»Du wirst es nicht glauben, der Westphal legt den Fall zu den Akten«, erzählte er.

»Wie bitte?«

Er erzählte ihr von dem Abend mit dem Kommissar im *Elephanten*, von dem empörenden Telefonat, von Doktor Kunzenstein, dem man nichts nachweisen konnte. Und von seiner Angst um die Alten, die man ihrem Schicksal überließ. Den Überfall der Jugendgang ließ er weg, um Laura nicht zu beunruhigen.

»Sag mal – du bist nicht allein, oder?«, fragte sie. »Ist Frettchen bei dir?«

Kaminski staunte über Lauras Feinfühligkeit, fühlte sich aber auch ein bisschen ertappt.

»Ja«, er warf einen schnellen Blick auf das Mädchen, das zumindest so tat, als wäre es vollkommen auf die Strohhalme konzentriert, »sie ist hier. Wir trinken gerade Tee.«

»Dann bis ganz bald, mein James Bond«, verabschiedete sich Laura. »Und grüß Miss Moneypenny von mir.«

Nachdem sie aufgelegt hatte, saß Kaminski wie verzaubert da. Es war das erste Mal, dass Laura ihn angerufen hatte. Wow. Er schloss die Augen, um sich besser an ihre Stimme erinnern zu können. Eine warme, mitfühlende Stimme.

Als er die Augen wieder öffnete, sah er Frettchen mit gekreuzten Beinen auf dem Küchensofa hocken. Sie versuchte eine Weile, mit dem Zungenpiercing ihre Nasenspitze zu berühren. Nachdem es ihr gelungen war, zündete sie sich eine Zigarette an.

»Okay, Blödmann, jetzt will ich alles wissen.«

»Wie – alles?«

»Na ja, werden diese alten Knacker nun vergiftet oder nicht?«

Kaminski lehnte sich zurück. Ausführlich erzählte er von Doktor Kunzenstein, von seinen Recherchen und von der Sackgasse, in der er gelandet war. In sich gekehrt zog Frettchen an der Zigarette. Sie hatte sich bereits die zweite angezündet, als sie sich plötzlich kerzengerade aufrichtete.

»Du musst dir den Laptop von diesem Scheißwichser holen.«

»Was?«

»Kaminski, du voll verreckter Drecksack …«, nonchalant versenkte Frettchen die abgerauchte Kippe in ihrer noch vollen Teetasse, wo sie zischend versank, »… wenn dieser Penner von Arzt morgen früh von seinem Scheißkongress wiederkommt, löscht der alles von seinem bescheuerten Laptop, ist doch klar wie Korn.«

Kaminski hob die Arme.

»Und?«

»Du bist doch sonst immer der beschissene Durchblicker.« Sie äffte ihn nach. »Uuund?«

Klirrend landete Kaminskis Tasse auf der Untertasse.

»Großer Gott, du meinst – ich soll in die Villa Gründgens einbrechen?«

Frettchen zog eine Grimasse.

»Nee, ich mein, du brauchst einen echt mördergeilen Fassadenkletterer.« Sie leckte sich alle zehn Fingerspitzen und erklomm imaginäre Mauern. »Du brauchst – mich.«

KAPITEL 18

Here comes the sun. Stormy Weather. Singin' in the rain. Ain't no sunshine when she's gone. Here comes the rain again. Let it snow. It never rains in Southern California. Always take the weather with you. Dancing in the rain. You are the sunshine of my life. Raindrops keep fallin' on my head. Riders on the storm. Blue skies. It's raining men. Have you ever seen the rain. Don't let the sun go down on me. It's raining again. Sunny afternoon. Who'll stop the rain. I'm walking on sunshine. Laughter in the rain.

Wozu eine Autobiografie schreiben?, dachte Kaminski. Reicht es nicht vollkommen, meine Soundtracks aneinanderzureihen? Jeder Song eine Erinnerung, jede Melodie eine Wetterlage des Gemüts.

Er zog die Plastikplane von seinem uralten Ford Transit. Verdammte Hacke, wenn das schiefgeht, kann ich schon mal meinen Nachlass regeln. Das weinrote, völlig verdreckte Gefährt hatte er einem Bauern aus der Nachbarschaft abgekauft, als der seinen Hof verlassen musste. Konkursmasse.

Seit Jahren rostete der Wagen vor sich hin. Kaminski fuhr ihn eigentlich nur im Winter, wenn überhaupt. Er konnte das verrostete, stinkende Ding nicht ausstehen.

»Geile Schüssel«, ätzte Frettchen.

Kaminski warf ihr einen Lappen zu.

»Steh nicht rum, hilf mir lieber.«

Gemeinsam wischten sie die Scheiben sauber, die vor Schmutz starrten. Dann stiegen sie ein. Das heißt, Kaminski setzte sich hinters Steuer, Frettchen lümmelte sich auf den Beifahrersitz und legte ihre Stiefel auf die Ablage über dem Handschuhfach.

»Die Scheißkarre stinkt wie 'ne Kuh aus'm Arsch.«

»Sorry, Gnädigste, der Porsche ist gerade in der Werkstatt«, brummte Kaminski.

Der Schlüssel steckte. Er schickte ein Stoßgebet wohin auch immer, schloss die Augen und drehte den Schlüssel im Zündschloss. Der Motor jaulte ein paarmal auf, der Auspuff knatterte, dann war wieder alles still.

»Voll Granate«, kam es vom Beifahrersitz.

Kaminski probierte es mit der Methode, die ihm der Bauer gezeigt hatte: zweiten Gang einlegen, Kupplung und Gaspedal ganz durchtreten, Schlüssel drehen, ruckartig das Gaspedal loslassen. Aufbrüllend machte der Wagen einen Satz nach vorn. Frettchens Gesicht knallte gegen ihre Knie, dann wurde sie zurück in den Sitz geschleudert, während Kaminski das Steuer umklammerte und unerwähnt ließ, dass er ein lausiger Autofahrer war.

»Scheiße, was soll das?«, schrie Frettchen.

Grinsend umrundete Kaminski ein Schlagloch.

»War doch deine Idee, oder?«

Ohne zu bremsen, schoss er auf die Straße. Der Wagen quietschte und ächzte. Kaminski beschleunigte weiter. Aus dem Augenwinkel sah er, wie Frettchen sich anschnallte.

»Ey, du Spast, kriegst du gar nichts mehr mit? Nebel, Wichser, Neeebelll! Willst du, dass die uns vom Baum kratzen, bevor wir diesen beschissenen Laptop haben?«

Das hätte sich Kaminski auch nicht träumen lassen – dass ausgerechnet Frettchen einmal die Stimme der Vernunft vertreten würde. Er nahm den Fuß vom Gas.

»Das Zimmer von Kunzenstein liegt im dritten Stock. Schaffst du das?«

»Vollidiot.«

Die Straßen waren völlig leer. Offenbar traute sich niemand bei dem dichten Nebel nach draußen. Trotzdem mied Kaminski die Weimarer Innenstadt und wählte stattdessen einen Umweg. Zwanzig Minuten später hielt er zwei, drei Häuser von der Villa Gründgens entfernt am Straßenrand. Er stellte den Motor aus.

Und jetzt? Noch konnte er zurück. Noch war nichts weiter geschehen, als dass er mit einem altersschwachen Wagen und einem unmöglichen Rotzlöffel in der Gegend herumgerast war.

»Meine Fresse, der Superhero scheißt sich in die Hose, was?«, höhnte Frettchen. »Los, wir holen uns das Ding.«

»Dritter Stock«, gab Kaminski noch einmal zu bedenken. »Du kannst dir sämtliche Knochen brechen, mal davon abgesehen, was passiert, wenn wir erwischt werden.«

Frettchen holte ein Tuch mit Totenkopfmuster aus ihrer Lederjacke und band es sich über Mund und Nase. Nur ihre schwarz geschminkten Augen waren noch im schwachen Schein einer nahen Straßenlaterne zu sehen.

»Ich konnte schon mit zehn überall rein und raus.« Entschlossen zog sie den Reißverschluss ihrer Lederjacke zu. »Sonst hätte mein Scheißvater mich schon längst totgeprügelt.«

»Also gut«, seufzte Kaminski. »Hier, die Handschuhe.«

Vor der Abfahrt hatten sie eine Kommode durchforstet und ein Paar Lederhandschuhe seiner Mutter gefunden, fein und weich, die Frettchen wie angegossen passten.

Sie stiegen aus und drückten so leise wie möglich die Wagentüren zu. Kaminski ging voran. Statt seines Kutschermantels trug er eine alte Steppjacke seines Vaters, die streng nach Mottenpulver roch.

Unwirklich wie eine Filmkulisse schälte sich die Villa Gründgens aus dem Nebel. Es war kurz nach Mitternacht, alles wirkte ruhig. Über dem Eingangsportal brannte eine mit Schmiedeeisen eingefasste Glaslaterne, die Fenster, die zur Straße hin lagen, waren tote, schwarze Rechtecke.

»Hier entlang«, flüsterte Kaminski.

Er schlich zum Gartenzaun, einer mehr dekorativen als wehrhaften Ansammlung von Holzlatten, und schwang sich darauf. Bevor er überhaupt ganz oben war, stand Frettchen schon auf der anderen Seite. Feixend sah sie zu, wie er sich in ein Beet fallen ließ. Er war heilfroh, dass sie verabredet hatten, kein Wort zu sprechen.

Kurz sah er zu dem Neubau hinüber. Dort hätten sie keine Chance gehabt. Die Fassade war vollkommen glatt, ohne die kleinste Unebenheit. Aber der vordere, historische Teil der Villa Gründgens schien wie geschaffen für geschickte Kletterer. Überall Mauervorsprünge, Schmuckelemente, Fenstersimse.

Du bist komplett verrückt, dachte Kaminski, als sie geduckt am Gebäude entlangliefen, bis zu der Stelle, an der sich hoch über ihren Köpfen das Ordinationszimmer von Doktor Kunzenstein befinden musste.

Fragend zeigte Frettchen auf das Haus.

In sämtlichen Fenstern des dritten Stocks schimmerte ein grünlicher Widerschein, vermutlich die Notbeleuchtung der Krankenzimmer. Nur ganz links, am Ende des Flurs, wie sich Kaminski ausrechnete, lagen zwei Fenster völlig im Dunkeln. Er deutete mit dem Finger darauf.

Frettchen hob den Daumen. Und dann zog sie sich auch schon an den wuchtigen Quadern des Sockelgeschosses hoch. Mit geisterhafter Geschwindigkeit nutzte sie die Querspalten zwischen den Granitblöcken, hangelte sich behände wie ein Äffchen weiter nach oben, erreichte den ersten Stock. Einen winzigen Augenblick verharrte sie auf einem Sims, dann nahm sie die nächste Etappe in Angriff.

Mit angehaltenem Atem beobachtete Kaminski das magere Wesen, dessen Lehrmeister die Angst gewesen war. Er bewunderte Frettchen, wie sicher sie die Vertikale beherrschte, als wäre die Schwerkraft gar nicht existent.

Und wenn nun doch noch jemand spätnachts in den Garten kam und sie entdeckte? Wachsam sah er sich um.

Das scharrende Geräusch von Frettchens Stiefeln riss seinen Blick wieder in die Höhe. Sein Herzschlag setzte aus. Frettchen hing an einem Balkon, ihre Füße strampelten ins Leere. Ein paar Putzbröckchen fielen herunter. Er schlug sich die Hand vor den Mund, um nicht zu schreien. Das Schlimmste war, dass er ihr nicht helfen konnte. Ohnmächtig sah er zu, wie sie kämpfte. Weit spreizte sie die Beine, fand seitlich Halt an einem Schmuckfries, hing quer in der Luft.

Ich hätte sie nicht gefährden dürfen!, schrie seine innere Stimme, ich hätte …

Mit einer geradezu übermenschlichen Energie schob Frettchen ihren Oberkörper ein Stück nach rechts, dorthin, wo ihre Stiefel die winzigen Ornamente des Frieses nutzten, schnellte hoch und erklomm den Balkon. Am liebsten hätte Kaminski applaudiert.

Vorwitzig, als wäre das Ganze nur eine raffiniert ausgeklügelte Zirkusnummer gewesen, sprang Frettchen auf die steinerne Balkonbrüstung. Trotz der Dunkelheit konnte er erkennen, dass sie ihm den Mittelfinger ihrer rechten Hand entgegenreckte.

Sie brauchte noch viele weitere Hangelgriffe, bis sie schließlich auf dem Fenstersims vor Doktor Kunzensteins Zimmer kauerte. Was sie da oben tat, konnte Kaminski nicht erkennen, nur das Resultat: Frettchen tauchte ins Dunkel hinter dem offenen Fenster ab.

Er schlang seine schweißnassen Hände ineinander. Ein weiteres Stoßgebet richtete sich an unbekannte höhere Mächte. Lass sie heil wiederkommen, egal ob mit oder ohne Laptop, lass sie einfach ohne gebrochene Knochen wieder unten ankommen.

Plötzlich landete Frettchen mit einem gekonnten Sprung direkt vor seinen Füßen. Kaminski war fertig mit der Welt. Alles tat ihm weh, als wäre er es gewesen, der diese Irrsinnskletterpartie absolviert hatte.

»Los, wir verpissen uns«, flüsterte sie nur.

Ihre Lederjacke beulte sich dick aus, zu dick für einen Laptop. Aber um darüber nachzudenken, war jetzt keine Zeit. Lautlos hasteten sie zum Zaun, kletterten darüber und hörten nicht auf zu rennen, bis sie am Wagen waren.

»Was hast du unter der Jacke?«, fragte Kaminski außer Atem, als er nach der bewährten Methode anfuhr, schleudernd wendete und davonraste.

Frettchen lachte, ein kindliches, ausgelassenes Lachen, das er noch nie von ihr gehört hatte. Zum ersten Mal lachte sie mit jener unbeschwerten Heiterkeit, die für Mädchen ihres Alters normal war. Sie zog das Tuch vom Gesicht und öffnete den Reißverschluss ihrer Lederjacke. Mit einem triumphierenden »Tadaaa!« knallte sie ihm den Laptop aufs Armaturenbrett.

Er warf ihr einen misstrauischen Seitenblick zu.

»Du hast noch mehr mitgehen lassen.«

Wieder jenes kindliche Lachen, das er immer an ihr vermisst hatte.

»Das geile Scheißding musste ich einfach haben.«

Kaminski bremste und hielt an. Jetzt sah er, was Frettchen erbeutet hatte. Es war ein Totenschädel.

»Mann, erst bin ich fast durchgedreht, als ich über das beschissene Skelett gestolpert bin, aber so was hier hab ich mir schon immer gewünscht!« Frettchen strahlte. »Scheiße, is Hammer, echt!«

»Frettchen!«

Sie wiegte den Totenkopf in ihren Armen wie ein Baby.

»Hätt ja nich gedacht, dass für mich auch was dabei rausspringt. Und dann gleich so 'n geiles Drecksding. Kannste dir gern ausborgen, wenn du diesen bescheuerten Loser spielst.«

Kaminski explodierte fast.

»Erstens heißt er Hamlet, zweitens betrete ich nie wieder eine Bühne, und drittens bist du komplett wahnsinnig, dass du den Nerv hast, auch noch den Totenschädel vom Skelett zu schrauben. Du hättest leicht die ganze Station aufwecken können!«

»Krieg dich mal ein, du Schisser, ich war total leise«, behauptete sie vergnügt. »Und den blöden Laptop kann ich sowieso nich gebrauchen. Scheiße, weißt du überhaupt, wie man so 'n Hirniteil bedient?«

Frettchen hatte Kaminski an diesem Abend schon mehrfach verblüfft, aber jetzt war er so verdattert, dass er sich an den Kopf fasste. Das Mädchen hatte die einzig sinnvolle Frage gestellt. Eine Frage, die er nur mit einem glatten Nein beantworten konnte.

Mühelos erriet Frettchen seine Gedanken.

»Scheiß die Wand an, mir geht gleich einer ab«, kicherte sie. »Du Knallkopf hast null Ahnung von Computern, oder?«

Kaminski nickte.

»Und? Kennste einen, der Ahnung hat?«, fragte Frettchen. »Deine geile Schnalle, die dich so flasht, die kann doch hundert pro so 'n Computerscheiß.« Sie parodierte krächzend irgendeinen Schlager. »Laura, ich liebe dich, Laura, du kleine scharfe Ratte, Laura, mach's mir auf'm Laptop!«

Auch wenn Kaminski die Form dieses Vortrags ziemlich auf die Nerven ging, der Inhalt war brillant. Natürlich besaß Laura einschlägige Kenntnisse. Das gesamte Abrechnungssystem im Lokal lief elektronisch, und bestimmt erledigte sie auch die Warenbestellungen und die Buchhaltung mit einem Computer.

Er sah auf die Uhr. Fünf nach eins. Gut möglich, dass Laura noch in der *Wilhelm-Meister-Schänke* war. Er ließ den Wagen an, wendete und raste zurück, an der Villa Gründgens vorbei, in die Innenstadt.

Schon als er neben dem Brunnen parkte, sah er, dass die *WMS* geschlossen hatte. Das war's dann mit dem brillanten Plan. Frustriert presste er die Lippen aufeinander.

»Ich sehe nach, ob sie noch da ist, du bleibst im Wagen«, sagte er.

Trotzig schob Frettchen die Unterlippe vor.

»Scheiße, ich bin peinlich, was, du Wichser?«

Kaminski kannte sie gut genug, um zu wissen, dass sich hinter ihrer rauen Sprache etwas anderes verbarg. Die ewige Angst, zurückgewiesen zu werden.

»Dann kommst du eben mit«, lenkte er ein.

Nachdem sie ausgestiegen waren, spähten sie durch die Fenster in das Lokal. Alle Stühle standen schon auf den Tischen. Nur an der Bar brannte noch eine kleine Lampe. Kaminski klopfte ans Fenster. Niemand reagierte. Sie umrundeten das Haus und klingelten am Lieferanteneingang. Es dauerte eine Weile, bis sie Schritte hinter der geschlossenen Tür hörten.

»Hallo?« Lauras Stimme. »Wer ist da?«

»Ich bin's, Kaminski!«

Eine Verriegelung schnarrte, die Tür öffnete sich ein wenig. Verwundert lugte Laura durch den Spalt.

»Mein kleiner Philosoph? Um diese Zeit?«

»Mein klei-ner fie-ser Loof!«, kreischte Frettchen. »Was soll'n das für 'n abgefahrener Scheiß sein?«

Laura schob die Tür weiter auf. Jetzt erst sah sie Frettchen, die Kaminski japsend in die Seite boxte.

»Ich schmeiß mich weg, echt, du bescheuerter Blödmann! Leck mich am Arsch, ist das krank!«

Sie wackelte kreischend mit den Hüften, den Totenkopf im Arm, während Laura einen sehr langen Blick mit Kaminski tauschte.

»Ich hätte wohl besser vorher anrufen sollen«, sagte er lahm.

Laura zog eine Augenbraue hoch.

»Ist sie das?«

Kaminski hob entschuldigend die Achseln.

»Darf ich vorstellen? Laura – Frettchen. Frettchen – Laura.«

Inzwischen hatte sich das Mädchen etwas beruhigt. Neugierig starrte sie Laura an. Auch Lauras Augen wanderten interessiert an Frettchen entlang, vom kahlen Schädel bis zu den Springerstiefeln, und verweilten dann noch einmal auf den Hotpants, auf den vom Klettern völlig zerrissenen Netzstrümpfen und auf dem Glitzertop, unter dem sich Frettchens kleine Brüste abzeichneten.

»Was verschafft mir die Ehre eures Besuchs?«

Etwas verlegen hielt Kaminski ihr den Laptop hin.

»Da sind die Geheimnisse von Doktor Kunzenstein drauf. Ich würde mir das mal gern ansehen, vielleicht auch ausdrucken.«

»Und dafür braucht der Superhirnblödmann 'nen echten Checker«, erklärte Frettchen. »Weil der Steinzeitidiot denkt, man muss den beschissenen Scheißlaptop nur auf die Tischplatte hauen, und dann fliegen auch schon die Buchstaben raus.«

»Den – beschissenen Scheißlaptop«, wiederholte Laura. »Verstehe.«

Kaminski holte tief Luft.

»Frettchen redet manchmal wirr.«

»Bin in den versifften Zombieschuppen eingestiegen«, verkündete das Mädchen mit unverhohlenem Stolz.

Lauras Augen weiteten sich entsetzt.

»Es reicht, Frettchen!«, rief Kaminski. »Du hältst jetzt die Klappe, klar?« Er sprach leiser weiter. »Könnten wir reinkommen? Es ist wirklich wichtig.«

Laura begann zu lächeln.

»Ich muss schon sagen, Kaminski, du überraschst mich immer wieder. Schön, kommt rein. Wir gehen in mein Büro.«

Im Gänsemarsch folgten Kaminski und Frettchen ihr durch einen schummrigen Gang, in dem sich rechts und links bis zur Decke Weinkartons türmten. Laura führte sie in einen niedrigen Raum voller Regale mit Aktenordnern und setzte sich an einen auffallend aufgeräumten Schreibtisch. Überhaupt wirkte alles hier sehr aufgeräumt. Kaminski hatte nichts anderes erwartet. Wenn es einen Menschen gab, der strukturiert dachte und handelte, dann Laura.

Frettchen ließ sich auf einen der beiden gepolsterten Bürosessel fallen, die vor dem Schreibtisch standen.

»Geile Hütte«, sagte sie anerkennend. »Wohnst du hier?«

»Nicht direkt«, wich Laura aus. »Was zu trinken? Ihr seht aus, als könntet ihr was gebrauchen.«

»Einen Rotwein vielleicht, das wäre großartig«, antwortete Kaminski.

»Wodka«, raunzte Frettchen.

Sie registrierte auf der Stelle, dass weder Kaminski noch Laura der Meinung waren, dies sei das angemessene Getränk für eine Vierzehnjährige. Grinsend ließ sie die bleichen Kiefer des Totenkopfs aneinander klappern.

»Müsst gar nicht so blöd glotzen. Wenn ihr jetzt mit so 'nem beschissenen Scheißkamillentee um die Ecke kommt, kotz ich euch die Bude voll.«

Laura klappte den Laptop auf. Die kleinen Fältchen in ihren Augenwinkeln kräuselten sich.

»Das hört sich nach dem Beginn einer wunderbaren Freundschaft an.«

KAPITEL 19

Nichts ist dem Menschen so nahe wie der Wind. Er heult dir in den Ohren, streichelt dein Haar, brüllt dich an, kost deinen Hals. Er spielt mit dir, reißt dir die Mütze vom Kopf, treibt dir Tränen in die Augen. Niemand kann ihn entfachen, niemand ihn besitzen. Er kommt und geht, wie er will. Und am schönsten zeigt er sich in Gestalt einer frischen Brise, als deine Windsbraut.

So ähnlich könnte ein Liebesbrief an Laura beginnen, ging es Kaminski durch den Kopf, als er neben ihr saß und der Wind an den Fensterläden rüttelte. Heißt es nicht, der Wind treibe den Suchenden zu neuen Ufern? Spricht man nicht vom *Wind of Change*?

Erwarte das Unerwartete, hatte Kaminskis Großvater immer gesagt. Und es war eingetroffen, in Form des Mauerfalls, der Kaminski völlig überraschend den Weg in den Osten des Landes geöffnet hatte.

Erwarte das Unerwartete, für ihn war das dennoch eine vage Formel geblieben. Bis jetzt. Denn nun hockte er, mit Laura und Frettchen zum investigativen Trio vereint, mitten in der Nacht in einem kleinen Büro. Es war nicht nur das denkbar Unwahrscheinlichste, was hatte passieren können, es war – krass.

»Noch einen Rotwein?«, fragte Laura, während sie aufstand und ihren Rücken dehnte.

Mit ihrem klaren, rosigen Gesicht und der federnden Körpersprache hätte man sie für einen Teenager halten können. Weder sah man ihr die späte Uhrzeit noch die nervenaufreibenden

Stunden an, die nötig gewesen waren, um Doktor Kunzensteins Passwort zu knacken.

»Bitte sehr, wir sind drin«, verkündete sie und zeigte auf den Monitor des Laptops. »Ich drucke euch die Listen aus.«

»Geil, die Alte kann hacken!«, rief Frettchen fasziniert.

»Kleinigkeit, ich habe Informatik studiert«, sagte Laura beiläufig. »Kann man manchmal gebrauchen, wie du siehst. Also – was wollt ihr trinken?«

Kaminski rieb sich die brennenden Augen.

»Für mich keinen Wein mehr, lieber einen Ristretto.«

Frettchen, die sich auf ihrem Sessel zusammengerollt hatte, streckte die Zunge samt Piercing heraus.

»Und ich will endlich meinen Scheißwodka.«

»Ein andermal«, erwiderte Laura, während sie die Listen aus dem Drucker holte und Kaminski gab. »Du kannst gern noch eine Cola haben.«

Seltsamerweise protestierte Frettchen nicht. Auf irgendeine rätselhafte Weise schienen sich die beiden ungleichen Frauen zu verstehen. Frettchen akzeptierte Lauras natürliche Autorität, Laura wiederum ließ sich nicht sonderlich von Frettchens Fäkalsprache beeindrucken.

Sie sah Kaminski über die Schulter, der ratlos in den Ausdrucken blätterte. In den Todeslisten der Villa Gründgens.

»Hilft dir das weiter?«, fragte sie.

»Mal sehen.«

Stunde um Stunde verglich er die Namen von Doktor Kunzensteins Testreihen mit den Namen der Verstorbenen des vergangenen halben Jahres. Jeder Name ein Schicksal, jeder Name gespeichertes Leben, jeder Name ein potenzieller Todeskandidat. Ein Schauer kroch seinen Rücken entlang.

Es gab einige Übereinstimmungen, doch eine Systematik ließ

sich bisher nicht erkennen. Dabei war Kaminski sicher, dass hier der Schlüssel des Ganzen lag. Erneut ging er die Listen durch.

Als Laura ihm den dritten Ristretto brachte, war Frettchen eingeschlafen, den Totenschädel im Arm. Sie schnarchte leise.

»Hier«, flüsterte Laura, »Aber du musst mal eine Pause machen, sonst kippst du mir noch um.«

Sie reichte Kaminski die Tasse, ihre Finger berührten sich. Es war wie ein Stromschlag. Plötzlich stand die Zeit still. Ein gefrorener Augenblick, knisternd aufgeladen, der Kaminski auf der Stelle hellwach werden ließ.

»Laura …«

»Ich weiß.« Sie schloss kurz die Augen. »Ach, Kaminski.«

Etwas in ihm wollte weinen oder weglaufen oder schreien. Doch er war unfähig, auch nur den kleinen Finger zu bewegen. *Und Zärtlichkeit für mich – ihr Götter! Ich hofft' es, ich verdient' es nicht!*

Laura stellte die Tasse auf den Schreibtisch. Mit beiden Händen umfasste sie sein Gesicht. Ihre Lippen kamen näher, wirkten auf einmal weich und einladend, öffneten sich leicht. Und dann, es war nur ein Hauch, küsste sie ihn.

Ein weiterer Stromschlag, siedend heiß diesmal. Kaminski reagierte intuitiv. Stand auf, umfasste ihre schmalen Schultern, schloss diesen sehr geraden, biegsamen Körper in seine Arme, nicht fordernd, eher scheu.

»Mein kleiner Philosoph«, murmelte sie.

Und jetzt, ja, jetzt fand er den Mut, sie zu küssen, richtig zu küssen. Sie schmeckte nach Rotwein und doch so süß wie frische Milch, sie duftete nach warmer Haut, nach Herbstsonne und ein winziges bisschen nach Kalbsbraten, und es war alles so verwirrend und absurd, dass er meinte, in einen Fiebertraum geraten zu sein.

»Ey, was geht denn hier ab?«, röhrte Frettchens heisere Stimme.

Kaminski und Laura fuhren auseinander. Frettchen grinste. Provozierend züngelte sie an dem Totenschädel herum.

»Herrgott, Frettchen«, fluchte Kaminski.

Laura zog ihre Bluse glatt, die etwas verrutscht war, und sah auf die Uhr.

»Wie wär's mit Feierabend? Es ist kurz vor fünf. Um sieben klingelt mein Wecker.«

Kurz vor fünf schon! Kaminski betrachtete die Ansammlung leerer Espressotassen auf dem Schreibtisch. Es war die dritte Nacht fast ohne Schlaf. Eigentlich hätten sein Kreuz schmerzen und seine Nerven blank liegen müssen, doch er spürte nur eine ungekannte Leichtigkeit.

»Sollen wir dich nach Hause bringen, Laura?«

»Du meinst, in den ersten Stock?«

Über ihr Lächeln hätte man Gedichte, Romane, ganze Epen schreiben können. Kaminskis Knie nahmen die Konsistenz von Pudding an.

»Du wohnst – hier?«

Laura zog das Gummiband aus ihrem Haar und schüttelte die Strähnen.

»Gleich über der *WMS*. Wenn du willst, kannst du auf der Couch schlafen. Und für Frettchen gibt es eine Kammer neben der Küche, wo im Sommer die Aushilfsköche übernachten.«

»Also, ich penn hier, is scheißgemütlich«, grinste Frettchen, wobei sie eine undefinierbare, aber garantiert obszön gemeinte Geste mit den Händen machte.

»Auf der Couch«, sagte Kaminski tonlos. »Auf deiner Couch.«

Laura stellte das schmutzige Geschirr und die Gläser auf ein Tablett.

»Gastfreundschaft wird in der *Wilhelm-Meister-Schänke* großgeschrieben. Du weißt ja, Verwöhnservice für Stammkunden.«

Und wieder dieses Lächeln, aus dem Kaminski nicht schlau wurde. Ja, es hatte diesen unfassbaren Kuss gegeben, doch Laura hatte bereits wieder in ihren freundlichen, neutralen Ton gefunden. Sie hakte Frettchen unter, und gemeinsam verschwanden sie in Richtung Küche.

Ziemlich durcheinander ließ sich Kaminski auf die Schreibtischkante sinken. War dieser Kuss überhaupt real gewesen? Er berührte seine feuchten Lippen. Spürte weiter südlich ein dumpfes, erregtes Pochen. O ja, sehr real.

Auf Zehenspitzen schlich Laura ins Büro zurück.

»Sie ist sofort eingeschlafen, wie ein Baby. Du liebe Güte, Kaminski, da hast du dir aber eine erfüllende Lebensaufgabe gesucht. Chapeau. Na ja, mal sehen, was ich tun kann.«

Während sie weiter über Frettchen plauderte, als wäre dies das alles bestimmende Thema, zog sie Kaminski über eine enge Stiege in das obere Stockwerk, in einen weitläufigen Raum, der fast die gesamte Etage einnahm. Er wirkte wie ein Loft. Hell und weit, mit sparsam verteilten Möbeln.

Kaminski war baff. Die *Wilhelm-Meister-Schänke* bediente Erwartungen an holzgetäfelte Tradition und Patina. Doch hier oben zeugte alles von einem modernen Stilempfinden. Die Dielen waren in einem warmen Grauton gebeizt, ein langer, schlichter Holztisch mit vielen bunt bemalten Stühlen verbreitete ein heiteres Flair. An den Wänden lehnten großflächige abstrakte Gemälde, in der Mitte stand eine deckenhohe Metallskulptur. Sie sah aus wie eine in sich gedrehte Kordel, die vom Boden in die Unendlichkeit führte.

Und fast die gesamte Stirnseite des Raums, Kaminski schluckte unwillkürlich, nahm ein riesiges graues Doppelbett mit gepolstertem Kopfteil und einer üppigen, graubraunen Felldecke ein.

»Wo, äh, ist denn die Couch?«, fragte er mit belegter Stimme.

In meinen Adern welches Feuer! In meinem Herzen welche Glut!

Laura streckte die Hand nach ihm aus.

»Es gibt keine Couch. Komm ins Bett. Wir haben nur zwei Stunden.«

Was daraufhin passierte, in dieser verrückten, schlaflosen Nacht, in diesem schwebenden Trancezustand, der alles andere aus Kaminskis Kopf verbannte, konnte er immer noch nicht begreifen, als er am anderen Morgen um acht Uhr am Tresen saß und in seinem Ristretto rührte.

Sein ganzer Körper prickelte und glühte. Laura hatte ihn weggebeamt, in ein anderes Universum. Benommen sah er Frettchen zu, die an den Tasten der Espressomaschine herumspielte. Der Totenschädel lag auf dem Tresen und schaute zu.

»Hey, Finger weg von der Maschine!«, rief Laura, die mit einem Korb voller Croissants hereinkam, taufrisch, mit kraftvollen, tänzerischen Schritten.

»Wieso? Explodiert das Scheißding etwa, wenn'n Drecksack wie ich es anfasse?«

Frettchen streckte Laura die Zunge raus und drückte so viele Tasten gleichzeitig, wie sie erwischen konnte. Laura stellte den Korb auf den Tresen.

»Welchen Teil hast du nicht verstanden? Finger? Oder weg?«

Unsicher trat Frettchen einen Schritt zurück, natürlich nicht ohne ein kleines Rückzugsgefecht.

»Scheiße, is ja auch egal, so 'n Teil brauch ich so dringend wie 'n zweites Loch im Arsch.«

»Das sagst du nicht mehr, wenn du meinen Cappuccino probiert hast«, erwiderte Laura ruhig. »Wenn du willst, zeig ich dir, wie man die Maschine bedient.«

»Echt jetzt?«

Laura glitt hinter den Tresen. Sie stellte eine Tasse unter das

Rohr und holte eine Milchpackung aus dem Kühlschrank. Jeder Handgriff saß.

»Pass auf. Da kommt die Milch rein. Hier drückst du, damit die Bohnen gemahlen werden. Jetzt den Siebträger mit dem Kaffee füllen, festdrücken und in die Maschine einspannen. Milch aufschäumen. Auf keinen Fall zu heiß, sonst hält der Schaum nicht. Dann die Taste für Espresso, einmal drücken.« Die Tasse füllte sich zischend. »Etwas Milch, dann den Schaum auflegen. Okay, das ist meiner. Du bist dran.«

Fasziniert hatte Frettchen zugesehen. Ein Blick zu Kaminski, und schon legte sie los. Mit diesem kindlichen Eifer, den sie auch zeigte, wenn sie die Pferde striegelte oder die Boxen ausmistete. Es rührte Kaminski. Am meisten aber rührte ihn, wie selbstverständlich Laura mit Frettchen umging. Als wäre das irgendein wohlerzogenes junges Mädchen und nicht die größte Nervensäge unter der Sonne. Schon dafür musste man Laura lieben. Äh – lieben?

»Scheiße, ist das geil«, murmelte Frettchen, als sie die Tasse unter dem Rohr hervorzog. Sie kostete den Cappuccino. »Hammergeil.«

Auch Laura trank ihren Cappuccino und leckte sich ein wenig Milchschaum aus dem Mundwinkel.

»Ich könnte nachmittags ein bisschen Hilfe gebrauchen«, sagte sie, an Frettchen gewandt, während sie Kaminski einen weiteren Ristretto hinstellte. »Vor allem am Wochenende, wenn die Touristenbusse kommen.«

»Was?« Frettchens Kinn zitterte. »Was hast du gesagt?«

»War ein Jobangebot, fünf Euro die Stunde«, erklärte Laura. »Und denk bloß nicht, das ist hier Beschäftigungstherapie für Schwererziehbare. Wer nicht ranklotzt, fliegt.«

Frettchen kletterte auf den Tresen und zog die Knie ans Kinn. Sie trank ihre Tasse bis auf den letzten Tropfen aus.

»Du verarschst mich, oder?«

Statt zu antworten, holte Laura Geschirr, Butter und Marmelade aus der Küche.

»Frühstück.« Sie sah Kaminski an und leckte sich wieder den Mundwinkel, obwohl kein Schaum mehr zu sehen war. »Französisches Frühstück.«

Er musste an sich halten, um nicht auf der Stelle wieder über sie herzufallen. Stattdessen nahm er ein Stück Zucker und versenkte es in seiner Tasse. Gedankenverloren rührte er um. Dann schaute er wieder Laura an, die ihn versonnen anlächelte.

»Was ist?«, fragte er.

»Ich liebe es, wie du deinen Kaffee umrührst.«

Für ein paar Momente sprachen nur ihre Augen miteinander.

»Ey? Wie geht's jetzt weiter?«, krakeelte Frettchen in die Stille hinein.

Die Antwort gab Kaminskis klingelndes Handy.

»Mein liiiieber Herr Kaminski!«, schrillte ihm Trixi Muffingers hysterischer Sopran entgegen. »Es ist etwas Furchtbares passiert!«

Bitte kein neuer Todesfall, dachte er bang. Bitte nicht.

»Man hat in die Villa Gründgens eingebrochen! Letzte Nacht!«

Er räusperte sich. »Sagen Sie bloß.«

»Soeben hat mich Doktor Kunzenstein über diese schändliche Tat informiert! Ich bin verzweifelt, ich bin untröstlich, Herr Kaminski! Sie müssen sofort kommen und mir beistehen! Welch ein schreckliches Schicksal sucht uns nur heim? Sagen Sie es mir, mein Freund, mein Retter! Bitte, bitte, sagen Sie es mir!«

»Was ist denn gestohlen worden?«, erkundigte sich Kaminski scheinheilig.

»O Gott, ogottogottogott, Medikamente, Herr Kaminski, wertvolle, unschätzbar wertvolle Medikamente, und der Laptop von Doktor Kunzenstein! Das ist eine Katastrophe!«

Kaminski warf Frettchen einen bohrenden Blick zu.

»Medikamente?«

»Ja! Das waren bestimmt Drogensüchtige, sagt der Herr Doktor! Dabei sind solche Tabletten in den falschen Händen hochgefährlich! Himmel, ich fühle mich nicht mehr sicher in diesem Haus, ich habe Angst, Herr Kaminski!«

»Nun beruhigen Sie sich mal, ist die Polizei schon da gewesen?«

»Polizei?«, schrie Trixi erregt. »Nein, nicht schon wieder Polizei! Wir müssen das intern regeln, ich will keinen Skandal, die Bewohner dürfen nichts merken, Himmel, ich zittere am ganzen Körper, Herr Kaminski! Kommen Sie her, halten Sie meine Hand, seien Sie mein Rettungsanker in der Brandung!«

»Ich bin gleich bei Ihnen«, versicherte er. »Fassen Sie nichts an. Ich kümmere mich darum, Frau Doktor Muffinger.«

Ein grässlicher Seufzer, dann legte sie auf. Einen Moment lang starrte Kaminski Frettchen an, dann hechtete er zu ihr und riss ihre Lederjacke auf. Die Innentaschen waren voller Schachteln und Röhrchen. Sogar im aufgerissenen Futter hatte Frettchen Tabletten versteckt.

»Kannst du mir das mal erklären?«, fragte er eisig.

Frettchen schüttelte den Kopf.

»Wofür brauchst du denn Tabletten?«, fragte Laura, die inzwischen begriffen hatte, was los war.

Mit gesenktem Kinn begann Frettchen zu schniefen.

»Wenn mich mein beschissener Wichser von Vater vermöbelt, brauch ich was. Tut nämlich scheißweh, wenn der seinen Gummiknüppel rausholt, das Arschloch. Aber ich hab keine Kohle, kapiert? Ich kann nich in so eine verschissene Apotheke reingehen wie ihr und hol mir ein« – sie malte Gänsefüßchen in die Luft – »As-pi-rin.«

Kaminski atmete hörbar aus. Verdammt. Am liebsten hätte er Frettchen an den Füßen aufgehängt.

»Wie wär's, wenn du einfach die Wahrheit sagst?«, fragte Laura vollkommen ungerührt.

Überrascht hob das Mädchen den Kopf.

»Hä?«

Laura wartete schweigend. Mit einem Satz sprang Frettchen vom Tresen.

»Okay, okay, nun mach mal nicht so 'n Fass auf, ich wollte 'n bisschen high werden, na und? Die kriegen doch alle so 'n Psychozeug in dem Zombieschuppen, da wollte ich mir auf 'm Scheißhaus auch mal 'n geilen Cocktail reinziehen.«

»Kleine Information am Rande«, sagte Kaminski trocken, »da sind ein paar Sachen dabei, an denen Leute gestorben sind.«

Er wühlte in den Schachteln und Röhrchen, die Frettchen auf den Tresen gepackt hatte. Einige blaue Schachteln trugen die Aufschrift *Pro-Immun T-Zellen-Aktivator, Antikörper R2X15.* Plötzlich hatte er eine Eingebung.

»Das ist ja unglaublich«, murmelte er, »wisst ihr eigentlich, was wir da haben? Möglicherweise hat Frettchen Beweisstücke gesichert, die die Morde aufklären!«

Er drehte sich zu Laura um.

»Wir schicken die Sachen an ein Labor! Oder an die Ärztekammer oder was weiß ich. Dann finden die heraus, was das ist!« Er stupste Frettchen an. »Hey, das war voll daneben, aber total genial, dass du das Zeug mitgenommen hast. Jetzt haben wir etwas in der Hand!«

»Ich kenne einen Journalisten, der sich mit medizinischen Themen auskennt«, sagte Laura. »Ein Stammgast. Ich rufe ihn an. Trotzdem, das nächste Mal, wenn du …«

Über Frettchens Kopf hinweg sahen Laura und Kaminski einander an. Eine merkwürdige Spannung lag in der Luft, jedoch nicht wegen der Tabletten, das spürte Kaminski ganz deutlich.

»Ich hole die Kutsche und fahre ins Seniorenheim«, sagte er schließlich. »Frettchen, könntest du uns mal einen Moment allein lassen?«

»Geht klar.« Sie zog ab, den Totenschädel verstaute sie unter ihrer Lederjacke. »Ich weiß selber, dass ich Scheiße gebaut hab. Tut mir leid.«

An der Tür drehte sie sich noch einmal um.

»Ihr wart echt mördergeil drauf letzte Nacht! Wenn ihr euch das nächste Mal das Hirn rausvögelt ...«

»Danke, das war's!«, schrie Kaminski.

Krachend flog die Eingangstür zu. Etwas ratlos rutschte er vom Barhocker. Er wollte noch nicht gehen. Doch Laura wirkte geistesabwesend, fast melancholisch. Eine gläserne Wand stand auf einmal zwischen ihnen. *In deinen Küssen welche Wonne! In deinem Auge welcher Schmerz!*

»Könnte sein, dass ich heute Abend vorbeikomme«, sagte er vorsichtig.

Ihre Augen verengten sich leicht. Was war das? Abwehr?

»Wir lassen es ruhig angehen, ja?«, flüsterte Laura. »Ich meine, wir müssen ja nicht gleich das Aufgebot bestellen.«

Er nickte nur. Sicherheitsabstand. Das kannte er von sich selbst.

»Also – viel Glück.« Laura räumte geschäftig das Geschirr vom Tresen. »Pass auf dich auf.«

Es war der eleganteste Rausschmiss, der ihm je passiert war, aber es war definitiv ein Rausschmiss.

Als er zum Wagen ging und sich auf den Sitz fallen ließ, sah er Frettchen warnend an.

»Ich bring dich nach Hause, bevor ich in die Villa Gründgens fahre. Aber kein Wort mehr, ja?«

KAPITEL 20

Das Ohr war schneller als das Auge. Man hörte den Hagel, bevor man ihn sah. Ein zartes Stakkato, das sich zu einem Trommelwirbel steigerte, mit einzelnen hart akzentuierten Schlägen, die das gesamte Auto vibrieren ließen.

Kaminski konnte von Glück sagen, dass er nicht mit den Pferden unterwegs war. Denn was wie eine Karnevalslaune der Natur wirkte, ein weißer Konfettiregen, durchsetzt mit süßem Hagelzucker, war in Wahrheit eine feindliche Attacke. Er sah es, als er vor der Villa Gründgens aus seinem Ford Transit stieg – das eisige Intermezzo hatte eine Landschaft aus Dellen im Blech hinterlassen.

Eine gute Szene für ein böses Märchen, dachte er, als er die schwere Eingangstür der Villa Gründgens öffnete und das Entree betrat. Und die Moral von der Geschicht …

»Herr Kamiiiinski!«

Aufschreiend stürzte Trixi Muffinger in seine Arme, drückte ihren Busen an seinen Körper, ihren Bauch, ihre Hüften. Sie presste sich derart eng an Kaminski, dass der unterschriebene Hausmeistervertrag in der Brusttasche seines Flanellhemds knisterte.

»Frau Muffinger«, murmelte er. »Ich bin ja da, ganz ruhig.«

Sie hatten Publikum. Schweigend standen ein paar Bewohner und Doktor Kunzenstein in der Eingangshalle. Es war so unendlich peinlich. Trixi Muffinger, in einem mohnroten, tief dekolletierten Kostüm, die Lippen feuerrot geschminkt, in vertraulicher

Umarmung mit ihm, einem Mann, den sie kaum kannte. Und doch hing sie an ihm wie ein Hochgebirgswanderer am letzten Felsvorsprung, der ihn noch vom Abgrund trennte.

»Ganz ruhig«, wiederholte er verlegen.

»Ganz ruhig, ha, ha«, blaffte der Arzt. »Sparen Sie sich das für Ihre Klappergäule. Man hat mir den Medikamentenschrank ausgeräumt und den Laptop gestohlen. Ich kann von Glück sagen, dass ich einen USB-Stick mit einer Sicherheitskopie aller Daten zu dem Kongress mitgenommen hatte.«

Mit einem Ausdruck allergrößten Bedauerns löste Trixi ihre weißen, kleinen Hände von Kaminski. Die Vergissmeinnichtaugen waren weit aufgerissen, ihre schmalen Lippen wölbten sich aufreizend. Und dann dieses Parfum. Ein süßliches Gift.

»Verzeihen Sie mir meine Emphase, werter Herr Kaminski«, keuchte sie, »doch Sie verstehen sicherlich, dass dieser neuerliche Vorfall mein Nervenkostüm empfindlich beschädigt hat. Es ist grauenvoll. Aber nun sind Sie ja endlich, endlich da.«

»Ja, und?«, höhnte Doktor Kunzenstein. »Was soll dieser Kaschunke denn schon tun? Wir brauchen keinen Operettenkutscher, wir brauchen eine Alarmanlage, Sicherheitsstandards, Überwachungskameras, das sage ich schon seit Jahren! Im Neubau ist das alles längst installiert, aber Ihnen geht es ja in diesem Museum nur um den schönen Schein.«

»Der Operettenkutscher heißt übrigens Kaminski«, sagte Kaminski.

»Schluss jetzt!«, schrie Trixi Muffinger.

Kaminski war immer wieder fassungslos, wie schnell sie vom einen Extrem ins andere fallen konnte. Auch jetzt. Ihr puppenhaftes Gesicht, das gerade noch in Betroffenheit zerflossen war, verhärtete sich zu einer starren Maske.

»Sie, Herr Doktor Kunzenstein, sollten sich bedeckt halten. Sie und Ihre zweifelhaften Studien. Ich weiß, dass Herr von Seesen es Ihnen gestattet hat, doch …«

»… was wollen Sie damit andeuten?« Durch die hagere Gestalt des Arztes ging ein Ruck. »Ausgerechnet Sie? Seit einiger Zeit schon verschwinden Medikamente aus meinem Zimmer, obwohl ich es abends immer abschließe. Das hätten Sie längst aufklären müssen!«

»Schnickschnack!«, kreischte Trixi Muffinger. »Hirngespinste!«

Jetzt kam auch noch Mucken-Michi zur Tür herein, in seinem lachhaften Pelzmantel und frisch von der Sonnenbank, wie seinem rot verbrannten Gesicht anzusehen war.

»Ja, hallooo aber auch, was ist denn hier los?«

Trixi gab einen kleinen Juchzer von sich, der aus dem Niemandsland zwischen Schluchzer und Lustschrei zu kommen schien.

»Herr von Schweriiin!«

Auch er wurde nun umklammert und gedrückt, was ihm sichtlich gefiel. Erfreut stierte er in Trixis Ausschnitt und hatte sogar die Stirn, eine Hand auf ihren Hintern zu legen, während sie ein weiteres Mal sehr ausführlich ihr Ungemach beklagte.

»Na, kleine Frau, das kriegen wir doch alles hin, jetzt ist ja der Papa im Haus.« Er tätschelte ungeniert ihren Hintern. *»Der Mut wächst mit der Gefahr, die Kraft erhebt sich im Drang.«*

Eine Bewegung seines Beckens verriet, welcher Drang gemeint war.

»Oh.« Trixi musterte ihn verzückt. »Goethe, nicht wahr?«

»Knapp vorbei ist auch daneben«, grinste er. »Schiller.«

Schalkhaft wedelte Trixi mit ihrer rechten Hand.

»Nun ja, Goethe und Schiller waren ja befreundet – wie kommen Sie übrigens mit den Proben voran?«

»Alles bestens«, behauptete Mucken-Michi. »Ich nehme mir

die Truppe heute richtig vor und scheuche sie durchs Gelände. Damit die mal aufwachen aus dem Koma.«

Nachdem Trixi Muffinger von ihm abgelassen hatte und wieder anfing, mit dem Arzt zu streiten, pfiff er leise durch die Zähne.

»Mensch, Kaminski, die ist so 'ne geile Sau«, raunte er. »Bei der hängt ja die halbe Molkerei raus.«

Kaminski täuschte einen Hustenanfall vor, in der sinnlosen Hoffnung, zumindest die letzten Worte würden dadurch etwas kaschiert werden.

»Um zehn ist Probe«, sagte Mucken-Michi bestimmt, »wir sollten dann wohl mal hoch.«

Trixi fuhr herum. Als hätte sie erneut einen Schalter umgelegt, jubilierte sie in schwindelerregend hohen Tonlagen.

»Ja, proben Sie, spielen Sie, lassen Sie Kunst und Kultur siegen! Das Böse lauert überall, aber gemeinsam werden wir dagegen ankämpfen. Erheben Sie uns aus dem irdischen Staub dunkler Machenschaften und führen Sie uns in das Licht einer besseren Welt!«

»Amen«, knurrte Doktor Kunzenstein.

Trixi tat so, als hätte sie es nicht gehört.

»Nur zu, husch, husch, Ihre Schützlinge erwarten Sie schon!«

Gemeinsam mit Mucken-Michi stieg Kaminski die Treppe hoch. Er betete, dass der Schauspieler seinen Mund hielt, wurde jedoch nicht erhört.

»Die Muffinger hat so was Madammiges, das törnt mich echt an«, fachsimpelte Mucken-Michi halblaut. »Ich meine, die Köchin hier, diese Magda, ist die geilste Gulaschkanone seit der Erfindung der Kaltmamsell, aber Trixi Muffinger, die alte Windmaschine, die muss man schleunigst durchrattern. Weißt du, diese Sorte Frau ist mit jedem Jahr halb so schön und doppelt so fett, aber im Moment ist sie genau richtig. Ich nehm sie mir jedenfalls vor, bevor sie eine Pommestonne wird.«

»Viel Glück«, bemerkte Kaminski trocken.

»Du lachst wohl nur an hohen Feiertagen, was?«, grunzte Mucken-Michi.

Kaminski verzichtete auf weitere Kommentare. Wortlos erreichten sie den ersten Stock und steuerten den Salon an. Drinnen hatten sich bereits alle Mitwirkenden versammelt. Elfriede saß auf der weinroten Récamière, Leo auf dem gelben Chintzsofa, Rudi Wuttke hockte in einem genoppten braunen Ledersessel. Hannelore Pütz thronte sehr aufrecht im Rollstuhl. Ihr gegipstes Bein hing seltsam abgespreizt in der Luft.

»Bevor Sie etwas sagen, Herr von Schwerin«, richtete sie das Wort an Mucken-Michi, »möchte ich anmerken, dass eine Amalia im Rollstuhl die Fragilität dieser Figur eindrucksvoll unterstreicht. Also kommen Sie bloß nicht auf die Idee«, sie deutete mit einem Kopfnicken auf Elfriede, »diese Rolle umzubesetzen.«

»Jetzt muss ich aber auch mal was sagen«, übernahm Rudi Wuttke. »Ich war eigentlich für Kulissen und Kostüme zuständig, und ich habe auch schon eine Zeichnung gemacht. Wenn wir alles rechtzeitig schaffen wollen, muss ich bald mit dem Bauen anfangen.«

Er reichte Mucken-Michi eine Skizze.

»Hm.« Der Schauspieler begutachtete das Blatt. »Sieht aus wie von Picasso im Suff gemalt.«

»Na, hören Sie mal!«, rief Rudi Wuttke.

Geschmeidig stand Leo Bamberger vom Sofa auf.

»Wenn ich dem werten Major Wuttke beispringen dürfte – die Idee ist, dass lebensgroße Puppen aus Sackleinen vom Schnürboden hängen. Als Räuber. Man kann diese Puppen dann auch bewegen. Bei gewissen Aktionen. Zum Beispiel bei der Nonnenvergewaltigung.«

»Oh, nein«, ächzte Hannelore Pütz. »Hatten wir diese scheußliche Szene nicht gestrichen?«

»Es fragt sich ja wohl eher, was ich anziehen soll, wenn es dabei bleibt, dass ich diesen strunzdummen, völlig überflüssigen Diener spielen soll«, murrte Elfriede. »Hosenrolle hin oder her – ich habe gar keine Hose.«

»Ruhe!«, brüllte Mucken-Michi. Er zog seinen Mantel aus und warf ihn auf den Flügel. »Das ist ja hier wie ein Ausflug in den Gazastreifen! Aber damit ist jetzt Schluss! Jeder kann machen, was ich will!«

»Ick übersetz ma«, sagte Rudi Wuttke. »Die Pattteiii, die Pattteiii, die hat immmmär rrrächt!«

Lächelnd wie eine Sphinx zupfte Leo Bamberger an einem roten Seidentüchlein, das er zu seinem schwarzen Hemd und einer dottergelben Hose trug.

»Was wollen Sie denn eigentlich, Herr von Schwerin? Vielleicht hätten Sie die Liebenswürdigkeit, uns über Ihr Regiekonzept in Kenntnis zu setzen?«

Offenbar hatte er Mucken-Michi kalt erwischt. Nervös fingerte der Schauspieler an seiner silbernen Gürtelschnalle herum.

»Erstens – Kaminski souffliert. Zweitens – wir müssen einen Mordskracher landen. Was drittens bedeutet, dass ich mir was Hammermäßiges ausgedacht habe.«

»Und das wäre?«, fragte Leo Bamberger.

Mucken-Michi strich über die Tasten des Flügels, sodass ein schauriges Glissando erklang. Angestrengt dachte er nach.

»Ein Musical!«, bellte er plötzlich. »Wir machen ein Musical!«

Es war totenstill im Salon.

Nach schier endlosen Schrecksekunden ergriff Rudi Wuttke das Wort. »Zwick mich ma eener, hat der das wirklich gesagt? Ein Musical? Ick mein – mit Musik? Und – Gesang?«

»Dämlack!«, schimpfte Mucken-Michi. »Ein Musical ohne Musik und Gesang ist wie, wie – Sex ohne Sex!«

Das Surren des Rollstuhls ließ alle aufhorchen. Seit dem Tod von Oberst Lehndorff war es verstummt, nun ertönte es wieder, mit der Beharrlichkeit einer Hummel, die gegen eine Fensterscheibe flog. Nicht ganz spursicher rollte Hannelore Pütz auf Rudi Wuttke zu.

»In den *Räubern* ist doch sowieso von Musik die Rede – *Hat er nicht schon den himmlischen Hörern den Namen Amalia vorgesungen auf der seraphischen Harfe?«*

»Na also«, triumphierte Mucken-Michi. »Wenigstens eine hat geschnallt, wie's läuft. Super, Amalia! Wir rocken die Bude!«

Als er den leicht entsetzten Gesichtsausdruck von Kaminski auffing, haute er einen verunglückten Akkord in die Tasten.

»Tja, Kaminski, Diplomatie bedeutet, jemanden so in die Hölle zu schicken, dass er sich auf die Reise freut!«

»So helfe mir Gott, wenn ich in Not bin, wie ich Euch jetzt nichts anders sage als die reine lautere Wahrheit: Scheiß drauf!« sagte Elfriede.

Wie eine motorisierte Rachegöttin schoss Hannelore Pütz mit ihrem Rollstuhl auf die verhasste Konkurrentin zu. Sie spielte am Startknopf des Rollstuhls. An. Aus. An. Aus. Dann holte sie tief Luft.

»Warum spaltet der Blitz die ruchlose Zunge nicht, die das Frevelwort ausspricht!«

»Soll ich Ihnen mal was sagen, Sie elender Hungerhaken?« Elfriede drückte ihren gewaltigen Busen heraus, der notdürftig in ein Kleid aus taubenblauem Mousseline verpackt war. »ICH werde abräumen! Alle werden MICH anschauen! MICH wird man mit Rosen und Pralinen überhäufen, wenn der Schlussvorhang fällt! Und wenn ich dafür rumträllern muss wie die Callas beim Einlauf – Scheiß drauf!«

Niemand hörte das leise Klopfen. Erst als die Tür aufging, schauten alle zu Magda Bubenitschek, die tränenüberströmt ein Tablett mit Teetassen vor sich hertrug.

»Der alte …«, sie schluchzte, »… der alte Pister ist tot!«

»Was für 'n Pisser?«, fragte Mucken-Michi.

»Otto Pister, einer unserer Bewohner«, erklärte Leo Bamberger. »Ein rüstiger Mann. Eigentlich.«

Der Blick, den er Kaminski zuwarf, sprach Bände. Auch einer aus der Studie, bedeutete das. Auch eines von Kunzensteins Versuchskaninchen. Kaminski wurde flau.

»Ich hab was vergessen, muss noch mal schnell in den Heizungskeller!«, rief er, »es wird nicht lange dauern.«

Er schnappte sich seinen Mantel. Raus, nichts wie raus hier, war alles, was er denken konnte, als er über den Flur und die Treppe hinunterlief. Er wollte jetzt niemanden sehen, niemanden sprechen, sich nur zurückziehen. Und da Magda oben im Salon war, sprach alles dafür, dass er im Keller ungestört sein würde.

Wenig später saß er im Heizungsraum auf dem Campingbett. Sein Atem ging stoßweise. Denk nach! Wieder ist jemand ermordet worden, und du kannst es nicht beweisen!

Doch so sehr er auch sein Hirn zermarterte, es fiel ihm nichts ein. Nach einer Viertelstunde fruchtlosen Überlegens schleppte sich Kaminski wieder nach oben. Aus dem Salon hörte er erregte Diskussionen. Mucken-Michi führte das große Wort, im Stil von Wehrertüchtigungsparolen.

»Jungs, Mädels, jetzt nicht schlappmachen! Wir kämpfen weiter! Wir werden siegen!«

So ein Schwachmat. Kaminski wurde schon von der fetten Stimme übel. Während er noch überlegte, ob er endgültig Reißaus nehmen solle, hörte er eine andere Stimme, in einem eigenartig konspirativen Tonfall. Sie kam aus Trixis Büro. Lautlos ging er ein paar Schritte darauf zu. Die Tür war nur angelehnt.

»… blöde Sache, ich weiß«, raunte Doktor Kunzenstein. »Trotzdem, du hast nichts zu befürchten, Trixi.«

Die beiden duzten sich? Kaminski stutzte. War der Streit in der Eingangshalle nur inszeniert gewesen?

»Ja, aber wenn sie nun etwas …«, wisperte Trixi Muffinger.

»Keine Sorge, die Polizei hat ja auch bei Lehndorff nichts gefunden«, fuhr der Arzt fort. »Es ist kein Medikament im eigentlichen Sinne, das bei der Studie verabreicht wird. Es ist ein Antikörper.«

»Herrje, so was verstehe ich nicht. Und wenn sie es doch finden? Dieses Anti-Dings?«

»Unsinn. Es sieht im Nachhinein aus wie eine Infektion, gegen die sich der Organismus wehrt. Möglicherweise, aber nur, wenn die Gerichtsmediziner absolute Profis sind, kann man die Antikörper nachweisen. Jedoch nicht, dass sie künstlich verabreicht wurden.«

»Verstehe ich nicht«, jammerte Trixi.

»Musst du auch nicht. Ich schreibe Virusinfektion mit Schwächung des Herzmuskels in den Totenschein, so wie beim Hausmeister und bei Lehndorff und Reichenbach. Fällt gar nicht auf. Ist sogar gut, falls noch ein paar mehr abschmieren. Klingt doch logisch – eine ansteckende Krankheit, die einen nach dem anderen hinwegrafft. Dominoeffekt.«

»Damit kommen wir nicht durch!«, widersprach Trixi heftig.

»Doch, hundertpro. Niemand weiß, was das für eine Studie ist, auch dieser dusselige Kommissar nicht.«

»Aber dein Laptop!«

Die Stimme von Kunzenstein wurde ungeduldig.

»Jetzt reiß dich gefälligst zusammen! Der geklaute Laptop ist kein Problem. Den haben diese drogensüchtigen Einbrecher bestimmt schon auf dem Schwarzmarkt vertickt. Und vorher die Festplatte gelöscht, um die Spuren zu verwischen. Deshalb solltest du ja auch keine Polizei einschalten.«

Eine Pause entstand.

»Wie lange läuft die Studie denn noch?«, fragte Trixi nach einer Weile.

»Ein paar Tage. Dann ist alles durch, und die Honorare von der *Sanitas* fließen. Alles legal, genehmigt und unterschrieben. Kannst dir jede Menge Schuhe davon kaufen, Dummerchen. Aber vergiss nicht, das Geld zu versteuern. Nicht, dass unsere lukrativen Experimente wegen einer Steuerfahndung an die Öffentlichkeit geraten. Das wäre schlecht für unser Image. Mir reicht es schon, dass mich diese sabbernden Insassen Doktor Mengele nennen.«

Trixi und Kunzenstein steckten unter einer Decke! Kaminski war fassungslos. Reicht das?, fragte er sich. Reicht meine Zeugenaussage für eine Anklage?

Er erschrak, als auf einmal die Tür zu Trixis Büro von innen aufgestoßen wurde und Doktor Kunzenstein herauskam.

»Kasuppke? Was machen Sie denn hier?«

»Ich – ich wollte Frau Doktor Muffinger den Vertrag bringen«, improvisierte er und zog die zusammengefalteten Blätter aus der Brusttasche seines Hemds.

»Vertrag.« Der Arzt spie das Wort aus wie einen sauren Drops. »Sie haben uns gerade noch gefehlt in diesem Irrenhaus.«

Mit erhobenem Kinn rauschte er an Kaminski vorbei.

Liebenswürdig lächelnd und so entspannt, als wäre sie gerade einem Schaumbad entstiegen, sah Trixi Muffinger zur Türe heraus.

»Herr Kaminski? Sie überbringen mir den Vertrag? Wie nett.«

Wie. Nett. Kaminski hatte Mühe, ruhig zu bleiben.

»Frau Bubenitschek sagt, es gibt einen neuen Todesfall?«

Trixis linker Daumen schnellte zu den Augen, um nicht existente Tränen fortzuwischen.

»Es ist so traurig, Herr Kaminski. Ich bin tief betrübt. Ich glaube, im nächsten Leben werde ich Kindergärtnerin, da muss ich nicht diese furchtbar deprimierenden Zeremonien des Abschieds erleben. Gerade ist man warm geworden mit diesen entzückenden alten Leutchen, und schon schließen sie für immer die Augen.« Sie seufzte tief. »*Carpe diem*, liebster Herr Kaminski, *carpe diem*. Sie entschuldigen mich eine Sekunde?«

Mit schnellen Schritten verschwand sie in ihrem Büro. Als sie zurückkehrte, rieb sie ihre Hände mit einer dicken Schicht weißlicher Creme ein. Mittlerweile hatte Kaminski den Eindruck, dass es sich um einen zwanghaften Tick handelte.

»Man muss Sie bewundern, wie Sie diese schwierige Situation meistern«, sagte er mit äußerster Beherrschung.

Dass ausgerechnet Trixi Muffinger, der kultivierte, selbst ernannte Engel der älteren Generation, Doktor Kunzensteins Medikamentenstudie nicht nur duldete, sondern sogar finanziell davon profitierte, das war mehr, als er fassen konnte.

»Sollte ich nicht die Polizei verständigen?«, fragte er tückisch. »Ich meine wegen des Einbruchs und um den neuen Todesfall zu untersuchen?«

»Um Himmels willen!« Abwehrend hob Trixi die Hände. »Das würde viel zu viel Unruhe ins Haus bringen. Auch Doktor Kunzenstein will die Sache auf sich beruhen lassen, denn Herr Pister, der in der vergangenen Nacht verstorben ist, war ein wirklich hinfälliger alter Mann. Gott sei seiner Seele gnädig.«

Kaminski hatte Mühe, die Fassung zu bewahren. So eine verschlagene Person. Er musste unbedingt etwas unternehmen, damit nicht noch weitere Bewohner ums Leben kamen. Der einzige Trost bestand darin, dass es kein Mitglied des Schiller-Zirkels getroffen hatte. Aber jeder konnte der Nächste sein. Er musste sich aus seiner Deckung herauswagen, wenigstens ein bisschen.

»Sagen Sie – halten Sie Doktor Kunzenstein eigentlich für einen fähigen Arzt?«, fragte er.

Trixi zuckte zusammen.

»Wie? Ob er fähig ist? Herr Kaminski, ich bin doch sehr erstaunt, dass Sie seine Kompetenz anzweifeln.«

Mit finster zusammengezogenen Augenbrauen fixierte sie ihr Gegenüber. Ganz kurz nur. Dann setzte sie ein strahlendes Lächeln auf.

»Heute Abend findet im Wittumspalais ein festlicher Empfang der Herder-Stiftung statt, dessen Vorsitz innezuhaben ich die Ehre habe«, gurrte sie. »Hätten Sie nicht Lust zu kommen, Herr Kaminski? Vielleicht ergeben sich für Sie interessante Kontakte mit der Hautevolee der Stadt. Der Empfang beginnt um neunzehn Uhr.«

Es war einer der Trixi-typischen Themenwechsel. Sie wollte ihn ablenken, ihn einlullen. Aber nach dem Gespräch, das er belauscht hatte, ließ er sich nicht mehr täuschen. Trixi war keine Täterin, aber eine Mitwisserin. Im besten Fall würde sie ihm vielleicht helfen, Doktor Kunzenstein zu überführen. Doch nicht heute Abend. Er wollte zu Laura. Wollte sie sehen, sprechen, hinter die gläserne Wand gelangen.

»Tut mir leid, ich habe schon etwas vor.«

»Wie schade, na, dann eben nicht.« Trixi wirkte eingeschnappt. »Dürfte ich Sie jetzt um den Vertrag bitten?«

Die Papiere brannten in Kaminskis Händen. Sie waren seine Eintrittskarte in die Villa Gründgens, die einzige Chance, dem Töten ein Ende zu setzen. Tu es für die Alten, sagte er sich, tu es für den Schiller-Zirkel.

»Frau Doktor, ich freue mich auf die Zusammenarbeit.«

Er hielt Trixi den Vertrag hin, aber sie beachtete ihn gar nicht, sondern spähte irritiert über Kaminskis Schulter hinweg.

»Herr von Schwerin? Ist die Probe schon beendet?«

»Pipipause«, antwortete Mucken-Michi, der breitbeinig über den Flur stiefelte. »Sie wissen ja, bei kleinen Kindern und alten Leuten sollte man öfter Pausen machen, sonst muss man hinterherwischen.«

Dumm, dümmer, Mucken-Michi. Es war nicht auszuhalten.

»Sie haben bestimmt noch einiges zu besprechen«, sagte Kaminski. »Ich gehe besser in den Salon.«

»Kannst schon mal die S-Laute mit denen üben, die haben ja alle Gebisse und lispeln sich einen Wolf«, ätzte Mucken-Michi.

Trixi lächelte kokett.

»Ach, ihr Schauspieler habt immer so ein loses Mundwerk. Und Sie sind mir ja wohl ein ganz Kecker in diesem bunten Theatervölkchen, nicht wahr, Herr von Schwerin?«

Kaminski hatte genug. Verstimmt ging er zum Salon zurück, wo sich alle um Magda Bubenitschek geschart hatten. Weinend berichtete die Köchin vom Ableben des alten Herrn. Die Teetassen standen unberührt auf dem Tablett.

»Er war so charmant«, schluchzte Magda.

»*Schade für diese unschuldigen Freuden! Das Totenlied muss noch in deinen Ohren murmeln*«, verkündete Hannelore Pütz düster. »Es ist der Fluch! Ein Fluch liegt auf diesem Haus!«

Während Kaminski zu einem Fenster ging und es öffnete, um frische Luft in den überheizten Raum zu lassen, wühlte er mit der anderen Hand in seiner Hosentasche. Ob Laura eine SMS geschrieben hatte? Schon den ganzen Morgen fieberte er darauf, eine Nachricht von ihr zu bekommen. Würde sie ihm ein Zeichen geben? Vielleicht noch einmal mit ihm spazieren gehen?

Leider fand er sein Handy weder in der linken Hosentasche noch in der rechten. Verdammt, durchfuhr es ihn. Das Handy ist im Mantel, und der liegt im Heizungskeller. Ob Demenz wohl ansteckend ist?

Niemand achtete auf ihn, als er den Salon verließ. Auf dem Flur, auf der Treppe und auch in der Eingangshalle standen Grüppchen von Bewohnern, die gedämpft über den Todesfall sprachen. Überall hörte man den Namen Otto Pister. Kaminski eilte an den Bewohnern vorbei in den Wirtschaftstrakt und zur Kellertreppe.

Wieder umfing ihn der Gruftgeruch, wieder schritt er auf die Metalltür des Heizungsraums zu. Doch etwas war anders. Die Tür stand halb offen, etwas quietschte leise, Kaminski hörte ein Röcheln.

Wie zu Eis erstarrt blieb er stehen, im Keller der Villa des schlechten Glücks. Er zwinkerte, doch was er sah, war keine Halluzination.

Den schneeweißen Hintern steil emporgereckt, stützte sich Trixi Muffinger auf den niedrigen Tisch. Ihr feuerroter Rock war bis zur Taille hochgeschoben, ein schwarzer Slip hing lose um ihre Knöchel. Ihre Schenkel, in die der Gummibund halterloser schwarzer Strümpfe tief einschnitt, bewegten sich in irrwitziger Geschwindigkeit und erzeugten klatschende Geräusche, im Rhythmus von Mucken-Michis kräftigen Stößen, der mit heruntergelassener Hose hinter ihr stand.

Es war das erste Mal, dass Kaminski ihn vollkommen stumm erlebte.

KAPITEL 21

Mit rutschigen Straßenverhältnissen hatte alles angefangen. Und wieder bewegte sich Kaminski auf einer dünnen Eisschicht, die das Kopfsteinpflaster bedeckte. *Überfrierende Nässe* hieß das im Fachjargon des Wetterberichts, er hätte es mangelnde Trittfestigkeit genannt. Ein kardinales Thema seiner Memoiren, falls er sie denn jemals schrieb. Es gab eben emotionale Wetterlagen, die den Schritt unsicher werden ließen. Was war richtig, was falsch? Wie sollte er sich verhalten?

»*Are you lonesome tonight*«, summte er vor sich hin, als er seine Kutsche um zehn vor sieben neben dem Wittumspalais anhielt.

Der Song, das hatte sich der Schiller-Zirkel bei Mucken-Michi hart erkämpft, sollte der Soundtrack zur Inszenierung der *Räuber* werden. In seligem Angedenken an Erwin Reichenbach. So würden also Elvis Presley und Friedrich Schiller, zwei Rebellen äußerst unterschiedlicher Epochen und Provenienzen, in einer Bühnenaufführung vereint sein.

Ironie der Geschichte? Oder nur gaga?

Kaminski tendierte zu einer anderen Interpretation: dass der alte Elvis-Song die Hymne der Einsamen und Liebenden war, was leider ein und dasselbe bedeuten konnte. Gläserne Wände inklusive.

Schweren Herzens hatte er sich dazu durchgerungen, doch zu dem Empfang im Wittumspalais zu gehen. Gab es eine bessere Gelegenheit, mehr über Trixis Mitwisserschaft herauszubekommen? Gut möglich, dass sie sich nach zwei, drei Gläsern Wein verplapperte. Und den ehrenwerten Doktor Kunzenstein ans Messer lieferte. Es war zumindest einen Versuch wert.

Nicht ganz so sportlich wie sonst stieg Kaminski vom Kutschbock. Er fühlte sich wie gerädert. Drei so gut wie schlaflose Nächte in Folge forderten ihren Tribut. Er gab seinen Pferden einige Getreideleckerlis, die er unter dem Kutschbock aufbewahrte, dann ging er auf das Gebäude zu, zusammen mit anderen Gästen, die festlich gekleidet auf das Portal zuströmten.

Auch Kaminski hatte sich zu Hause umgezogen: grauer Lodenjanker mit Hornknöpfen, graue Flanellhose und weißes Hemd – sein Ausgehanzug für offizielle Anlässe.

Das barocke Wittumspalais, im fahlen, typisch Weimarer Gelb gestrichen, lag in der Nähe des Theaters. Hunderte Male hatte Kaminski seinen Text heruntergeschnurrt: »Nach einem Brand im Residenzschloss wurde das Palais im Jahre 1774 das Refugium der Anna Amalia. Sehenswert sind unter anderem der Rote Salon mit Portraits von Goethe, Schiller, Wieland und Herder sowie das Tafelrundenzimmer und der Grüne Salon, mit original erhaltener Möblierung.«

Mittlerweile gehörte das Palais den Touristen, abgesehen von dem eher unscheinbaren Büro der Herder-Stiftung, das sich hoch oben in der Mansarde befand. Für Empfänge nutzte die Stiftung den Festsaal im zweiten Stock, ein architektonisches Juwel, wie Kaminski bei seinen Kutschfahrten betonte.

Er verlangsamte seinen Schritt. Trixi, verdammt. Wie eine Regentin in ihrem selbst geschaffenen Reich stand sie am Eingangstor des Palais. Königlich war ihre Haltung. Gemessen wiegte sie den Kopf. Huldvoll reichte sie den Gästen die Hand.

Kaminski reihte sich in das Defilee der Gäste ein und wartete, bis er an der Reihe war. Es war ziemlich verwirrend, das Bild von Trixi Muffinger im Heizungskeller mit jener Frau in Einklang zu bringen, die ihm nun entgegentrat, im schwarzen Kostüm, mit hochgeschlossener weißer Bluse, brav und bieder wie eine Klosterschülerin. Kaminski wollte es nicht gelingen, diese kultivierte Dame der Weimarer Gesellschaft mit jener Frau in Einklang zu bringen, die in eine dubiose Medikamentenstudie mit letalen Folgen verstrickt war.

»Ach, haben Sie sich doch noch von Ihren Pferden trennen können, bester Herr Kaminski?«, begrüßte Trixi ihn gönnerhaft. »Sie haben Glück – Sie werden dabei sein, wenn ich ein unverwechselbares Zeichen setze. Ein wichtiger, nein, ein bedeutender, wegweisender Abend steht uns bevor.«

Kaminski war alles recht, Hauptsache, er konnte diesem Kunzenstein das Handwerk legen. Den ganzen Tag hatte er in der Villa Gründgens zugebracht, im Schatten des Todes, der das alles beherrschende Thema gewesen war.

Trixi wandte sich bereits dem nächsten Gast zu.

»Herr Oberbürgermeister! Wo ist denn Ihre liebe Frau Gemahlin?«

Nachdem er seinen Kutschermantel an der Garderobe abgegeben hatte, stieg Kaminski die Treppen hoch. Stufe für Stufe schleppte er sich bis in den zweiten Stock. Am Nachmittag hatte er den Zaun repariert, der an einer Stelle schadhaft gewesen war – tja, die Einbrecher. Davor war er in Doktor Kunzensteins Ordinationszimmer gewesen, um die Spuren des Einbruchs zu beseitigen.

Er lächelte, als ihm das kopflose Skelett einfiel. Weniger amüsierte ihn die Tatsache, dass Laura sich immer noch nicht gemeldet hatte. Kein Anruf, keine SMS, nichts. Seltsam, dachte er, warum heißt es, dass man mit einem Menschen intim ist, wenn man mit ihm ins Bett geht? Von Intimität konnte jedenfalls noch keine Rede sein.

Oben angekommen, wurde er auf der Stelle von Schönheit verschluckt. Die karamellfarben marmorierten Wände des Festsaals leuchteten, das honigfarbene Einlegeparkett schimmerte, die Blumenfriese hoch über den Köpfen wirkten so leichthändig hingetuscht, als wäre das ganze Leben ein heiterer Garten. Kellner flitzten mit Silbertabletts voller Champagnerkelchen zwischen den Gästen umher, irgendwo spielte ein Streichquartett.

Diskret bat er einen Kellner um ein Bier, als Trixi den Raum betrat, den Oberbürgermeister im Schlepptau. Ohne ihn eines Blickes zu würdigen, stöckelte sie an Kaminski vorbei. Auf ihren Wangen malten sich hektische Flecken. Seltsam, dachte er, sie ist noch aufgeregter, noch flatteriger als sonst. Auffallend schnell stürzte sie ein Glas Champagner hinunter und nahm sich gleich ein zweites vom Tablett eines vorbeieilenden Kellners.

Auch Kaminski bekam jetzt sein Bier und nahm einen kräftigen Schluck. Er ließ Trixi nicht aus den Augen. Ein fiebriger Glanz lag auf ihrem Gesicht, ihre Bewegungen wirkten fahrig. Irgendetwas stimmte nicht mit ihr. Immerhin verhieß ihr Alkoholkonsum einen redseligen Abend. Während er noch sein erstes Bier trank, war sie bereits beim dritten Glas Champagner angelangt.

Er überlegte gerade, wann der richtige Zeitpunkt wäre, um sie in ein Gespräch zu verwickeln, als das Streichquartett einen Tusch spielte. Mit wiegenden Schritten ging Trixi zum Podium, auf dem ein Rednerpult mit einem Mikrofon aufgebaut war.

»Liebe Gäste«, souverän wartete sie das peinigende Pfeifen einer Rückkopplung ab, »liebe Gäste, darf ich um Ihre Aufmerksamkeit bitten?«

Alle Blicke richteten sich auf sie.

»Im Namen der Herder-Stiftung heiße ich Sie herzlich willkommen. Lassen Sie mich mit einem Zitat beginnen. *Zur Voll-*

kommenheit der menschlichen Natur gehört, dass sie unter jedem Himmel, nach jeder Zeit und Lebensweise sich neu organisiere und gestalte, schrieb Herder, der, wie Sie ja alle wissen, die Menschheitsgeschichte als vernunftbestimmte Fortsetzung der Naturgeschichte betrachtete. Ich freue mich, dass Sie so zahlreich erschienen sind, denn heute wollen wir nicht nur das Andenken Herders bewahren und die wertorientierte Botschaft seiner Schriften in Erinnerung rufen, sondern mahnen. Ja, mahnen.«

Die letzten Plauderer stellten ihre Gespräche ein.

»Wir stehen hier in einem der schönsten Räume unseres geliebten Weimars«, schwärmte Trixi, die Augen auf die Kronleuchter gerichtet, in denen echte Kerzen brannten, »wir genießen die Pracht, die Größe, die Schönheit eines einzigartigen Kulturdenkmals. Doch denken wir auch an jene, die das alles nicht zu Gesicht bekamen, als man sie nach Thüringen brachte? In Viehwaggons eingepfercht, ohne Essen, ohne Trinken, einem ungewissen Schicksal entgegenbangend?«

Einige Gäste räusperten sich unangenehm berührt.

»Die Herder-Stiftung«, Trixis Stimme gewann an diamantener Schärfe, »hat sich zum Ziel gesetzt, dass Buchenwald in unserem Gedächtnis bleibt, so wie Auschwitz, Treblinka, Dachau. Diese Namen sind Chiffren des Grauens, offene Wunden, die nie vernarben, die schmerzen und bluten und uns ein *Nie wieder*, ein *Wehret den Anfängen* entgegenschreien!«

Obwohl sie es mal wieder übertrieb mit ihrem Pathos, fand Kaminski ihre Rede aufrüttelnd. Wehret den Anfängen. Er dachte an die halbwüchsigen Jungen, die Frettchen den Kopf rasiert hatten, an die dümmlichen Naziparolen. Und er dachte an jene Touristen, die ihm entgegenhielten, Verbrechen des Dritten Reichs hin oder her, irgendwann müsse doch mal Schluss sein mit der Aufarbeitung.

Die Gesichter der Gäste verrieten hingegen, dass Trixi ein gewisses Befremden auslöste.

»Aber hören wir diese Schreie?«, rief sie in das betretene Schweigen des Saals. »Nein, wir hören sie nicht, wir stellen uns taub! Deshalb brauchen wir eine offensive Erinnerungskultur! Nicht nur die Opfer sollen unvergessen sein, sondern auch die Täter, jene, die Schuld auf sich geladen haben, unermessliche Schuld! Koch, Pister, Ding-Schuler, wir werden ihnen ein Mahnmal errichten, hier, auf dem Theaterplatz, ein abschreckendes Mahnmal direkt neben Goethe und Schiller, damit jeder sieht, was Weimar war und immer sein wird!«

Dieser Satz klang so ungeheuerlich, dass alle erstarrten. Auch Kaminski war vollkommen entgeistert. Trixi wollte allen Ernstes den Tätern ein Denkmal setzen? Gleichzeitig stutzte er. Pister, wo hatte er diesen Namen schon gehört?

»Doch das ist nicht genug!«, mit alttestamentarischer Wucht ließ Trixi ihre rechte Faust auf das Pult sausen, »die Bibel hat uns gelehrt, was Schuld bedeutet! *Gott, der Huld bewahrt Tausenden, der Missetat, Übertretung und Sünde vergibt, lässt sie dennoch nicht ganz ungestraft, sondern ahndet Väterschuld an den Kindern und Kindeskindern, bis ins dritte und vierte Glied!*«

Jetzt knallt sie komplett durch, dachte Kaminski. Was will sie denn damit sagen?

Im Saal wurde es unruhig. Manche Gäste flüsterten miteinander, andere schüttelten den Kopf. Ein älterer Herr, der neben Kaminski stand, protestierte leise.

»Und vergib uns unsere Schuld, wie auch wir vergeben unseren Schuldigern – das ist die christliche Botschaft, nicht Rache.«

»Es darf kein Erbarmen geben! Nichts ist vergeben, nichts ist vergessen!«, schrie Trixi, die hochrot am Rednerpult stand, die

Arme erhoben wie eine Wanderpredigerin. »*Der Schoß ist fruchtbar noch, aus dem das kroch!*«

»Aber doch nicht bei uns in Weimar!«, wagte eine junge Frau zu widersprechen.

»Schweigen Sie!«, kreischte Trixi. »Beugen Sie den Nacken unter das Joch der Schuld Ihrer Väter und Großväter, büßen sollen Sie …«

Weiter kam sie nicht, denn nun betrat Johann von Seesen das Podium und stellte das Mikrofon ab. Während sie tobte und um sich schlug, zerrte er sie vom Rednerpult weg.

Und jetzt, jetzt fiel bei Kaminski der Groschen. Seine Hände wurden feucht, sein Magen krampfte sich zusammen. Er wartete nicht ab, was weiter mit Trixi geschehen würde, sondern bahnte sich einen Weg durch die entrüstet diskutierenden Gäste, rempelte einen Kellner an, der sein Tablett voller Häppchen fallen ließ, rannte aus dem Festsaal, die Treppe hinunter und sprang mit einem Satz auf den Kutschbock.

Die Peitsche knallte, laut wiehernd zogen die Pferde an. Kaminski trieb sie wie von Sinnen vor sich her, hetzte sie durch die Straßen und brüllte müßig schlendernde Fußgänger aus dem Weg, bis er zwei Minuten später die *Wilhelm-Meister-Schänke* erreichte. Die Kutsche war noch nicht ganz zum Stehen gekommen, als er auch schon auf das Kopfsteinpflaster sprang und zum Eingang des Lokals hastete.

Du Idiot!, beschimpfte er sich. Warum bist du nicht früher darauf gekommen?

Im Laufschritt durchquerte er die voll besetzte *Wilhelm-Meister-Schänke* und stürmte auf den Tresen zu, hinter dem Laura eine Flasche Wein entkorkte. Außer Atem riss er sich den Mantel auf. Schnappte nach Luft. Konnte nur noch stottern.

»Ich m-muss, wir m-müssen, o G-gott, d-dieser P-p-pister.«

Laura tippte sich an die Stirn.

»Bist du betrunken?«

»Ich«, er hielt sich an der Metallplatte des Tresens fest, alles kreiste um ihn, »ich glaube, ich weiß jetzt, wer hinter den Morden steckt. Wir müssen die Namen checken. Wir ... Komm mit, verdammt!«

Er umrundete einfach den Tresen und rannte in Richtung Küche, zu ihrem Büro. Schon im Laufen hörte er sie hinter sich.

»Kaminski! Das geht zu weit! Ich kann jetzt nicht!«

Er fuhr herum, fasste sie am Arm, zog sie in das Büro und warf die Tür zu. Hechelnd berichtete er von Trixis Rede, von seinem Verdacht. Laura wurde blass. Mit beiden Händen fegte sie einen Stapel Prospekte vom Schreibtisch und klappte den Laptop von Doktor Kunzenstein auf. Parallel aktivierte sie ihren eigenen Computer. Dann drückte sie Kaminski den Ausdruck mit der Todesliste der Villa Gründgens in die Hand.

»Fangen wir mit Otto Pister an«, schlug er mit brüchiger Stimme vor.

»Okay, ich googel ihn – hier, Hermann Pister, Lagerkommandant des KZs Buchenwald. Otto Pister könnte sein Sohn sein.«

Kaminski hielt das Blatt Papier in seinen Händen dichter an die Augen.

»Adameit?«

Lauras Finger wirbelten über die Tastatur.

»Es gab einen Adameit, der in Treblinka Häftlinge erschossen hat.«

»Bärwald?«

»Heinrich Bärwald, Menschenversuche in Dachau.«

»Ding-Schuler?«

»Erwin, KZ-Arzt in Buchenwald, tötete eigenhändig den Pfarrer Paul Schneider mit einer Überdosis g-Strophanthin.«

Name für Name gingen sie durch. Etwa zwei Drittel der in der Villa Gründgens Verstorbenen des vergangenen halben Jahres hatten – so legten es zumindest die Familiennamen nahe – Väter, Großväter oder Onkel gehabt, die Naziverbrecher gewesen waren.

»Doktor Beatrix Muffinger«, murmelte Kaminski, »die Mörderin der Mördernachkommen.«

Erschüttert lehnte Laura sich in ihrem Schreibtischstuhl zurück.

»Es ist das perfekte Verbrechen. Erinnerst du dich, dass ich diesen Journalisten erwähnte? Ich habe ihm heute Mittag die Tablettenschachteln gezeigt. Er hat sofort nachgeforscht – es gab bereits einige Todesfälle bei Testreihen mit diesem Antikörper, nicht nur in Deutschland, auch in Großbritannien.«

»Also hat Kunzenstein die vermehrten Todesfälle für eine Nebenwirkung seiner Studie gehalten.«

»Genau!«, rief Laura. »Deshalb ist er nicht auf die Idee gekommen, dass die Muffinger dahinterstecken könnte!«

»*... ahndet Väterschuld an den Kindern und Kindeskindern, bis ins dritte und vierte Glied*«, stöhnte Kaminski. »Aber wie hat sie es gemacht? Die Chemiker von der Polizei haben kein Gift gefunden.«

Unruhig lief er im Büro auf und ab. Laura dagegen saß wie versteinert am Schreibtisch und schien konzentriert über etwas nachzugrübeln. Auf einmal sprang sie auf.

»Kaminski! Der Schiller-Zirkel! Die Namen, los, los, los!«

»Aber Lehndorff und Reichenbach sind doch schon ...«

»Die Lebenden!« Laura schrie jetzt.

In diesem Moment begriff Kaminski, was sie meinte. Trixi hatte nicht mehr viel Zeit, die Studie war so gut wie beendet, und so fanatisch, wie er sie an diesem Abend erlebt hatte, würde sie so schnell wie möglich ihr Werk vollenden wollen.

»Scheiße, verdammt!« Er presste seine Hände an die Schläfen, weil er das Gefühl hatte, sein Kopf müsse platzen. »Hannelore Pütz!«

Die Tasten klapperten wie eine Maschinengewehrsalve.

»Negativ.«

»Rudi Wuttke – mit Doppel-t.«

»Kein Eintrag für einen Wuttke.«

»Elfriede Sasse.«

»Sasse, Obersturmbannführer SS«, las Laura vor, »misshandelte und vergewaltigte weibliche KZ-Gefangene in Ravensbrück.«

Sie sahen einander an. Einen winzigen Augenblick nur. Es war ein Einverständnis ohne Worte.

»Wir nehmen meinen Wagen«, keuchte Laura.

KAPITEL 22

Was als hauchdünne Eisschicht begonnen hatte, fragil und brüchig wie die Oberfläche einer Crème brûlée, hatte sich inzwischen in einen massiven, festgefrorenen Zuckerguss verwandelt. Es war spiegelglatt. Überall standen gestrandete Wagen quer auf den Straßen, kein Fußgänger wagte sich mehr nach draußen. Unablässig donnerten riesige Streufahrzeuge vorbei. Das Ganze hatte etwas von einem Ausnahmezustand.

Schnell mussten Laura und Kaminski feststellen, dass die steile Straße zum Seniorenheim unpassierbar war. Nach mehreren erfolglosen Versuchen ließen sie den Wagen an der Jenaer Straße stehen und hasteten schlitternd und rutschend den Hang hinauf.

Die Villa Gründgens war verschlossen. Vergeblich rüttelte Kaminski an der schweren Eichentür, vergeblich betätigte er den Türklopfer. Es war erst neun Uhr, doch niemand öffnete. Höhnisch reckte Gustav Gründgens seine Hand zum Himmel. So ein gottbegnadeter Mist.

»Wir müssen da rein!«, rief Kaminski verzweifelt.

Laura zog das Gummiband straff, mit dem sie ihr Haar zusammengebunden hatte.

»Dann kommen wir auch da rein! Egal, wie! Du kennst dich doch hier aus – also?«

Kaminski nahm ihre Hand, was sich unglaublich gut anfühlte, und sie liefen links am Haus entlang, bis sie vor der frisch reparierten Stelle des Zauns standen. Er riss die Holzlatten heraus, die er am Nachmittag eher nachlässig festgenagelt hatte, und sie schlüpften durch den Spalt in den Garten.

Im ersten Stock, dort, wo Trixi Muffingers Büro lag, brannte Licht. Dort hinaufzuklettern würde er nicht schaffen. Kaminski war nicht Frettchen.

»Ist die Muffinger da oben?«, flüsterte Laura.

»Keine Ahnung. Aber sie hat keine Zeit mehr zu verlieren. Und wir noch viel weniger.«

Die Vorstellung, Trixi könnte möglicherweise schon drauf und dran sein, Elfriede umzubringen, ließ Kaminski fast durchdrehen.

»So, mein kleiner Philosoph, jetzt lass Taten folgen«, wisperte Laura.

Hektisch suchte Kaminski mit den Augen die Fassade ab. Nicht nur Trixis Büro war hell erleuchtet. Auch aus zwei vergitterten Fenstern des Sockelgeschosses fiel ein Lichtschein. Die Zweige eines Baums malten tanzende Schatten auf das feuchte Gras davor. Vorsichtig pirschte er sich heran.

Es war die Küche, blitzblank und aufgeräumt. Nur ein einsamer Wasserkessel stand auf dem Herd, daneben warteten auf einer Anrichte drei Teetassen. Drei. Für Elfriede, Hannelore Pütz und Rudi Wuttke? In der Ecke, am großen Küchentisch, saß Magda Bubenitschek. Wie einen kleinen Jungen wiegte sie Leo Bamberger auf ihrem Schoß.

In der *Villa des schlechten Glücks* war dies ein herzzerreißender Anblick, und Kaminski störte das ungleiche Paar nur ungern. Doch es musste sein. Mit den Fingerknöcheln klopfte er an die Fensterscheibe. Die beiden Turteltauben fuhren auseinander. Leo Bamberger glitt vom Schoß der Köchin, lief leichtfüßig zum Fenster und öffnete es.

»Herr Kaminski? Was führt Sie so spät zu uns? Voyeuristische

Begierden etwa? Und ist das der Grund, warum Sie unsere reizende Wirtin mitgebracht haben?«

»Sie müssen uns reinlassen«, rief Kaminski, »schnell, es geht um Leben und Tod!«

Leo lächelte süffisant.

»Geht es nicht immer darum?«

Halb wahnsinnig vor Sorge rüttelte Kaminski an den Gitterstäben.

»Leo, Sie haben nicht nur überlebt, weil Sie keines der Testmedikamente genommen haben – Sie leben noch, weil Sie keine Nazieltern hatten.«

Auf der Stelle wurde Leo Bamberger todernst.

»Wie bitte?«

Nun schaltete sich Laura ein. Forsch drängte sie sich neben Kaminski.

»Verstehen Sie doch, Herr Bamberger, die Muffinger tötet alle Nachfahren von Naziverbrechern. Elfriede Sasse ist als Nächste dran, wenn Sie uns nicht endlich aufmachen!«

Magda Bubenitschek stieß einen erstickten Schrei aus. Jetzt kam Leben in Leos mageren Körper. Aufgeregt ruderte er mit den Armen.

»Gehen Sie zum Verbindungstrakt zwischen Altbau und Neubau! Da gibt es einen Notausgang, durch den Sie unbemerkt hereinkommen können!«

Sie rannten los. Im hinteren Teil des Gartens wucherte Gestrüpp, dornige Zweige peitschten in ihre Gesichter. Dennoch arbeiteten sie sich verbissen hindurch. Leo Bamberger erwartete sie bereits, als sie zerkratzt und außer Atem den Verbindungstrakt erreichten. Während Leo die Glastür öffnete, tauchte Magda Bubenitschek hinter ihm auf und wischte sich mit dem Kittelärmel über ihre Stirn.

»Das Rizinus!«, jammerte sie. »Die Ratten! Die Muffinger!«

»Beste Magda, hättest du vielleicht die Güte, in ganzen Sätzen zu sprechen?«, zischte Leo Bamberger mit ausgesuchter Höflichkeit.

Die Köchin faltete die Hände vor ihrem gewaltigen Bauch.

»Doktor Kunzenstein hat mir Rizinus gegeben, weil doch der Keller so voller Ratten ist. Hab's im Vorratsraum aufbewahrt, aber immer, wenn ich morgens reinkam, hat was gefehlt von dem Zeug, Entschuldigung, von dem Rizinus, meine ich. Bestimmt war es die Frau Doktor Muffinger. Ich war das nicht, ehrlich, ich schwöre es beim Leben meiner ungeborenen Kinder!«

Kaminski hätte sie am liebsten geschüttelt.

»So ein Blödsinn, Frau Bubenitschek, von Rizinus bekommen die Ratten höchstens Durchfall!«

»Nein, nein, ich habe die Viecher doch gesehen – tot, mausetot! Ratten sind schlau, die fressen nichts, wovon die anderen krepieren, aber das Rizinus wirkt ja auch nicht sofort. Erst ein paar Tage später, hat der Herr Doktor gesagt. Der macht doch immer so komische Versuche und …«

»Könnten wir das vielleicht ein andermal besprechen?«, unterbrach Laura die Köchin ungeduldig. »Wir müssen die Muffinger finden! Und zwar sofort!«

»Haben Sie schon die Polizei angerufen?«, fragte Leo Bamberger.

»Können Sie vergessen«, sagte Kaminski mit einer abwehrenden Handbewegung, »für den Kommissar ist die Villa Gründgens gestorben, wir müssen die Sache selbst in die Hand nehmen!«

Er überlegte fieberhaft. Sie brauchten einen Plan, um Elfriede Sasse zu warnen und Trixi dingfest zu machen.

»Leo, wo könnte Elfriede sein?«

»In ihrem Zimmer oder im Fernsehraum.«

Kaminski schnippte mit den Fingern.

»Wir teilen uns auf. Leo, Sie gehen zum Fernsehraum, Magda, Sie zu Elfriedes Zimmer, Laura, du bleibst bei mir!«

Gemeinsam liefen sie los, durch den schwarz-weiß gefliesten Flur, durch die Eingangshalle, die im Dunkeln lag, und die Treppe hoch zum ersten Stock. Von dort stoben sie in verschiedene Richtungen auseinander.

Kaminski und Laura bogen nach links. Schon nach wenigen Metern standen sie vor Trixis Büro. Sie tauschten einen stummen Blick. Vorsichtig drückte Kaminski die Türklinke herunter.

Die Tür war unverschlossen, der Raum leer. Auf dem Schreibtisch, neben der überlebensgroßen Goethebüste, lag ein aufgeschlagener Aktenordner. Nachdem sie zum Flur hingehorcht hatten, schlichen sie zum Tisch. Kaminski nahm den Aktenordner in die Hand. Er war voller ausgeschnittener Zeitungsartikel, säuberlich auf weißes Papier geklebt.

Seite um Seite blätterte Kaminski den Ordner durch, während Laura schwer atmend neben ihm stand und seinen Arm umklammerte. Rot angestrichene Namen sprangen ihnen entgegen, Namen, die in Artikeln über die Verbrechen des Dritten Reichs standen. Namen wie Adameit, Bärwald und Pister. Manche Zeitungsausschnitte waren Jahrzehnte alt, vergilbt und verknittert.

Besonders dick war der Name Gottfried von Lehndorff unterstrichen, der, Kaminski überflog den Artikel, auf seinem ostpreußischen Rittergut KZ-Häftlinge unter bestialischen Bedingungen als Feldarbeiter ausgenutzt und zuweilen mit seinem Jagdgewehr exekutiert hatte. Wahrscheinlich der Vater von Oberst Lehndorff.

»Hochinteressant, nicht wahr?«

Diese Stimme. Süß und schmeichelnd. Kaminski fuhr der Schreck in alle Glieder, zeitgleich mit Laura drehte er sich um.

Mit einem träumerischen, leicht irren Gesichtsausdruck lehnte Trixi Muffinger am Türrahmen.

»Ach, liebster Herr Kaminski, warum mussten Sie so neugierig sein? Und Frau Hartmann mit hineinziehen?«, seufzte sie. »Sie haben sie also gefunden, die Chronik der Schande.«

»Das ist ja wohl eher Ihre ganz persönliche Abschussliste«, erwiderte er mit zusammengebissenen Zähnen.

»Ein sehr hässliches Wort, Herr Kaminski. Ich fürchte, der Inhalt meiner Rede hat Ihr schlichtes Gemüt nicht erreicht, ach, was sag ich – heillos überfordert. So wie übrigens auch das restliche, äußerst ignorante Publikum heute Abend. Aber Sie werden sehen, ich lasse mich nicht beirren!«

»Habe ich das richtig verstanden, Frau Doktor Muffinger«, Laura trat einen Schritt auf sie zu, »Sie nehmen sich das Recht heraus, im Namen von Sühne und Gerechtigkeit zu töten?«

Trixi Muffinger lachte. Ja, sie lachte schelmisch wie ein Kind, das beim Naschen erwischt worden war, jedoch davon ausging, dass man ihm leichten Herzens verzeihen würde.

»Sie sind mir ja eine, Sie kleine Küchenschabe, einer musste es doch tun«, kicherte sie und klatschte in die Hände. »Ene, mene, muh, und raus bist du. Itze, Witze, Rabenfuß, rate mal, wer sterben muss.«

Es ist gespenstisch, dachte Kaminski. So gespenstisch wie die Porzellanpuppen in der Glasvitrine. Er begriff es mit Schaudern: Trixis Infantilität schloss jene Grausamkeit ein, mit der Kinder Fliegen die Beine ausrissen, Frösche aufbliesen, bis sie platzten, oder Katzen massakrierten. Nur, dass es Menschen waren, die Trixi Muffinger auf dem Gewissen hatte. Er musste handeln, und zwar schnell.

»Laura, hättest du vielleicht die Freundlichkeit, einen – Tee für Frau Muffinger und mich zu holen?«

Irritiert sah sie ihn an. Dann hob sie die linke Augenbraue.

»Mit – vier – Stück – Zucker?«

»Ja, ich habe eine Schwäche für Süßes«, erwiderte er. »Vier Stück Zucker müssen es schon sein.«

»Für mich nur einen Spritzer Zitrone«, flötete Trixi Muffinger.

Es war Laura anzusehen, wie viel Überwindung es sie kostete, Kaminski in dieser Gefahr alleinzulassen. Vorsichtig, mit tastenden Schritten, als erwartete sie, in jedem Moment von Trixi angefallen zu werden, schob sie sich an ihr vorbei.

»Eins, zwei, drei, du bist frei, frei bist du noch lange nicht, denn die Trixi hält Gericht!«, trällerte die Heimleiterin einen weiteren Abzählreim, während sie Laura mit wedelnden Fingerspitzen verscheuchte wie eine lästige Fliege.

Irre, komplett irre! Hatte sie Drogen genommen? Oder war sie jetzt vollkommen übergeschnappt?

Spontan beschloss Kaminski, auf Trixis absurden Kindertonfall einzugehen. Ein vernünftiges Gespräch war aussichtslos in ihrer Verfassung. Deshalb stimmte er ebenfalls ein Lachen an, ein reichlich blechernes Lachen. Er war schon mal ein besserer Schauspieler gewesen.

»Ha-haaa! Juchhuu, Sie haben es getan!«, lobte er Trixi. »Bravo! Ein ganz tüchtiges, schlaues Mädchen sind Sie!«

Neckisch streckte sie ihm ihre kleine rosa Zungenspitze heraus.

»Danke schön, das hat mein Großvater auch immer gesagt. Unsere kleine Trixi, hat er gesagt, die wird was ganz Großes, der Stolz der Familie!«

»Liebe kleine Trixi, auch ich bin stolz auf Sie«, beteuerte Kaminski. »Wirklich bewundernswert, wie geschickt Sie es gemacht haben. Niemand hat Verdacht geschöpft.«

Trixi Muffinger strahlte.

»Nein, niemand.«

»Zu gern würde ich wissen, wie schlau Sie wirklich sind, Trixi – ich darf doch Trixi sagen?«

Sie nickte eifrig.

»Ich wäre viel zu einfältig für so was«, Kaminski versuchte, treuherzig zu klingen, »doch Sie haben einen wunderbaren, einen einzigartigen Dreh herausgefunden, stimmt's?«

Trixi strich ihr Haar glatt, obwohl ihre helmartige Frisur nicht im Mindesten der Korrektur bedurfte.

»Ri-ziiii-hiiin!«, trällerte sie.

Verdutzt starrte Kaminski sie an.

»Rizinus? Tatsächlich?«

»Oh, nein, liebster Herr Kaminski. Rizin, gewonnen aus der segensreichen Frucht des Wunderbaums, ist ein sehr seltenes, hochwirksames Gift. Einmal aufgenommen, verbleibt es nur vierundzwanzig Stunden im Körper. Der Tod setzt drei, vier Tage später ein, und niemand entdeckt die Ursache.«

»Faszinierend«, ächzte Kaminski.

»Das Wundervolle ist – man kann es ins Essen oder in den Tee geben, man kann es injizieren, oder man kann es jemanden einatmen lassen, ja, lieber Herr Kaminski, Roman, ich darf doch Roman sagen? Man hat reiche Auswahl! Aber die besten Erfahrungen habe ich mit Injektion und Inhalation gemacht!«

Wieder lachte sie und klatschte in die Hände vor Vergnügen. Dann griff sie wie eine Ertrinkende zu der unvermeidlichen Cremetube und drückte einen großen Klecks in ihre linke Handfläche. Ein schmatzendes Geräusch entstand, als sie die Creme auf der Haut verteilte.

»Meine Hände«, hauchte sie, »ich muss auf meine Hände achten, ich creme alles weg, das Blut, die Schuld, den Tod.«

Kaminski hatte schon so einige Verrückte bis Größenwahnsinnige erlebt, nicht zuletzt in seinen Theaterzeiten, aber ein derartig gefährliches Exemplar war ihm noch nicht untergekommen.

»Mein Großvater hat mich immer eingecremt«, erzählte sie, »ich hatte doch diese furchtbaren Ekzeme, ich musste mich kratzen, doch er hat alles weggecremt, verstehen Sie? Ich durfte doch nicht krank sein; kranke Menschen waren für ihn ekelhafter Abschaum. Er war bei der SS, wissen Sie. Und ich war bei ihm, als er starb«, sie hielt kurz inne, »als er sterben musste, verstehen Sie?«

Es fiel Kaminski immer schwerer, sein Spiel weiterzutreiben.

»Sieh an, Rizin, wie lustig, so viele hübsche Möglichkeiten!«, lächelte er gezwungen. »Dabei hatte Doktor Kunzenstein dieses Gift eigentlich für die Ratten bestimmt, oder?«

Trixi machte einen zuckersüßen Schmollmund.

»So bin ich doch auf die Idee gekommen, liebster Roman, durch unseren genialen Arzt, der so erfinderisch ist, dass er mit allen nur erdenklichen Substanzen herumexperimentiert. Sogar bei den Ratten. À la bonne heure! Denn sind es nicht Ratten, diese Nazisprösslinge? Und tragen sie nicht ihr rattenhaftes Erbgut in sich, pflanzen es fort auf ihre Kinder und Kindeskinder, das tödliche Gen, das Erbe aus Menschenverachtung und Mordlust?«

»Dass keiner uns zu früh da triumphiert, der Schoß ist fruchtbar noch, aus dem das kroch«, wiederholte Kaminski etwas ausführlicher das Zitat, das Trixi in ihrer Rede verwendet hatte. Er kannte es, weil er einst den Givola gespielt hatte, die Goebbelsfigur in Brechts *Der aufhaltsame Aufstieg des Arturo Ui*.

»Köstlich, *aus dem das kroch*, das ist doch herrlich formuliert«, begeisterte sich Trixi Muffinger. »Sie haben es erfasst.«

Eine fatale Mischung aus Abscheu und Übelkeit beutelte Kaminski. Er stützte sich auf der überlebensgroßen Goethebüste ab. Unterdessen nestelte Trixi an ihrer Bluse herum und fischte ein paar rosafarbene Dragees aus den Tiefen ihres Dekolletés, die sie sich in den Mund warf.

»Doktor Kunzensteins Gute-Laune-Pillen«, kicherte sie kauend. »Die hole ich mir immer heimlich. Möchten Sie auch eine?«

Dummerweise hatte Kaminski vergessen, wie rasch und unvorhersehbar ihre Stimmungen wechselten. Schneller, als er reagieren konnte, lief sie auf ihn zu. Etwas Metallisches schimmerte auf. Trixi fuchtelte mit einer Spritze herum! Entsetzt wich er zurück.

»Sch-sch, mein lieber, braver Roman«, gurrte Trixi in ihrem unerträglichen Singsang, »haben Sie keine Furcht, es tut gar nicht weh, ich nehme immer die feinste Nadel, so eine ganz niedliche, nur ein winziger Piks, und alles ist gut.«

»Nichts ist gut!«, schrie Kaminski.

Blitzschnell flüchtete er hinter den massiven Schleiflackschreibtisch.

Die Hand mit der Spritze erhoben, folgte Trixi ihm, mit der Geschmeidigkeit einer Raubkatze, die sich anschleicht, während er um den Tisch herumtänzelte.

»Nun seien Sie doch nicht so garstig! Kommen Sie, ich gebe Ihnen, was Ihnen zusteht!«

»Warum ich?«, fragte er atemlos und pendelte mit dem Oberkörper hin und her, um der Spritze auszuweichen. »Warum haben Sie mich in dieses Heim geholt?«

Trixi kickte mit einem Fuß den Schreibtischstuhl zur Seite und kam noch näher.

»Der alte Hausmeister war etwas zu aufgeweckt. Hätte ich die Stelle offiziell neu ausgeschrieben, dann wäre wieder so ein neunmalkluger, diplomierter Facility Manager gekommen. Wieder einer, der seine Nase zu tief in Angelegenheiten steckt, die ihn nichts angehen.« Sie lachte durchtrieben. »Nun, und ich dachte, der einsame, liebesbedürftige Herr Kaminski, der ist ein Gemütsmensch, ein bisschen einfältig, ein bisschen schlicht, der kann nur auswendig gelernte Texte über Weimar aufsagen und macht keinen Ärger. Jammerschade, dass ich mich getäuscht habe.«

Atemlos stand er ihr gegenüber, nur durch den schweren Schreibtisch getrennt, während er mit den Augen nach einem Gegenstand fahndete, der sich als Waffe eignete. Er musste unbedingt zur Tür gelangen. Doch sobald er den Versuch unternahm, aus seiner Deckung hervorzukommen, versperrte sie ihm den Weg.

»Wissen Sie, im Grunde bin ich sehr wählerisch«, sagte Trixi. »Auch die Bewohner habe ich sorgfältig ausgesucht. Es leben ja längst nicht mehr nur alternde Bühnenkünstler hier. Die meisten sind anderen Berufen nachgegangen. Mein oberstes Kriterium ist die Herkunft. Der Name. Die Vergangenheit. Sobald sich jemand, der aus einer Nazifamilie stammt, für einen Platz bewirbt, ist er mein Wunschkandidat. Die Rache ist mein, liebster Roman.«

Furchterregend flink imitierte sie jede seiner Bewegungen, beantwortete seine Ausweichmanöver mit Ausfallschritten und kleinen Sprüngen und trieb ihn jetzt so offensiv in die Enge, dass er gegen die Glasvitrine prallte. Die Scheiben zersprangen, klirrend ging die Vitrine zu Bruch.

Wahllos griff er hinein, nahm sich die Porzellanpuppen mit den kostbaren, bunten Gewändern und schleuderte eine nach der anderen auf seine Angreiferin. Die blassen Puppenköpfe zerschellten an ihrer Schulter, an ihrer Hüfte, eine Puppe traf sie an der Schläfe. Aufheulend sammelte Trixi die Scherben ein.

»Meine Babys! Sie haben meine Babys ermordet!« Sie richtete sich auf, mit tränennassen Wangen. »Das werden Sie büßen! Alle werden büßen! Alle! Alle! Alle!«

Er erwartete eine weitere Attacke, doch Trixi lief zur Tür hinaus und warf sie zu. Der Schlüssel drehte sich im Schloss. Er war gefangen. Und sie lief jetzt frei mit der Spritze herum.

»Scheiße, Scheiße, Scheiße!«, fluchte er. »Du Blödmann hast dich austricksen lassen!«

Ich muss Laura anrufen, sie warnen!, war alles, was er denken konnte. Panisch wählte er ihre Nummer. Der Teilnehmer sei nicht erreichbar, belehrte ihn eine Automatenstimme.

»Verdammt!«

Er probierte es bei Marc Westphal. Wo blieb der Kommissar denn nur? Hatte Laura ihn etwa nicht erreicht? Doch bei Marc Westphal sprang nur die Mailbox an. Hoffentlich hatte Laura wenigstens sich und Elfriede retten können. Was, wenn nicht?

Sein Blick fiel auf die Tür. Es war ein Entschluss innerhalb des Bruchteils einer Sekunde. Er stand auf, nahm Anlauf und rannte mit aller Wucht gegen das Türblatt an. Das Holz knackte, ein flammender Schmerz durchschnitt seine Schulter, aber die Tür hielt.

»So, Goethe, jetzt bist du dran«, knurrte Kaminski.

Er umfasste die Büste, wuchtete sie hoch. Ging zurück bis zum Fenster. Atmete tief ein. Und stürmte mit all seiner Angst, all seiner Wut und all seiner Entschlossenheit auf die Tür zu.

Der Aufprall. Das Splittern von Holz. Die Tür gab nach, und Kaminski landete mitsamt der Büste im Flur.

Goethes Nase war abgebrochen, und in Kaminskis rechtem Fuß flammte ein stechender Schmerz auf. Doch er achtete nicht darauf. So schnell er konnte, hinkte er den Flur entlang.

»Laura! Lauuu-raaaa!!«

Seine Rufe hallten von den Wänden wider, die Gesichter auf den Ölgemälden musterten ihn gleichmütig. Sie darf nicht sterben, sie darf nicht sterben, hämmerte es wie ein Mantra in seinem Kopf.

Da, die Tür des Salons öffnete sich. Kaminski unterdrückte ein Schluchzen, als er Lauras wippenden Pferdeschwanz sah. Sie lebte. Gott, sie lebte.

»Kaminski, hierher«, winkte Laura ihn heran.

Sie war totenblass, die Arme hatte sie merkwürdig verkrampft um ihren Oberkörper geschlungen, ihre Augen wanderten unruhig zwischen Kaminski und dem Inneren des Salons hin und her. Sie wirkte völlig verängstigt.

Als er zu ihr gelaufen war, begriff er, warum. Direkt neben ihr stand Trixi Muffinger. Sie hatte sich Laura als Geisel geschnappt und hielt sie am Hosenbund fest, während sie die Spritze in gefährlicher Nähe zu Lauras Schulter hielt.

»Los, rein hier«, kommandierte Trixi.

Die Chance, Laura unbeschadet von ihr wegzureißen, war gleich null. Verzweifelt schleppte sich Kaminski zur Klavierbank. Er zog seinen Mantel aus. Die Luft im völlig überheizten Salon war schneidend. Es roch nach Todesangst, vielleicht auch ein wenig nach menschlichen Ausscheidungen.

Zu Paaren gruppiert, saßen Leo und Magda Bubenitschek sowie Elfriede Sasse und Hannelore Pütz beisammen.

Laura nahm neben Rudi Wuttke Platz. Jeder, der den Raum verlassen wollte, musste an Trixi Muffinger und der Todesspritze vorbei. Unvermittelt brach die Heimleiterin in ihr zwitscherndes Lachen aus.

»Wer will noch mal, wer hat noch nicht? Frau Sasse vielleicht? Unsere offenherzige Staatsschauspielerin? Der Tod könnte Ihre Paraderolle werden, meine Liebe. Nur zu, Sie sind doch eine couragierte Person.«

»Scheiß drauf«, grollte Elfriede.

Doch ihre Stimme klang nicht so fest wie sonst. Alle saßen starr vor Schreck da. Kaminski legte eine Hand auf die Tasten und klimperte »Hänschen klein«, ein erneuter Versuch, Trixis kindliche Stimmung heraufzubeschwören.

»Frau Doktor Muffinger – Trixi«, raunte er sanft, während er weiter die schlichte Melodie spielte, »sollten wir alle nicht einfach ins Bettchen gehen? In das schöne, warme Bettchen, das auf einem Mondstrahl ins Traumland fährt? Es ist Schlafenszeit, der Sandmann kommt bald, und wir sind schon sooo müde.«

Trixis Züge wurden weich, ihre verkrampfte Haltung lockerte sich ein wenig. Die übrigen Anwesenden starrten Kaminski fassungslos an.

»*Sandmann, lieber Sandmann, es ist noch nicht so weit*«, sang Trixi Muffinger. »*Wir sehen erst den Abendgruß, ehe jedes Kind ins Bettchen muss, du hast gewiss noch Zeit.*«

Völlig fassungslos saßen alle da, mit weit aufgerissenen Augen. Nur Rudi Wuttke wischte sich eine Träne aus dem borstigen Schnäuzer.

Wie ein Roboter klimperte Kaminski jetzt das Sandmannlied, immer wieder von vorn. Von offenen Wunden hatte Trixi in ihrer Rede gesprochen, von Wunden, die nie vernarbten, die schmerzten und bluteten. Es mussten sehr alte Wunden sein. *Wer nach Rache strebt, hält seine eigenen Wunden offen.* Gib Trixi die Kindheit zurück, dachte er, wer sie ihr auch immer weggenommen hat, sie braucht das.

»So, kleine Trixi«, säuselte er im Falsett, »jetzt legst du dein Spielzeug fein ordentlich in den Schrank, und dann sagen wir uns alle ganz lieb Gute Nacht.«

Er hätte wohl besser das Spielzeug weggelassen. Es war, als erwachte die Heimleiterin aus einer Hypnose. Ruckartig riss sie die Spritze hoch.

»Du hast meine schönen Puppen kaputt gemacht, meine Babys! Du bist als Erstes dran, du Mörder. Komm her zu mir, hol dir deine Strafe ab.«

Laura hielt den Atem an. Hannelore Pütz spielte mit dem Startknopf ihres Rollstuhls – an, aus, an aus –, entnervt beäugt von Elfriede Sasse. Rudi Wuttke verkrallte sich in seinem Schnäuzer, Leo Bamberger und Magda Bubenitschek fassten sich an der Hand.

»Wenn du nicht zu mir kommst, komme ich zu dir«, fauchte Trixi Muffinger.

Mit ihrem unverwechselbaren Wiegeschritt näherte sie sich dem Flügel. Kaminskis Herz pumpte wie verrückt, sein Kopf dröhnte, die Todesangst verätzte seine Haut. Der Impuls wegzulaufen war so stark, dass er unwillkürlich mit den Füßen scharrte. Doch er beherrschte sich. Seine klammen Finger suchten nach den richtigen Tasten, wechselten in ein Schlaflied, »Guten Abend, gute Nacht.«

Elfriede begann schluchzend zu singen.

»Mi-hit Näglein be-he-steckt, schlu-hupf u-hun-ter die Deck'. Morgen früh …«

Ihre Stimme brach. Kaminski klimperte weiter. Von ferne hörte man das schwache Geheul von Sirenen.

Trixi blieb stehen. Mit seitlich geneigtem Kopf lauschte sie, ob auf die Melodie oder auf die Sirenentöne, war nicht auszumachen.

»Ich habe es immer gut gemeint«, flüsterte sie. »Ich habe mein Bestes getan, um dieses Land von der Schmach zu befreien, um der vielköpfigen Hydra der Nazischande den Garaus zu machen.«

Sie setzte sich wieder in Bewegung, Schritt für Schritt, den Blick unverwandt auf Kaminski gerichtet, die Finger fest um die Spritze geklammert.

Die Sirenen wurden lauter, ein vielstimmiges, zeitversetztes

Jaulen, das sich unaufhörlich steigerte und vom Geräusch aufheulender Motoren und quietschender Reifen untermalt wurde.

Mittlerweile stand Trixi unmittelbar vor Kaminski. Er konnte schon ihr Parfum riechen, diese betörende Mischung aus Heliotrop und dampfender, unerlöster Weiblichkeit, diesen Duft einer Frau, deren Geschäft die Menschen waren. Und der Tod.

Schweißbäche liefen an seiner Stirn herunter, rannen in seine Augenwinkel, kitzelten seine Nase, während seine ungeteilte Aufmerksamkeit dem winzigen Tropfen an der Spitze der Nadel galt, einem hellen, vollkommen harmlos aussehenden Tropfen.

Und sah nicht auch Trixi Muffinger vollkommen harmlos aus, mit ihrem hübschen Puppengesicht, ihren runden Wangen, ihrer ordentlichen Frisur? Sie hätte eine ganz normale Hausfrau sein können, eine Grundschullehrerin oder eine freundliche Bankangestellte.

Während die Angst Kaminskis Seele paralysierte und seinen Körper in ein Säurebad tauchte, reproduzierte sein Geist, was er erst kürzlich gesagt hatte: Jeder denkt, das Böse sei etwas ganz Besonderes und die Bösen seien beeindruckende Monster. Gewaltig. Überlebensgroß. Dabei sind das nur ganz normale Typen, wie du und ich.

Aus dem Erdgeschoss hörte Kaminski es krachen und poltern. Die schwere Eichentür des Portals wurde eingeschlagen.

»So wird denn mein Lebenswerk zunichtegemacht«, hauchte Trixi, »die Sühne für das Schreckliche, das wir nie begreifen werden. Auch mein Großvater, dieser widerliche Nazi, trug die Last furchtbarer Schuld, und sie ist in mir, ja, tief in mir.«

Sie holte aus. Die Spritze schwebte über Kaminskis Kopf. *Wer nach Rache strebt, hält seine eigenen Wunden offen.*

Und plötzlich passierte so viel auf einmal, dass er den Überblick verlor. Er sah, wie Laura kraftvoll Anlauf nahm, vom Boden abhob und durch die Luft auf ihn zuschwebte, genauso, wie er es sich unzählige Male vorgestellt hatte, ihn im Flug von der Klavierbank riss und ihren Körper schützend über ihn warf. Elfriede stürzte zum Flügel, eine Elfenstatuette aus Messing schwingend. Von der Treppe war das Getrappel von Schritten zu hören. Aggressiv surrend schoss der Rollstuhl vor, das Gipsbein von Hannelore Pütz traf punktgenau Trixis rechte Kniekehle; Trixi fiel hin, Elfriede stolperte über Trixi, und die Messingstatuette landete mit einem ohrenbetäubend wummernden Klang auf den Saiten des Flügels.

»Die Rache ist mein, die Schuld ist mein, wir sehen uns wieder, in einer anderen, in einer besseren Welt!«, kreischte Trixi Muffinger und rammte sich die Spritze in den Arm.

Die Tür flog auf. Binnen Sekunden füllte sich der Raum mit schwer bewaffneten, vermummten Polizisten. Zackige Kommandos wurden gebrüllt.

»Alle auf den Boden! Hände auf den Rücken!«

Wie ein Schulbub hob Leo Bamberger einen Finger.

»Verzeihung, in meinem Alter wäre das eine allzu beschwerliche Stellung. Das Corpus Delicti wälzt sich bereits auf dem Teppich, wie Sie unschwer erkennen können. Also verzichten Sie doch bitte auf solch sinnlose Rituale. Ich bleibe jedenfalls sitzen, wenn's beliebt.«

»Was?«, rief einer der Polizisten. »Das ist Widerstand gegen die Staatsgewalt!« Er zog seine dunkle Maske vom Gesicht. »Und wer von Ihnen ist die, äh, Mörderin?«

Trixi Muffinger hockte sich auf die Knie. Mit geschlossenen Augen richtete sie das Wort an den Polizisten, doch es war, als spräche sie zur ganzen Menschheit.

»Siehe, ich bin lebendig von Ewigkeit zu Ewigkeit und habe die Schlüssel des Todes und der Hölle!«

»Was soll das denn heißen?«, donnerte der Polizist.

»Das ist von unserem geliebten Goethe«, verkündete Trixi entrückt.

»Nein, du meschuggene Ignorantin, das ist aus der *Offenbarung des Johannes*, wie jeder gute Atheist weiß«, stellte Leo Bamberger klar.

Hochrot im Gesicht kam in diesem Moment Marc Westphal in den Salon gelaufen. Er sah sich verwundert um und entdeckte Kaminski in inniger Umarmung mit Laura am Boden.

»Glückwunsch, Herr Kommissar«, Kaminski richtete sich halb auf, »der Fall ist gelöst. Sie haben ganze Arbeit geleistet.«

Der Polizist, der immer noch seine Maske in der Hand hielt, kratzte sich am Kopf.

»Was ist das hier eigentlich?«

Leo lehnte sich in dem gelben Chintzsofa zurück und schlug die Beine übereinander.

»Junger Mann, diese irre Mischung aus Sex, Gewalt und Langeweile gibt es nur im Seniorenheim.«

Epilog

Drei Wochen später

Es war kalt. Saukalt, um genau zu sein. Obwohl es erst Ende November war, roch es nach Schnee. Kaminski roch ihn. Mit dem Wetter kannte er sich aus.

»Los, eine Dachlatte schaffen wir noch!«, rief er Frettchen zu.

Er saß rittlings auf dem Stalldach und zog den schwarzen Kaschmirschal, ein Geschenk von Laura, fester um den Hals.

»Scheiße, Alter, ich hasse dich voll, weißt du das?«, schrie Frettchen. Bibbernd kauerte sie Kaminski gegenüber auf dem Dachfirst und warf ihm ein dünnes Brett zu. »Willst du etwa auf dem Scheißdach einpennen?«

Kaminski fing das Brett auf. Nachdem er es angenagelt hatte, sah er auf die Uhr.

»Okay, Feierabend, sonst verpassen wir die Aufführung.«

Er lachte leise in sich hinein, als er vom Dach kletterte und zum Gutshaus ging. Seit drei Wochen hatte der Schiller-Zirkel fast täglich geprobt, erstaunliche Textmengen bewältigt und sich elegant durch Mucken-Michis hirnrissige Regieanweisungen laviert. Unaufhörlich hatte der Schauspieler neue Vorschläge unterbreitet, mal auf deutsche Schlager geschworen, dann wieder auf italienische Opernarien. Und immer, wenn er nicht weiterwusste, geschrien: »Man muss den Quatsch quetschen, bis er quietscht!«

Es war Kaminski ein Rätsel, was bei der Aufführung eigentlich geschehen sollte. Bis zuletzt war vor allem diskutiert worden. Nur Rudi Wuttkes lebensgroße Puppen aus Sackleinen waren fertig, mit Unterstützung von Magda Bubenitschek, die eigens ihre Nähmaschine in die Villa Gründgens mitgebracht hatte.

Alles andere stand in den Sternen. Mucken-Michi sprach von einem Musical, Hannelore Pütz von Tanztheater, Elfriede nannte die Inszenierung eine saftige Komödie und Leo Bamberger ein Trauerspiel.

Nachdem Kaminski geduscht und seinen grauen Lodenjanker angezogen hatte, überquerte er fröstelnd den Hof. Über dem Janker trug er nur die dünne Steppjacke seines Vaters, die etwas feiner wirkte als sein Kutschermantel.

Frettchen stand blau gefroren neben dem Wagen, weil sie sich weigerte, eine warme Jacke oder einen Mantel anzuziehen.

»Voll am Arsch, da ist Eis auf der beschissenen Scheißscheibe von deiner blöden Karre«, maulte sie.

»Steig ein, ich erledige das.«

Während Kaminski die dünne Eisschicht abkratzte, die den Wagen wie ein Leichentuch einhüllte, dachte er an die Beerdigung von Trixi Muffinger.

Alle Honoratioren Weimars hatten ihr das letzte Geleit gegeben. Keiner der zahlreichen Redner hatte die Umstände ihres Todes erwähnt, nur bedauert, dass eine derart strahlende Erscheinung des Weimarer Kulturlebens allzu früh verstorben war – an einer rätselhaften Infektionskrankheit, wie Doktor Kunzenstein diagnostiziert hatte. Nach Trixis Ableben war ihm gekündigt worden. Man munkelte, er habe seine Approbation verloren, wegen zwielichtiger Geschäfte mit Pharmafirmen.

All das ging Kaminski immer noch durch den Kopf, als er den Wagen hinter dem Theater parkte. Frettchen hatte die ganze Fahrt über die Kopfhörer ihres Handys auf den Ohren gehabt und

Musik gehört. Neuerdings besaß sie ein Smartphone, das Laura finanzierte. Angeblich, damit sie Frettchen jederzeit erreichen konnte.

Laura. Die Idee, seine Memoiren zu schreiben, hatte Kaminski längst verworfen. Wenn er überhaupt jemals etwas zu Papier brachte, würde es ein Buch über Laura sein. Nur über Laura. Nun ja, über Laura und ihn, um genau zu sein. Es würde ein umfangreiches Werk werden, das hoffte er inständig.

Gemeinsam mit Frettchen ging Kaminski durch den Bühneneingang und weiter auf die Hinterbühne. Frettchen entschwand sogleich in die Künstlergarderoben, da sie sich um die Kostüme kümmerte. Sie hatte sogar aus ihrem eigenen Fundus etwas zur Ausstattung der *Räuber* beigesteuert.

Andächtig betrat Kaminski die Bühne mit dem noch geschlossenen Vorhang. War lange her. Er schnupperte. Schloss die Augen. Theaterluft. Dieser unverwechselbare Mix aus Holz, Leim, Staub und Menschen, die hart dafür arbeiteten, ihren eigenen Traumkosmos und für die Zuschauer die Welt zu erschaffen. Die Feuerwehr absolvierte gerade ihren obligatorischen Kontrollgang. Ob man der Aufführung anmerken würde, welche Dramen ihre Entstehung begleitet hatten?

Leise murmelte er den Anfang von Schillers Vorrede zu den *Räubern* vor sich hin.

»Man nehme dieses Schauspiel für nichts anderes als eine dramatische Geschichte, die die Vorteile der dramatischen Methode, die Seele gleichsam bei ihren geheimsten Operationen zu ertappen, benutzt, ohne sich übrigens in die Schranken eines Theaterstücks einzuzäunen.«

Diese Sätze würde Leo Bamberger zu Beginn der Vorstellung verlesen. Heute war sein dreiundneunzigster Geburtstag. Und wer, wenn nicht Leo, war fähig, die ganze Bedeutung dieser Worte zu vermitteln? Wer, wenn nicht er, wusste um die geheimsten Operationen der Seele, um die Schauspiele, die unschuldigen und die abgründigen?

Um fünf vor acht zwängte sich Kaminski in den engen Souffleurkasten, der eigens für die Aufführung aus dem Fundus geholt worden war. Aus dem modernen Theater hatte man ihn längst verbannt, weil er sich nicht mit der Ästhetik zeitgenössischer Bühnenbilder vertrug.

Um acht Uhr trat Leo auf die Bühne, vor den geschlossenen Vorhang, in einer durchlöcherten Camouflagehose und einem schwarzen T-Shirt mit dem Aufdruck *Rebell*, beides Leihgaben von Frettchen. Die eintätowierte Nummer auf seinem Unterarm verlieh dem Outfit eine grausige Note.

»Wertes Publikum, wir widmen diese Aufführung Erwin Reichenbach, Buffo genannt«, erklärte er, »und damit einem überaus sympathischen Vertreter unseres zweifelhaften Gewerbes, das, so viel darf ich anmerken, den blutigen Ernst der Geschichte in die heitere Kunst des Todes verwandelt. *Man nehme dieses Schauspiel für nichts anderes …*«

Seine Worte lösten zunächst Beklommenheit, dann tosenden Applaus aus. Es war verrückt. Das Publikum tobte, bevor sich der Vorhang überhaupt geöffnet hatte.

Eine Gänsehaut überlief Kaminski. Das nennt man wohl Aura, dachte er, und schlug das Textbuch auf.

Die erste Szene bestand aus einem Dialog zwischen Franz Moor und seinem Vater im heimischen Schloss. Eigentlich. Auf der Bühne sah es etwas anders aus. Rudi Wuttke alias Franz Moor saß im Bademantel auf einer Toilettenschüssel – Regieeinfall! – und las Zeitung. Letzteres war kein Regieeinfall, sondern aus der Not geboren, weil Rudi Wuttke sich seinen Text nicht merken konnte und ihn aus dem Innenleben der Zeitung ablas.

Er musste die Bühne allein füllen. In Ermangelung von Oberst Lehndorff, der den alten Moor hatte spielen sollen, sprach Mucken-Michi – die Stimme! – dessen Part aus dem Off. Es war fantastisch: Rudi Wuttke auf der Toilette, der monoton seinen Text runterratterte, und Mucken-Michis öliges Organ, das wie eine freudsche Übervaterstimme quasi aus dem Nichts in den Zuschauerraum dröhnte.

Schon bei Franz' Frage: »*Ist euch nicht ganz wohl, mein Vater?*«, gab es Szenenapplaus. Er schwoll an, als Elfriede in den Dialog stolperte, als Hausknecht Daniel, mit einer Rolle Toilettenpapier in der Hand. Woher sie die plötzlich hatte, wusste niemand. Sicher war, dass sie sich Magda Bubenitscheks weißen Kittel ausgeborgt hatte, um ihre Domestikenrolle zu unterstreichen. Lauthals schmetterte sie »*Are you lonesome tonight*« und küsste Rudi Wuttke, der verzweifelt um Hilfe schrie. Das Publikum brüllte und trampelte.

Vergeblich versuchte Mucken-Michi, Elfriede von der Bühne zu ziehen. Bei Schiller kam der Diener Daniel in der ersten Szene gar nicht vor. Er kam ohnehin kaum vor. Elfriede aber trat auf, trat ab, wie es ihr in den Kram passte, und wurde auf der Stelle vom Publikum geliebt, weil sie wie ein Conférencier das Geschehen kommentierte – mit Worten, die definitiv nicht von Schiller stammten.

Am Beginn der zweiten Szene, die Karl Moor in seinem Räuberlager zeigen sollte, schnurrten die Sackleinenpuppen vom Schnürboden herunter. Baumelnd schlugen sie aneinander, während Leo Bamberger mit seinem weder sichtbaren noch hörbaren Gesprächspartner Spiegelberg palaverte.

Welcher Teufel oder welcher Genius ihn ritt, blieb Leos Geheimnis. Jedenfalls boxte er schon nach den ersten Sätzen auf die Stoffpuppen ein, als wären es Sandsäcke. Die erste Puppe löste sich und fiel zu Boden. Aus den Kulissen hörte man Rudi Wuttke aufschreien. Wie ein Geist flitzte Frettchen herbei und zog die gemeuchelte Puppe von der Bühne.

Leo nahm sich gleich die nächste vor, angefeuert vom Publikum. Im Zuschauerraum war die Hölle los. Und Leo, klein, drahtig, boxte wie ein Weltmeister im Fliegengewicht, ohne seinen Text zu vergessen, den er den spärlicher werdenden Puppen entgegenschleuderte, von keuchenden Atemzügen unterbrochen, mehr krähend als sprechend.

»Pfui! Pfui über das schlappe Kastraten-Jahrhundert, zu nichts nütze, als die Taten der Vorzeit wiederzukäuen und die Helden des Altertums mit Commentationen zu schinden und zu verhunzen mit Trauerspielen.«

Karl Moor, die Rebellion. Und schon musste Frettchen wieder anrücken, um die nächste Puppe von der Bühne zu schaffen. Vollends flippte das Publikum aus, als Leo sein schwarzes Toupet vom Kopf nahm – *»Ich habe keinen Vater mehr, ich habe keine Liebe mehr«* – und auf Frettchens flaumbedeckten Schädel setzte. Es war ein Traum.

Kaminski musste so laut lachen, dass er kaum noch Leos Stimme hörte. Das Textbuch hatte er sowieso schon zugeklappt, denn das Letzte, was dieser Vollblutschauspieler brauchte, war ein Souffleur.

Für die dritte Szene wurde ein Flügel hereingeschoben, wofür die Bühnenarbeiter einen Sonderapplaus bekamen. Elfriede setzte sich an die Tasten und sang *»Davon geht die Welt nicht unter«*, was keinen Sinn ergab, aber offenbar als Einstimmung auf den Dialog von Franz und Amalia verstanden und frenetisch gefeiert wurde.

Es folgte der Durchbruch von Hannelore Pütz. In Höchstgeschwindigkeit rollte sie herein, in einem flatternden roten Gewand, das Gipsbein mit Stoffblumen geschmückt, und tanzte mit ihrem Rollstuhl Pirouetten. Fast hätte sie Rudi Wuttke über den Haufen gefahren, der in seinem Bademantel angeschlurft kam.

»*Du siehst weg, Amalia?*«, las er seinen Text aus der Zeitung vor, und die Zuschauer brüllten vor Lachen.

Der Applaus verebbte erst, als Elfriede vom Flügel aufstand. Wutschnaubend hatte sie mitverfolgt, wie man ihre Konkurrentin bejubelt hatte, und hielt es offenbar für angebracht, allmählich richtig aufzudrehen.

In dem Moment, in dem Hannelore Pütz dem armen Rudi Wuttke ein »*Schamloser Lästerer!*« um die Ohren knallte, tänzelte Elfriede ganz nach vorn, bis zum Souffleurkasten, sodass Kaminski ihre strassbesetzten, silbernen Riemchenpumps direkt vor der Nase hatte.

»Elvis!«, rief sie Mucken-Michi zu, der in der Kulisse stand.

»Jetzt doch nicht«, widersprach er wild gestikulierend. »Erst im dritten Akt!«

Elfriede wackelte mit den Hüften.

»Lassen wir unsere Zuschauer entscheiden«, wandte sie sich mit lauter Stimme zum Publikum. »Wollt ihr Elvis?«

Jetzt machte sich ihr Dauerflirt mit den Zuschauern bezahlt. »Elvis, Elvis!«, skandierten sie.

Mucken-Michi gab sich geschlagen. »Don't be cruel« ertönte, und Elfriede legte einen gekonnten Halb-Striptease hin. Jeder Kittelknopf, den sie öffnete, wurde von Jubelschreien und Pfiffen begleitet. Darunter präsentierte sie ein tief dekolletiertes, seidenes Nachthemd, von Frettchen mit mindestens zehn Nietengürteln aufgepeppt.

Während Elfriede Kusshände verteilte, raste Hannelore Pütz wild surrend zum Bühnenrand.

»Siehst du, wie gottlos, wie abscheulich du – Geh aus meinen Augen!«, schrie sie.

Elfriede stemmte die Hände in die Hüften und fixierte die hagere Tänzerin, deren Gipsbein wie eine Waffe auf sie gerichtet war. Sie holte mit dem rechten Bein aus und trat Hannelore Pütz mit voller Wucht vor das Gipsbein. Der Rollstuhl kreiselte um sich selbst, das markerschütternde Wehklagen von Hannelore Pütz gellte durch den Zuschauerraum.

Schlagartig verstummte das Publikum.

Es war einer dieser Momente, und Kaminski kannte sie zur Genüge, in denen sich das Schicksal einer Aufführung entschied. Ging das Publikum mit? Oder wandte es sich ab?

Er hielt den Atem an. Er wusste, was jetzt kam, und niemand konnte Elfriede aufhalten.

»Scheiß drauf!«

Noch immer war es totenstill. Wie würde sich das Publikum entscheiden?

Den Ausschlag gab Frettchen. Unbekümmert um die angespannte Atmosphäre im Zuschauerraum, stand sie seitlich an der Bühne.

»Ey, die Alte ist saucool«, kicherte sie so laut in die Stille hinein, dass ihre Worte wie Wackersteine in einen spiegelglatten Teich plumpsten.

»Scheiß drauf!«, rief jemand aus den obersten Rängen des voll besetzten Theaters. Alle fielen lachend ein. Es wurde der Running Gag. Sobald Elfriede auftrat, schallte ihr ein »Scheiß drauf!« entgegen. Sie war die ungekrönte Königin des Abends, obwohl vermutlich niemand begriff, welche Rolle sie eigentlich spielte. Sie war einfach da. Ihre Bühnenpräsenz reichte vollauf.

Kaminski erlebte noch viele denkwürdige Momente. Etwa die Nonnenvergewaltigung, bei der die Puppen geschlagen, herumgeworfen und schließlich zerfleddert wurden, während Leo Bamberger unablässig wie in Trance schrie: *»Ich habe die Schlüssel des Todes und der Hölle!«*

Und dann die letzte Szene, in der Karl Moor alias Leo Bamberger Amalia ermorden sollte, jedoch nicht zum Zuge kam, weil Hannelore Pütz ihm immer wieder mit dem Rollstuhl entwischte.

Kaminski wusste, dass der wahre Zauber des Abends jedoch nicht der Komik geschuldet war, sondern der Lebenslust der greisen Akteure. Hier standen Menschen auf der Bühne, die längst abgeschrieben waren und, weggesperrt im Seniorenreservat, auf den Tod warteten. Niemand hatte damit gerechnet, dass sie die Narrenfreiheit ihres Alters wörtlich nehmen würden.

Es war ein Überraschungserfolg, nein, eine Sensation. Der Schlussapplaus übertraf alles, was das Deutsche Nationaltheater Weimar seit Jahren gesehen hatte. Beim dreißigsten Vorhang hörte Kaminski auf zu zählen. Die Bühnenarbeiter trugen Leo Bamberger auf ihren Schultern herum wie einen siegreichen Rennfahrer, Elfriede gab Gesangseinlagen, Hannelore Pütz fuhr halsbrecherische Achten, und Rudi Wuttke verneigte sich gerührt, in jedem Arm eine seiner ramponierten Puppen. Auch Magda Bubenitschek verbeugte sich, in einem rot-weiß gepunkteten Kleid, das sie sich noch in der Nacht zuvor genäht hatte.

Schließlich wurde Mucken-Michi auf die Bühne gerufen. In Jeans und einem bis zum Nabel offenen Hemd mit Leopardenmuster stolzierte er an seiner betagten Truppe entlang. Auf sein Kommando hin erklang *Jailhouse Rock*.

»Wenn schon Scheiße, dann mit Schwung!«, schrie er mit kreisenden Hüften.

Rudi Wuttke wollte Kaminski aus dem Souffleurkasten holen, doch der weigerte sich. Sosehr ihn dieser Abend bewegt hatte, so fest stand sein Entschluss, sich nie wieder zu verbeugen.

Eine Dreiviertelstunde lang nahm der Schiller-Zirkel die Ovationen entgegen, bevor alle geschlossen in die *Wilhelm-Meister-Schänke* gingen. Nur Frettchen fehlte. Kaminski bemerkte es erst, als sie das Lokal betraten. Frettchen war eben unberechenbar.

Als alle saßen, öffnete Laura eine Flasche Champagner.

»Geht aufs Haus«, lächelte sie. »Außerdem haben wir einen Geburtstag zu feiern.«

Leo Bamberger, der immer noch das T-Shirt mit dem Aufdruck *Rebell* trug, stand auf.

»Werte Laura, liebe Kollegen, oder sollte ich besser sagen – liebe Freunde? Dies ist der mit Abstand unterhaltsamste Geburtstag meines viel zu langen Lebens, doch ich muss euch ein Geständnis machen: Ich vermisse sie.«

Einige Augenblicke lang genoss er die fragenden Blicke. Dann hob er seinen Blick zur Decke.

»Ich vermisse Trixi Muffinger.«

Nach einer Schrecksekunde redeten alle durcheinander. Mit einer kleinen Geste brachte Leo das Stimmengewirr zum Schweigen. Feierlich erhob er sein Glas.

»Auf die Queen der Aufarbeitung, die unerschrockene Kämpferin für Recht und Gerechtigkeit, die gute Fee unseres grausamen Alters, die uns die drei wichtigsten Ingredienzien einer erschütternden Tragödie gelehrt hat: Komik, Komik, Komik.«

Alle waren vollkommen entgeistert. Und dann, plötzlich, wie aus heiterem Himmel, fing Elfriede an zu lachen. So gelöst, so befreit, so ansteckend, dass Hannelore Pütz nicht anders konnte, als meckernd in das Lachen einzufallen. Nun erfasste die ganze Runde ein brüllendes Gelächter. Man konnte kein Wort mehr verstehen, Lachtränen rannen über die Wangen, mischten sich mit den Tränen über die Verstorbenen, und sie lachten die Anspannung weg, die Streitigkeiten, die Verdächtigungen, die Ängste, die ihnen so lange die Brust zugeschnürt hatten.

Trixi Muffinger … Kaminski tauschte einen Blick mit Laura. Die gläserne Wand zwischen ihnen war in den vergangenen Wochen sehr viel dünner geworden, aber ganz hatte er sie nicht durchdringen können. Sie waren kein Paar. Nur zwei Menschen, die miteinander ins Bett gingen, stundenlang reden konnten, denselben Humor hatten. Reichte das denn nicht?

Nein, Kaminski wollte mehr. Doch er brachte weder den einen Satz über die Lippen, den Liebende einander sagen, noch traute er sich, Laura zu fragen, ob sie sich eine gemeinsame Zukunft vorstellen könne. Immer, wenn er das Thema streifte, wich sie aus, zog sich zurück, wurde wieder unnahbar.

Aus den Träumen der Menschen, wenn sie dieselben genau anzeigten, ließe sich vielleicht vieles auf ihren Charakter schließen. Lauras Charakter kannte er. Doch wovon träumte sie? Er wusste es nicht.

Die Premierenfeier war auf ihrem Höhepunkt, als plötzlich Frettchen in die *Wilhelm-Meister-Schänke* stapfte. In Kaminskis Kutschermantel und mit einem spitzbübischem Grinsen.

»Hab angespannt«, erklärte sie schlicht.

Kaminski musterte sie von oben bis unten.

»Wie – angespannt?«

»Hab deine Scheißkarre zum Gestüt gefahren und die verschissene Kutsche geholt.«

»Du hast – was?«

Frettchen verdrehte die Augen.

»Scheiße, Käpt'n Begriffsstutzig, ich fahr euch jetzt nach Hause.«

»Aber wir passen doch gar nicht alle in die Kutsche«, protestierte Kaminski. »Und was sollen wir alle auf dem Gestüt?«

Statt zu antworten, ging Frettchen zu Laura, die am Nebentisch ein Rinderfilet servierte. Die beiden tuschelten kurz miteinander.

Ein Lächeln glitt über Lauras Gesicht. Dann holte sie ihren Mantel und ergriff Kaminskis Hand.

»Tja, mein kleiner Philosoph, wenn Frettchen sich was in den Kopf gesetzt hat, kann man nichts dagegen tun. Du kennst sie ja.«

Kaminski verstand kein Wort.

»Fummelfahrt«, grinste Frettchen.

Sie ging voran, und Laura folgte ihr, ohne Kaminskis Hand loszulassen. Draußen tanzten ein paar Schneeflocken im Licht der Straßenlaternen. Frettchen hielt den Schlag der Kutsche auf. Kaminski musste zweimal hinsehen: Auf den Bänken lag die Felldecke von Lauras Bett.

»Kann mir mal jemand sagen, was das soll?«, fragte er.

Der Druck von Lauras Hand verstärkte sich.

»Ich würde einsteigen, Kaminski.«

»Sonst bist du voll am Arsch, Blödmann«, feixte Frettchen.

»Na ja, sagen wir mal – sonst könnte ich es mir noch anders überlegen«, sagte Laura mit einer Stimme, die Gletscher zum Schmelzen gebracht hätte.

Etwas in Kaminski begann zu vibrieren, und wenn ihn nicht alles täuschte, handelte es sich um etwas in seiner Herzgegend. Es waren ja nur Andeutungen, es war nichts Konkretes, und doch begann er zu hoffen; auf was, wagte er nicht einmal zu denken. Wie in Trance ließ er sich von Laura in die Kutsche ziehen. *Und Zärtlichkeit für mich – ihr Götter! Ich hofft' es, ich verdient' es nicht!*

Behände sprang Frettchen auf den Kutschbock. Unzählige Male hatte sie zugesehen, wie Kaminski die Pferde lenkte, doch er konnte sich nicht erinnern, dass sie jemals selbst die Zügel in die Hand genommen hätte.

»Frettchen, was – Laura, ich …«, stammelte er.

Die Kutsche fuhr an. Frettchen ließ die Pferde eine Weile im

Schritt gehen, dann traben. Immer schneller flogen die Fassaden der Häuser vorbei. Schneeflocken sammelten sich auf der Felldecke, unter der es angenehm warm wurde.

»Wir fahren zu dir, Kaminski«, flüsterte Laura. »Wir fahren nach Hause.«

Ich danke Elisabeth Bouvier für ihre unermüdliche Hilfe
und Recherche.
Meinen Kindern Miriam, Laszlo, Mick und Marlene
für ihre Liebe.